I0785099

LOS MOTEROS DEL MIDWAY

Temporada 1

Patricia Sutherland

Otros libros de Patricia Sutherland

Princesa. Serie Moteros # 1.

Harley R. Serie Moteros # 2.

Harley R. Entre-Historias. Serie Moteros #2.1.

Lola. Serie Moteros #3.

Lola. Entre-Historias. Serie Moteros # 4

Volveré a ti. Serie Sintonías # 0.

Bombón. Serie Sintonías # 1.

Primer amor. Serie Sintonías # 2.

Amigos del alma. Serie Sintonías # 3.

Simplemente perfecto. Serie Sintonías # 3.1.

El último mejor lugar. (Título independiente).

Copyright © 2017. Patricia Sutherland
Todos los derechos reservados.
ISBN-13: 978-84-948763-0-1
Ediciones Jera
Colección Jera Romance
Diseño de cubierta: Nune Martínez
JR08 – Los moteros del MidWay, 1
Extras Serie Moteros # 1
Romance contemporáneo
Nivel de erotismo: ♥♥(Sensual)

A mis padres.
Siempre serán la luz que alumbra mi camino.

A todas mis lectoras y, de manera especial,
a las fans de la serie Moteros
con todo mi cariño y mi agradecimiento.

INTRODUCCIÓN

Desde el principio, las fans de la Serie Moteros me pedían saber más de todos los personajes, no solo de los que han protagonizado sus propias historias. Me rogaban que no finalizara la serie sin darle a esos personajes su momento de gloria. "Aunque sea una historia cortita, por favor", era la petición más habitual.

Mi criterio es que un buen secundario no hace, necesariamente, un buen protagonista. En mi opinión, exceptuando a los encargados de protagonizar Moteros #5, la última novela de la serie, ninguno es capaz por sí mismo de soportar el peso de una buena historia... Pero ¿y juntos? Después de mucho tiempo dándole vueltas al tema, se me ocurrió que si los reunía en una mega-historia, sumando el atractivo que cada uno de estos grandes secundarios tiene y mezclando bien los ingredientes, quizás, la cosa podría funcionar; tú podrías leer los romances de esos personajes que tanto te gustan, y yo disfrutar escribiendo el tipo de historias que me gusta narrar. ¡Perfecto!

El resultado de cuatro años de ruegos es la serie de ficción romántica dividida en tres temporadas *Los moteros del MidWay*. Esta mega-historia es un extra de la Serie Moteros que retoma el hilo de los acontecimientos de Lola Entre-Historias, durante la semana de Navidad de 2009, y su formato es parecido al de una serie televisiva. Es decir, está dividida en temporadas compuestas por episodios.

Algunas características de este formato son:

- El estilo de narración es diferente al que estás acostumbrada en mí. Es nuevo y, ya te adelanto, muy "enganchante".
- Hay varias tramas narrándose al mismo tiempo.
- Cada temporada resuelve total o parcialmente alguna/s trama/s, pero la resolución final de la trama principal sucede en la T3.

¿Qué puedo adelantarte acerca de *Los moteros del MidWay*? Poco. Ya sabes que me gusta sorprender a mis lectoras, pero voy a ser buena y te voy a dar una pildorita: los protagonistas de Moteros #5 también toman parte de esta mega-historia. A ver si adivinas quiénes son :)

Para acabar voy a confesarte algo. Este proyecto es el más divertido y emocionante que ha salido de mi cabecita loca hasta ahora y si lo disfrutas un diez por ciento de lo que yo he disfrutado creándolo, me sentiré absolutamente compensada.

Te deseo una buenísima lectura.

Con afecto,

Patricia Sutherland

Episodio 1

Miércoles, 23 de diciembre de 2009.
Camden Town, Londres.

Nikki Campbell se cerró la cazadora hasta arriba y ajustó la bufanda. Hundió las manos en los bolsillos de sus pantalones de cuero con actitud resignada. Había caído la tarde, hacía frío y la cosa iba para largo. En buena hora habían decidido ir a Camden Town para hacer las últimas compras navideñas. Soltar allí a alguien siempre dispuesto a apuntarse a cuanta actuación musical/teatral/de lo que fuera como Conor era arriesgarse a regresar a casa de vacío. La joven no pudo evitar una sonrisa de admiración cuando su novio se aproximó bailando a una anciana que entre el público seguía animadamente el ritmo dando palmas, y la invitó a unirse a él. Invitación que la animada dama aceptó sin dudarlo, casi como si lo hubiera estado esperando.

En este caso la música era latina, interpretada por un grupo de brasileños, pero bien podría haber sido cualquier otra cosa. Así era él, alguien lleno de vida, a quien le encantaba divertirse y participar. Nikki lo recordaba así desde siempre. Incluso en su etapa pre-adolescente, a pesar de su extrema delgadez y su acné juvenil, Conor acababa encandilando con su carisma a las exigentes chicas del último curso en las fiestas del colegio. Encandilaba a todo el mundo. Que se lo dijeran a ella que llevaba media vida enamorada de él. El sonido del móvil la devolvió a la ruidosa realidad que la rodeaba y se apartó unos cuantos pasos para atender a su mejor amiga, Lexi Barlow. Como Nikki, era intérprete. A diferencia de ella, tenía el trabajo de sus sueños en la sede ginebrina de la ONU y acababa de prometerse al hombre de su vida.

—Dime que has podido adelantar el viaje y ya estás aquí —fue el saludo de Nikki.

—*No ha habido suerte, nena. Llegaré según lo planeado y mi chico, toquemos madera, también… Oye, acabo de hablar con tu madre y me ha dicho donde estás. Ya sabes que volverás sin comprar nada, ¿no?*

Nikki tuvo que esperar a que su amiga acabara de reír para responder.

—Tranquila, que en cuanto acabe la canción lo saco de esta esquina como sea… —oyó que su amiga se carcajeaba y también claudicó—: Por Dios… Entre las presentaciones de rigor, las bromas y demás, llevamos un cuarto de hora aquí.

—*Cierto que a Conor no le basta con acompañar al artista de turno canturreando o bailando en el sitio, tiene que presentarse y presentar a tooooodo el mundo y acabar organizando una verbena. Tu novio es un caso clínico, nena.*

Nikki controló con la vista lo que hacía Conor. Su sonrisa se ensanchó de oreja a oreja cuando lo vio inclinarse ceremoniosamente hacia la anciana y depositar un galante beso sobre su mano cubierta por un grueso guante de lana color burdeos. Con sus ropas de motero, aquellas rastas que la volvían loca y ese talento innato para hacerte sentir la reina de Java, no era de extrañar que se llevara a todo el mundo de calle. A ella, la primera.

—*¿Y, has conseguido averiguar cuál será su regalo de Navidad o sigue siendo el secreto mejor guardado del mundo?* —quiso saber Lexi.

El corazón de la joven se saltó un latido y volvió a la carga con fuerza.

—Sigue sin soltar prenda y te juro que la ansiedad me está matando —admitió Nikki. Sabía que Conor se traía algo entre manos. Habían celebrado muchas Navidades juntos y a pesar de que él siempre le preparaba sorpresas, su propia ansiedad de niño feliz le hacía imposible guardar el secreto si ella insistía. Al final, siempre acababa desvelando la sorpresa. En esta ocasión no había sido así. Su actitud intrigante cada vez que ella lo sondeaba al respecto, su persistente negativa a desvelar en qué consistía su regalo venía acompañada siempre de una sonrisa seductora que disparaba en ella aún más preguntas, aún más ansiedad.

—*No hace falta que lo jures. Según tu madre, tienes a toda la familia igual de ansiosa. Por lo que cuenta hay apuestas y todo* —festejó Lexi.

—Ja. Como si hiciera falta mucho para ponerlos ansiosos cuando se trata de mi relación con Conor. Entre que lo conocen desde que era un niño, que mi abuela es una casamentera y que mi padre lo adora, como lo adora casi todo el mundo excepto mi madre, están todos pendientes de cada cosa que hacemos…

—*Bueno, tendrás que admitir que esta vez la cosa promete* —Nikki ya estaba sonriendo de puro gusto antes de que su amiga acabara la frase —. *Cuando estuvisteis aquí el mes pasado, después de la reconciliación, lo noté muy cambiado. Muy centrado y muy enamorado de ti.* —La sonrisa de la novia dio dos vueltas completas a los anillos de Saturno—. *Así que, quizás, esta vez te sorprenda de verdad. A lo mejor es LA sorpresa, ¿no crees?*

Nikki exhaló un largo suspiro. Su corazón latía de ilusión, de esperanza, de amor… De anticipación ante algo que llevaba mucho, mucho tiempo esperando que sucediera.

—Ya estoy de los nervios sin necesidad de que vengas tú a aportar tu granito de arena. Dime, ¿para esto me llamas, mala amiga?

En realidad, no. Lexi llamaba por otra cosa. Se rumoreaba que la candidata seleccionada para el puesto al que también se había presentado Nikki hacía algunos meses, había tenido un grave accidente de tráfico. No había podido confirmarlo, pero al parecer la joven de nacionalidad suiza se debatía entre la vida y la muerte en el hospital. Lo que sí sabía, y de una fuente totalmente fiable, era que la candidatura de su amiga había quedado en segundo lugar por lo que, posiblemente, Nikki volvía a estar en carrera para el trabajo de sus sueños, uno para el que se había preparado a conciencia y al que se había postulado una y otra vez sin éxito desde hacía cinco años; ser una de las intérpretes de la Organización de Naciones Unidas.

Lexi dudó un instante entre decírselo en aquel momento o esperar un poco a ver si se confirmaba la noticia.

—*Solo para eso, no. También te llamo para ser la primera en pedirte una cosa.*

—Mientras no sea dinero… —bromeó Nikki.

—¡Me pido ser tu madrina de boda! Ya sé que en tu familia pondrán el grito en el cielo, pero ¡ah, se siente, yo lo he pedido primero!

Nikki permaneció escuchando la alegría dicharachera de su amiga mientras jugueteaba con los flecos de su bufanda y su mente se regodeaba en pensamientos placenteros. Dios, había imaginado ese momento tantas veces… Qué ironía que durante el tiempo que Conor y ella habían vivido juntos, la palabra boda hubiera sido el motivo de sus mayores peleas de pareja y ahora, que cada cual vivía en su casa y disfrutaba de su parcela de independencia, estuvieran más unidos que nunca y el tan esperado momento pareciera tan cercano, tan real.

—Por mí bien, pero yo de ti me iría preparando para la batalla. Porque, que te quede claro, tendrás que verte las caras con mi abuela por esto —concedió riendo.

—¡Y que lo digas! ¡Me va a matar!

En aquel momento, Nikki alzó la vista y la imagen de un hombre guapísimo, con el cabello lleno de rastas multicolores que hoy llevaba sujetas en una coleta, dominó su campo visual. Se aproximaba hacia ella bailando, con su gran sonrisa seductora al tiempo que le indicaba con un dedo que se acercara, que no se libraría de bailar con él.

—Voy a tener que dejarte, Lexi. Mi chico me reclama y me parece que esta vez tendré que bailar para que nos podamos ir de esta esquina… —anunció. Y no sonó molesta o resignada porque no lo estaba. Era feliz, estaba enamorada y lo demás no importaba.

—Sí, a mí también me reclaman. Un cincuentón que no veo la hora de que se jubile —se despidió Lexi, aludiendo a su jefe.

Cuando Nikki desconectó la llamada, Conor ya estaba junto a ella, canturreándole al oído el tema que el grupo estaba interpretando.

—Qué contento se te ve —dijo ella, encogiéndose por las cosquillas que le producían los labios de Conor al cantar. Gesto que él aprovechó para acortar la distancia que los separaba. Ahora, la sostenía por la cintura y los dos estaban muy cerca.

—Muy contento. Hoy es como si fuera viernes… —y cuando lo dijo ya no bailaba. Sus intensos ojos azules acariciaban el rostro femenino como si esta fuera la primera vez que la veía y su sonrisa se había tornado pícara.

Se refería a que, con frecuencia, los fines de semana Nikki se quedaba a dormir en casa de Conor. El mismo piso donde habían vivido juntos y que él había conservado después de la ruptura.

Nikki asintió repetidas veces con la cabeza.

—Si alguien nos oye pensará que durante la semana te tengo a pan y agua —repuso, siguiéndole el juego.

—Me tienes muy bien servido. El problema es que cada vez que pienso en ti se me dispara la gula y… —la rodeó con sus brazos al tiempo que exhalaba un suspiro. Ella se estremeció—. Gula de ti, que no solo me refiero al sexo. Gula de abrazarte, así. De verte. De hacer mil cosas juntos. De cerrar los ojos sabiendo que tú has sido la última imagen del día y que serás lo primero que vea cuando vuelva a abrirlos. Me chiflan los fines de semana porque te tengo toda para mí —la estrechó aún más fuerte en un arranque de amor—. ¿Por qué no nos vamos a casa, nena? ¿Por qué no empezamos el finde ya mismo?

Ganas no le faltaban, desde luego. Reuniendo toda la determinación de que fue capaz en aquellos momentos, Nikki usó sus manos a modo de palanca para apartarse de aquel abrazo y aquel tono sugerente que la estaba poniendo a mil.

—Porque hemos venido a por los regalos de Navidad y todavía no hemos comprado ni uno —repuso ella.

—Eso lo resuelvo en un santiamén. ¿Ves esa tienda? —Conor señaló un local próximo de ropa unisex de segunda mano. En sus dos escaparates los estilos eran tan variados que iban desde el *vintage* hasta el rockero más rabioso, pero lo más llamativo era el expositor de gafas de sol adornado con luces de discoteca. Eran coloristas, estridentes e inmensas, de las que no solo protegen los ojos, sino la mitad de la cara—. Gafas para todo el mundo. ¿Te imaginas a tu abuela? Va a flipar[1] con las rosa fucsia.

—Fliparía, sí, pero no, no serán gafas de sol… Además, por lo que veo, parece que tú ya tienes los tuyos resueltos —Nikki tomó la mano de Conor y puso rumbo hacia el mercado.

Él sonrió para sus adentros. Le encantaba la curiosidad de su chica.

—Resueltísimos.

Nikki volvió la cabeza para mirarlo y el aire le echó a la cara un mechón de cabello. Lo llevaba largo y con abundantes mechas rubias. Él se apresuró a retirárselo del rostro y aprovechó la ocasión para acariciarle la mejilla suavemente.

---

1 Flipar: (coloq.) estar o quedar maravillado o admirado.

—¿El mío también? —Un nuevo intento de averiguar algo al respecto. Lo vio asentir con la cabeza reiteradas veces sin perder si sonrisa intrigante.

—El tuyo también —concedió él.

—Espero que no sean unas gafas de pasta color rosa fucsia —dejó caer con un punto de indiferencia que nadie se creyó.

Él la tomó por un brazo suavemente, haciendo que se detuviera. A continuación, se inclinó hacia ella y le lamió los labios en un gesto a mitad de camino entre un acercamiento romántico y la antesala de un beso muy caliente que no tardó en llegar.

Nikki se pegó a él y lo dejó hacer. Su forma de besar era sugerente, excitante, ideal… A pesar de los años que llevaban juntos, continuaba jugando a explorarla, disfrutando de cada roce, saboreándola igual que la primera vez. Otra cosa de Conor que la hacía suspirar como una quinceañera.

—No son unas gafas —murmuró él, retirándose despacio—, pero te prometo que vas a flipar.

La joven permaneció mirando el rostro del hombre que amaba, sin decir nada, mientras su corazón bailaba de emoción, hasta que él le ofreció su mano.

—Vamos a por esos regalos, princesa.

Ella rodeó la mano masculina con sus dedos en una caricia encubierta que él agradeció dejándole un beso en la coronilla y pronto desaparecieron entre el gentío.

Por la noche…

Evel había llegado al restaurante italiano donde las amigas cenaban a tiempo para el café y se había apuntado no solo a un *espresso* sino también a una porción de tarta de chocolate. No había habido preguntas acerca de por qué había llegado solo y al principio lo atribuyó a que Abby prefería evitar el tema para no incomodar a su amiga. Sin embargo, la cháchara continuó alegre, sin la menor alusión a Niilo. Ni siquiera indirecta.

En parte, la ausencia de interrogatorio le resultó un alivio. No entendía qué mosca le había picado a su ingeniero de diseño y lo último que quería era tener que mentir para excusarlo, ya que decir la verdad no era una opción.

Ahora había transcurrido poco más de una hora, se estaban despidiendo en la puerta del restaurante y a Evel empezaba a parecerle sospechosa tanta normalidad. ¿O sería la calma que precedía a la tormenta? En tal caso, preferiría no estar demasiado cerca cuando se desatara la furia.

—¿En serio puedes conducir? Mira que no nos cuesta nada llevarte, ¿verdad, motero? —dijo Abby rodeando los hombros de su amiga, afectuosamente.

—Qué va. Mi pobrecito coche lleva tanto tiempo conmigo que no tengo más que decirle "¡a casa!" y allá que va —repuso la rubia platino devolviéndole el abrazo.

—Por supuesto —dijo Evel—. Déjalo en el aparcamiento y nosotros te llevamos a casa. No es ninguna molestia, en serio, Amy.

—Que estoy bien, chicos. Apenas he bebido. Os lo agradezco, pero no es necesario. Id tranquilos que en media hora estaré abrazando la almohada. Ha sido genial verte de nuevo —le dijo a Abby y volvió a estrujarla cariñosamente—. Aissss, qué poco te veo ahora que te has casado con tu príncipe azul…

—Qué poco me ves ahora que no paras quieta en ningún lado, dirás. Me parece que voy a tener que hablar muy seriamente con tu jefe…

—¿Sabes lo que me paga por cada uno de esos viajecitos? ¡Como se te ocurra decirle algo te mato! Bueno, ricuras, me voy y os dejo que sigáis disfrutando de la noche —dijo rezumando picardía por todos los poros. Se puso de puntillas para besar la mejilla de Evel, una costumbre muy afectuosa pero bastante inusual en un inglés que siempre lograba descolocarlo un poco. Él se inclinó para facilitarle la tarea—. Sigue cuidándomela tan bien, motero. Esta personita con la que te has casado es muy, muy importante para mí.

Evel sonrió, miró a su mujer irradiando amor por los cuatro costados.

—No hay nada en el mundo que desee más que cuidártela bien, te lo aseguro —repuso él, galante impenitente.

Abby meneó la cabeza.

—Estoy aquí, ¿sabéis? Y sé cuidarme solita —afirmó con una expresión fingidamente seria que se dulcificó en cuanto dijo—: pero me encanta que me cuides, motero.

Amy había dejado a la pareja en uno de sus momentos románticos. Mantuvo el talante jovial hasta que dobló la esquina y entonces, se detuvo. Apoyó la espalda contra la pared e intentó poner orden en sus pensamientos. Había pasado de sentirse a tope de energía, como en los buenos tiempos cuando tenía una cita en perspectiva, a sentirse completamente desinflada. Mejor dicho, ninguneada. ¿Qué clase de tipo desperdiciaba sin más una ocasión servida en bandeja de estar con una mujer que le interesaba? En su modesta opinión, solo había dos posibilidades: o era un gilipollas de marca mayor, o la mujer no le interesaba tanto como decía.

Rebuscó en el bolso y sacó el móvil. Comprobó que tenía mensajes, pero ninguno era de Niilo. Lo cual dejaba claro que ni siquiera le había parecido necesario inventarse alguna excusa.

Capullo.

¿Y qué hacía ella allí, comiéndose el coco a cuenta de un tío? Lo que tenía que hacer era meterse en la cama y dormir doce horas seguidas, pensó mientras sus taconeos se alejaban por el callejón que conducía al aparcamiento.

Que le dieran pomada[2] al Caballero Jedi y a su puñetera espada láser.

Viernes, 25 de diciembre de 2009
Casa de los Campbell.
Barrio residencial al norte de Londres.

—¿Y?, ¿sabes ya qué sorpresa te ha estado preparando? ¡Me tienes en un sinvivir!

Lexi sonaba como un par de castañuelas. Normalmente era alguien jovial, pero volver a Londres y estar con los suyos, multiplicaba su alegría de forma geométrica. Nikki pensó en decirle la

---

2 "Que le den pomada" o "que le den morcilla". Forma coloquial de expresar vehementemente rechazo, desprecio o desinterés hacia la persona o cosa aludidas.

verdad, pero todos estaban pendientes de ella y de Conor. Podía salir de la estancia, era cierto. Sin embargo, no le apetecía hablar del tema.

—Ya lo noto, cari. No hace falta que lo jures. ¿Qué tal por tu casa? —Una respuesta de compromiso que le permitió ofrecer a su amiga la información que solicitaba sin delatarse.

—*¿En serio? Mira, sabes que adoro a tu chico, pero como siga haciéndose de rogar, me voy a plantar en tu casa y voy a decirle cuatro cosas bien dichas. ¡¿Qué se propone?, ¿matarnos de ansiedad?!*

Ojalá lo supiera, pensó Nikki. Ojalá entendiera lo que sucedía.

—¿Vendrás con Chris más tarde? Qué bien —repuso Nikki—. Mis padres están deseando daros la enhorabuena por el compromiso. Genial, Lexi. Entonces, me encargaré de esconder unos cuantos pastelitos navideños para vosotros. Ya sabes que cuando mi madre entra en la cocina, no quedan ni las migas.

—*Vale, mensaje recibido. Te dejo en paz por ahora. ¡Pero llámame en cuanto lo sepas!*

Nikki se despidió de su amiga asegurándole que la llamaría y continuó con lo que estaba.

Intentaba disimular, pero se sentía desconcertada. Como no había niños en la familia, habían decidido esperar a Conor para abrir los regalos todos juntos. Él, como todas las vísperas de Navidad, se había quedado a dormir en casa de sus padres, donde desde un día antes se reunía su multitudinaria familia venida de los cuatro puntos cardinales para compartir un momento que esperaban todo el año. Sin embargo, hacía más de una hora que había llegado, había habido tiempo para los abrazos, las bromas, las anécdotas… Hasta para abrir los crackers[3]

Y también, por supuesto, para recibir y dar los regalos que Papá Noel había traído, y la tan esperada sorpresa seguía brillando por su ausencia.

Sencillamente, no había ningún regalo de Conor para ella bajo el árbol navideño. Ni en ninguna parte. No sabía qué pensar.

—Ya es suficiente, cariño. No cortes más que se enfrían —oyó que su madre le decía. Nikki volvió a la realidad de sopetón. Troceaba el pavo asado sobre la mesa auxiliar, próxima a la principal donde

---

3 Crackers: envuelto en papel de colores con los extremos retorcidos, que contiene un sombrero como una corona, una adivinanza y una baratija. Dos personas tiran del tubo que, al dividirse, estalla. Las coronas de papel se utilizan después durante la comida.

estaban reunidos los comensales; su padre Fred, su tía menor por parte de madre, Marie con su familia, su tío por parte de padre, Joseph también con su numerosa familia, y Conor, por supuesto. En total, trece pares de ojos pendientes de cada movimiento que hacía.

—Déjame el servicio a mí —intervino Clarisse, su septuagenaria abuela—. No quiero que te manches ese precioso vestido en un día tan especial —añadió coronando la indirecta con un guiño.

La joven le ofreció a la anciana una sonrisa de compromiso. Su día especial se estaba estropeando a marchas forzadas. Además, su "precioso vestido", aunque todo un cambio a sus habituales indumentarias de motera, tampoco era nada del otro mundo. Era corto, de lanilla, con anchas franjas verticales en blanco y negro. De hecho, eran más llamativas las botas que calzaba -negras brillantes de estilo pirata- que el propio vestido.

Geneviève puso los ojos en blanco. Estaba hasta la coronilla de la susodicha sorpresa. Que Dios la perdonara, pero Nikki -y su padre y su abuela- esperaban demasiado de alguien como Conor. No era un mal muchacho, pero tenía la cabeza llena de pájaros. Deberían haberlo dejado hace años y seguir cada cual su camino. Pero allí estaban todos, alimentando estúpidas ilusiones.

—Te refieres a la Navidad, imagino, madre —apuntó Geneviève—. Y sí, para una vez que deja el cuero y las tachuelas en el armario y se viste como la dama hermosa que es, sería una pena que se manchara, así que haz caso a tu abuela, Nikki.

Clarisse apoyó las manos sobre la mesa y miró directamente a su hija. Habló con tono definitivo pero en un tono bajo, para que los comensales no pudieran oírla.

—El cuero y las tachuelas también le quedan estupendamente bien, *chérie*. Y no, no me refiero a la Navidad. Es un día especial y que Conor se esté arriesgando a aumentar tu disgusto hacia él no poniendo el regalo de Nikki bajo el árbol, no es más que una prueba de ello. ¿No serás tan ilusa de creer que ha comprado regalos para todos, pero, oh, coincidencia, se ha olvidado del de su novia, no? Dales un respiro, Gen, por favor.

La ilusión regresó con renovados bríos a Nikki que abrazó a la anciana cariñosamente.

¿Cómo no había pensado en eso? Resultaba evidente que la ansiedad estaba pudiendo con ella, ya que lo que decía su abuela era obvio. Además, Conor era una persona detallista. Seguro que esperaba el momento adecuado para desvelar su sorpresa. Solo tenía que ser paciente. Lo que llevaba tanto tiempo esperando, estaba a punto de convertirse en realidad.

Un suspiro escapó de su pecho sin que se diera cuenta, haciendo sonreír a su abuela y consiguiendo que su madre sacudiera la cabeza, incrédula.

No obstante, una hora más tarde la situación había cambiado completamente; la ilusión se había evaporado, una intensa desazón subía imparable y Nikki luchaba con denuedo para evitar que lo que sentía se reflejara en su rostro y tuviera que añadir bochorno a la lista.

Haciendo de tripas corazón, logró quitar la vista de la pequeña caja que sostenía sobre la palma de la mano y volvió el rostro para mirar a Conor. Él tenía una sonrisa de oreja a oreja, seguramente porque estaría pensando que acababa de anotarse un tanto.

—Una llave —dijo Nikki, arreglándoselas para no dejar de sonreír en ningún momento. Y para limitar su campo visual al hombre guapísimo de las rastas, exclusivamente. No quería ver nada más. Ni la cara de "te lo dije" de su madre, ni, por supuesto, la de "no te precipites" que tan seguro como de que se llamaba Nicole, tendrían su padre y su abuela.

Conor, histriónico, ya se había puesto de pie. Inclinándose hacia ella, la había tomado por los hombros y hablaba lleno de energía.

—No cualquier llave, princesa. ¡LA llave! —Se puso de cuclillas, incapaz de estarse quieto de pura emoción—. ¿Te acuerdas de esa cabañita junto a un lago, cerca de Berna, que te enamoró?

Nikki asintió. Intentó mostrarse emocionada. La verdad era que quien la había enamorado había sido él, no la bendita cabaña. Habían estado allí tan solo un fin de semana que se prometía desastroso cuando por un error administrativo se encontraron sin reserva de hotel y un frío que helaba media Europa. Conor había mantenido la calma cuando el resto de moteros que los acompañaban, ya hablaban de dar la vuelta y regresar a Londres, cosa que al final habían acabado haciendo. Él se había pasado media hora marcando diversos números en su móvil y al final había hallado la solución. Alguien les había dejado un lugar dónde pasar el fin de semana. "No era tan cómodo como un hotel, pero serviría". Eso les había dicho. Cuando la pareja llegó y vio de qué se trataba, no se lo podía creer. Había sido un fin de semana mágico en el que, dicho fuera de paso, apenas había salido de la cama. Al regresar a Londres se habían ido a vivir juntos.

—¡Es nuestra toda la segunda semana de enero! —exclamó, eufórico, y sin más, le plantó un beso de tornillo que suscitó aplausos y bromas entre los presentes—. Carretera y manta, preciosa, y una semana juntitos en un lugar que te encanta, ¿no es genial?

—Qué bonito regalo le has hecho, Conor —dijo Clarisse, que se acercó a los dos y los abrazó afectuosamente.

Nikki se las arregló para forzar una enorme sonrisa en su rostro en el último minuto, antes de que él y todos los demás se dieran cuenta de que lo que en realidad sentía era unas ganas de llorar tan enormes como su sonrisa.

—Genial, sí. Me encanta. Gracias, mi amor.

—Me encanta que te encante. Ya te dije que ibas a flipar —Conor apretó la mano que sostenía en la suya y la besó repetidas veces—. La semana que viene me llevo tu moto al taller para ponerla a punto. De la mía ya me ocupé esta semana. ¿Te apañas sin ella unos días?

—Claro que se apaña, Conor —intervino Clarisse—. Hay dos vehículos en esta casa y me consta que uno de ellos rara vez sale del garaje. —Miró a su hija que seguía contemplando la escena con cara de limón—. Seguro que a su madre no le importa que se lo lleve.

Geneviève se puso de pie. Odiaba ver el esfuerzo que hacía su hija para esconder lo que verdaderamente sentía, que el inmaduro que tenía por novio había vuelto a romperle el corazón.

—A su madre no le importa. Voy a por más café —dijo antes de dirigirse a la cocina.

Aquella frase fue como un ataque de realidad para Nikki. La garganta le dolía de tanto aguantar las oleadas de angustia y no estaba segura de poder disimularlo un segundo más. Y lo peor, acababa de darse cuenta de que ya no podía continuar así. Las expectativas que cada uno tenía de la relación distaban millas siderales.

—Y yo voy al baño. Vuelvo enseguida —anunció la joven, poniéndose de pie de forma abrupta.

Conor frunció el ceño. Nikki prácticamente había arrancado la mano de entre las suyas y un segundo después había desaparecido del salón.

De regreso a la realidad, la mirada de Conor se cruzó con la del padre de Nikki y fue en ese instante que el motero comprendió que algo sucedía.

Sábado, 26 de diciembre de 2009.
Taller de customizados "Rowley Customs"
Londres.

Evel y AJ se miraron extrañados cuando vieron a través de las cámaras de seguridad a Conor bajando la rampa que conducía al interior de Rowley Customs.

—¿Le has pedido que viniera? —quiso saber AJ.

El dueño del taller negó con la cabeza. Tenía la suerte de contar con los mejores ingenieros en su plantilla y sabía de buena fuente que todos seguían recibiendo tentadoras ofertas que Evel difícilmente podría igualar, así que se esforzaba por compensarles ofreciéndoles otras cosas que ellos valoraban. Como tiempo libre. A Conor y su novia Nikki les gustaba aprovechar los fines de semana largos para hacer kilómetros a lomo de sus Harleys y el lunes era *Boxing Day*[4], festivo en todo el país.

AJ hizo un gesto dudoso con la boca.

—Mmm, esto no es bueno. Me huele a problemas conyugales y no hay quien lo aguante cuando está a malas con Nikki —comentó.

Evel controló a su recién llegado ingeniero con la vista al tiempo que asentía a lo dicho por AJ. Conor traía cara de "¿alguien entiende a las mujeres? Porque yo no", lo cual quería decir que había ardido Troya. Negaba por activa y por pasiva que fuera a casarse y rechazaba todo comentario acerca de que ya iba siendo hora de que diera el gran paso de una vez. Según él, era muy joven aún para pensar en tener mujer e hijos. La verdad, como solían serlo la mayoría de las verdades masculinas sobre este tema, era bien distinta y constaba de solo cinco

---

4 *Boxing Day*: festividad celebrada principalmente en el Reino Unido y otras naciones que pertenecieron al Imperio británico, durante la cual se promueve la realización de donaciones y regalos a los pobres.

letras: miedo. A perder su libertad, o a dejar de ser el soltero de oro, o a fracasar, o vete tú a saber miedo de qué. Dado que Evel solo compartía con sus congéneres el mismo número de cromosomas, hacía mucho que había dejado de intentar entenderlo.

—¿Qué? Trabajo aquí y con dos manos más, acabaréis antes, ¿o no? —dijo Conor a modo de explicación a las caras que lo miraban sin haber dicho hasta el momento ni una palabra. Lo conocían y sabían que cuando estaba así, lo mejor era cerrar el pico.

AJ se apresuró a asentir, bajó la cabeza y siguió trabajando. Evel añadió dos palabras a su movimiento afirmativo con la cabeza. "Gracias, tío". Y también siguió a lo que estaba.

Niilo, en cambio, no se calló.

—La has vuelto a cagar y todavía no sabes en qué, ¿a qué sí? Tío, ¿cómo puedes ser tan gilipollas? —sentenció. Le pasó el café doble que acababa de traer para sí mismo—. Anda, toma. Ahoga las penas en cafeína y ponte al tajo[5]. Es lo más efectivo que conozco para olvidarse del mundo.

Como negarlo carecía de sentido ya que a) la había vuelto a cagar, b) todavía no sabía por qué y c) definitivamente, era un gilipollas, Conor aceptó el café que Niilo le ofrecía sin decir ni pío.

Ese mismo día, en un lugar al norte de Inglaterra…

En aquel pabellón hacía un frío que pelaba y como se quedara quieta un minuto más, acabaría convertida en una estalactita. Por lo visto, se había estropeado algo en el sistema de control de apertura de una de las puertas dobles que daba acceso al recinto y como no podía ser de otra manera en un día de invierno, ventoso y con temperaturas de menos once grados, se habían estropeado en la posición de "abierta". El personal de mantenimiento llevaba un buen rato intentando solucionarlo. Amy Pearson verificó que su jefe seguía conversando con dos de los patrocinadores, acompañado de Mike, el sustituto de su publicista de siempre, Louis, de baja por accidente. No

---

5 Tajo: trabajo, faena.

la necesitaba y en caso contrario, la llamaría. De modo que enfiló directamente hacia la cafetería.

Otros habían tenido la misma idea, estaba claro, porque en aquella amplia cafetería no cabía un alfiler. Amy a duras penas consiguió hacerse un hueco en la barra para pedir un café doble bien caliente. De sentarse, nada, así que además de estar helada, le dolían los pies. Empezaba a odiar los zapatos de tacón, algo que tenía que agradecerle a las horas y horas y horas que pasaba de pie los fines de semana desde que su jefe había vuelto de aquel viaje relámpago a Nueva Zelanda. Todo fuera por tener una cuenta bancaria feliz, pensó al tiempo que exhalaba un suspiro.

Echó un vistazo a su móvil y comprobó que tenía varias llamadas perdidas nuevas. Todas eran de trabajo. O sea, ninguna era del Caballero Jedi. Tomó la taza entre las manos para calentárselas y sin darse cuenta se encontró pensando en todos los momentos en los que Niilo y ella habían coincidido en el tiempo y en el espacio. Intentó recordar alguna mirada o algún gesto de interés hacia ella y, excepto su inesperada aparición, Manhattan en mano, en la boda de Dakota, ninguno le vino a la mente. Niilo se había pasado meses sin hacer el menor movimiento de ficha, hasta que lo hizo. Y, por lo visto, el señor tenía pensado repetir el proceso, volviendo a dejar que pasara el tiempo sin dar señales de vida. ¿Sería su técnica de aproximación para con las rubia platino? Era ingeniero, y según su jefe, de los excepcionalmente buenos, así que si era una técnica, tenía que haber sido probada concienzudamente y mejorada hasta obtener un nivel de eficiencia tan excepcional como su inventor. Aunque también era posible que el Manhattan fuera nada más que el intento de probar suerte de un tipo solo en una boda con demasiada barra libre.

"No, no probaba suerte con ella". No era de esa clase de tipos, estaba segura. Entonces, ¿qué fue?

Amy soltó un bufido. Estaba harta de tanto darle vueltas al tema de Niilo.

¿Quieres saber de qué puñetas va toda esta historia? La respuesta es muy simple, guapa: LLA.MA.LÓ.

En el taller de customizados de Evel...

—Yo de ti, respondería cagando leches, Anakin —dijo Maddox mirando el móvil de Niilo que parpadeaba sobre la mesa auxiliar. El tono que empleó fue tal que los otros tres hombres que estaban allí, levantaron la vista.

El cuarto continuó tecleando en un portátil que había apoyado encima del techo del prototipo.

—¿Mmm? —preguntó sin apartar los ojos de la pantalla.

—Tu móvil. Que lo atiendas. YA —repitió el veinteañero de raza negra hablando en plan telegrama.

Niilo siguió a lo que estaba y Maddox que no desaprovechaba ocasiones tan servidas como aquella, tomó el dispositivo, se acercó a su dueño y se lo puso delante de los ojos.

—Atiéndelo, tío. ¿Ves ese nombre de la pantalla?

El ingeniero de diseño necesitó un par de segundos para asociar ideas y cuando lo hizo...

—Mierda —y con esas, le arrancó el móvil de las manos a Maddox. Se apartó unos cuantos pasos del centro de la escena para impedir que los demás oyeran la conversación y atendió.

—Esto sí que es una sorpresa. Me llamas, ergo estás en Londres. Bienvenida, viajera —fue su saludo a una Amy que se quedó con la boca literalmente abierta al oírlo.

—*Gracias... Pero en realidad, no estoy en Londres.*

Niilo se apoyó contra uno de los pilares de carga, de espaldas al centro neurálgico del taller. Sonreía, todo él era una gran sonrisa, y no quería darles a los cotillas que tenía por compañeros de trabajo la ocasión de fisgar en sus asuntos.

—¿Me llamas sin estar en Londres?, ¿porque sí? Vaya, esto mejora por segundos.

Niilo no era el único que sonreía. La de Amy era tan grande como la suya, si no más. No salía de su asombro ante lo que oía. Aquel desenfado mezclado con una pizca diminuta de seducción del Caballero Jedi le gustaba. Mucho.

—*Pues espera a ver cuando te diga por qué te llamo. ¿Estás sentado? Igual te da un infarto o algo...*

Él no respondió enseguida. Continuó disfrutando del momento. Porque sí, acababa de confirmar lo que sabía desde hacía mucho; Amy le gustaba de la cabeza a los pies. Completa. Y que recordara, la última vez que todas sus neuronas habían estado de acuerdo en algo así, todavía no le había salido la barba.

—*¿Sigues ahí o te has desmayado antes de tiempo?* —preguntó Amy al darse cuenta de que los segundos pasaban y él no decía nada.

—Fui a por una silla, pero ya estoy preparado. Dispara cuando quieras.

Los dos rieron. Se sentían cómodos. Amy, especialmente, no había esperado que la conversación fluyera con tanta naturalidad, que fuera tan agradable.

—*Vale, allá voy* —y tras una pausa dramática dijo—: ¿Y si te invito a una copa el martes, como a las ocho, en La Vinatería? ¿Qué dices?

Niilo ya había soltado cuatro puñetazos al aire cuando consiguió centrarse y responder.

—¿Que qué digo? Ahora mismo solo se me ocurre una cosa… ¡Guaaaaaaaaaaaaaaaaaaauuuuuuuuuuuuuuuuuuuuuuuu!

Amy tuvo que concentrarse para conseguir tragar antes de convertirse en un aspersor de café. Al fin, soltó una carcajada que a Niilo le encantó oír. Le encantó porque era otra confirmación de que la idea que se había hecho de ella durante los largos meses que se había dedicado a observarla (y admirarla) a distancia mientras su interés lo tenía el tío de turno, eran ciertas. Conectaban. Él era capaz de captar su atención sin necesidad de avasallarla y ella se estaba dando cuenta de eso. Más aún, le gustaba.

—*¿Eso es un sí?* —apuntó con tono seductor.

—¿Un sí a secas? Qué dices. Noooooo… Es un sí ¡menos mal que fui a por una silla!, es un sí ¡que alguien me pellizque que no me lo creo! Es un sí ¡JODER, QUÉ TÍO CON SUERTE! —exclamó, haciendo gala de un histrionismo que volvió a sorprender a Amy.

Sin embargo, el momento placentero estaba a punto de acabar, porque Mike acababa de ponerse a su lado en la barra con cara de cordero degollado. Qué oportuno.

—*Me encanta saber que piensas eso… Entonces, quedamos así, ¿vale? Ahora tengo que dejarte…* —dijo Amy, forzando el fin de la conversación.

—¿El trabajo te reclama?

Amy sonrió con resignación.

—*Exacto.*

Por cómo había sonado aquella única palabra, Niilo dedujo que el trabajo estaba justo frente a ella, mirándola fijamente.

—Entiendo. Nos vemos el martes, ¿*OK*?

—*OK. Adiós…*

En el centro neurálgico del taller Evel, AJ y Maddox se estaban partiendo de risa. Intentaron disimular cuando Niilo se dio la vuelta, pero todos eran viejos conocidos y no engañaban a nadie. Conor, en cambio, siguió trabajando tan enfurruñado como estaba al llegar.

El ingeniero de diseño de Rowley Customs llevaba mucho tiempo esperando ese momento y, por una vez, no se cortó en demostrar cómo se sentía. Pasó frente a los cotillas sin mirarlos directamente pero con una sonrisa en el rostro y cuando llegó junto al prototipo ensayó unos pasos del baile de la victoria que arrancó carcajadas.

—Tío, me encanta verte feliz —celebró Evel.

—Y a mí. Fíjate, venir a descubrir a estas alturas que sabes bailar y todo… —apuntó AJ, con fingido asombro.

Maddox palmeó el hombro de Niilo con tanta fuerza que lo movió de sitio.

—Anda que si no llega a ser por mí, lo dejas sonar y todo. ¿Ves que no estás a lo que hay que estar, chaval? Espero que lo tengas presente el próximo puente y te quedes a hacer mi guardia. Eso como mínimo.

Niilo hizo un gesto de que se calmaran con las manos. Ya estaba bien de tantas bromitas.

—Fin de la intromisión en mis asuntos, colegas. Seguid trabajando —anunció y se disponía a continuar introduciendo datos en el portátil cuando Conor salió de su ostracismo.

—Yo de ti no cantaría victoria todavía. Todo lo que sube tiene que bajar y cuando hay una mujer de por medio, bajar en caída libre y hacerte papilla contra el suelo es una alternativa muy real. Acepta un consejo, tío: no te creas nada hasta que lo veas suceder frente a tus ojos, ¿vale? —sentenció el motero de las rastas.

Y a continuación, soltó el destornillador que tenía en la mano sobre la mesa de herramientas y abandonó el área de trabajo, dejando una estela de frustración tras de sí.

EPISODIO 2

Sábado, 26 de diciembre de 2009.
Taller de customizados Rowley Customs.
Londres.

Conor entró en la cocina-comedor del taller y se sirvió un café bien cargado. A continuación se sentó a la mesa y sacó su móvil. Continuaba sin noticias de Nikki. En otras palabras, seguía con "no me pasa nada" como única respuesta desde Navidad. Ya había perdido la cuenta de las veces que había intentado averiguar qué estaba sucediendo. Tenía que haber una razón al cambio de actitud de su novia, le había cambiado hasta la expresión de la cara; a pesar de sus evidentes esfuerzos porque no se notara, toda ella lucía apagada. Como si la hubieran desconectado o algo parecido. No rechazaba sus avances, pero de motu propio se mantenía distante: ni llamadas, ni muestras de cariño espontáneas, ni palabras. Era como, si de pronto, no tuviera nada que decir.

Mierda. ¿Qué coño estaba pasando?

Volvió a llamarla y con el aparato próximo a la oreja esperó, con una diminuta lucecita de esperanza de poder hablar con ella y, al mismo tiempo, preparándose para volver a hablar con su contestador automático.

En el salón de su casa, donde se hallaba en compañía de sus padres y su abuela Clarisse conversando con Lexi y el prometido de ésta, Nikki se tragó un suspiro de impaciencia al oír sonar su móvil y ver qué nombre parpadeaba en la pantalla. No quería más preguntas por parte de su familia también, de modo que se puso de pie con el móvil al tiempo que atendía la llamada, y abandonó la estancia.

El alma volvió al cuerpo de Conor que de puro nervio también se puso de pie.

—Hola, princesa. Me tenías preocupado… Te he dejado como diez mensajes en tu buzón…

—*Sí, lo sé. Perdona, iba a llamarte, pero…* —La verdad era que no le apetecía hablar con él. Sin embargo, alguna razón tenía que dar—. *Es que llevo atendiendo visitas desde que me levanté…*

Conor se restregó la frente con los dedos. Como explicación era horrible, pero como prueba de que, definitivamente, algo sucedía era la mar de elocuente.

—Nikki, dímelo. Sea lo que sea, dímelo. No me tengas así, me vuelve loco. Por favor.

Ella sacudió la cabeza. Era un círculo vicioso y no sabía cómo salir de él. No, sin quedar en evidencia.

—*¿Se te ha ocurrido pensar que quizás la razón de que no haya respondido a tus doscientas llamadas es que no me apetece hablar del tema?*

Un escalofrío recorrió la espalda de Conor.

—Entonces, admites que hay un tema del que hablar. Pero no lo hablas.

El suspiro de hartazgo que oyó a continuación le confirmó lo mal que estaban las cosas.

—*No todo se arregla hablando, Conor y esta es justamente una de esas situaciones.*

—¿Es por el regalo? —Tentó suerte. Sabía que tenía relación con eso; antes todo era color de rosa, después habían empezado los silencios—. Princesa, no tenemos que ir si no quieres. Creí que te encantaría la idea de volver, que te haría ilusión que pasáramos unos días juntos allí… Pero si no es así, dímelo. No pasa nada. Cambiamos los planes y listo. Lo importante es estar juntos, dónde da igual… ¿Es por eso?

—*Ay, Conor, de verdad, por favor… Dejemos esto. Hablaremos, pero no ahora. Tengo que volver dentro, Lexi y Chris están aquí.*

Él maldijo en silencio. Le desesperaba la idea de ir a ciegas y le desesperaba aún más sentirla tan distante.

—¿Nos veremos más tarde?

—*No lo sé…*

—Venga, princesa… ¿tampoco quieres verme? ¿Tan enojada estás conmigo? —Su voz fue una caricia de terciopelo cuando dijo—: ¿tanto la he cagado?

Otro suspiro por parte de Nikki. Lo peor de todo era que él no tenía la culpa de que ella fuera una tonta que seguía creyendo en imposibles. ¿Pero cómo decírselo sin que volviera a salir a relucir un tema que había causado tantas peleas entre ellos? ¿Y cómo evitar sentir lo que sentía? La verdad era que ella ya no podía continuar así.

—*Déjalo, Conor. Te lo digo en serio. Tengo que volver al salón, lo siento. Ya hablaremos* —sentenció la joven y cortó la llamada sin más.

El motero respiró hondo. Dudó entre montarse en su moto y presentarse en casa de su novia, o volver a hundir las manos en aceite para motores y no forzar la situación. Desde que se habían reconciliado, Nikki había cambiado mucho y la relación también. Realmente, estaban muy bien juntos. Las escenas y las salidas de tono eran agua pasada. Sin embargo, no se le escapaba el hecho de que su novia seguía siendo de la clase de personas que toleran mal la presión. Decidió dejarlo estar un día más. Luego, se acabaría la tregua.

En aquel momento, Niilo apareció en el comedor. Hubo un intercambio de miradas. El recién llegado se sirvió un café y uno de los pasteles de Navidad que había traído Evel.

—¿Tormenta en el paraíso? —le preguntó a Conor.

Él se limitó a asentir, pero no añadió nada más, lo cual le ofreció a Niilo información de calidad: que alguien tan extrovertido tuviera problemas y no quisiera hablar de ellos era indicativo del nivel de seriedad de lo que sucedía.

—¿Estás bien?

Conor respiró hondo otra vez, arrojó lo que quedaba del café por el sumidero, y enfiló para la puerta.

—No, pero es lo que hay… Voy a seguir trabajando.

En casa de los Campbell…

Nikki acababa de poner un pie en el salón cuando su móvil volvió a sonar. Pensando que se trataba de Conor, se le escapó un "qué pesado" que atrajo la atención inmediata de todos los presentes. Volvió al patio posterior para atender la llamada.

Cuando regresó, unos minutos más tarde, traía un talante tan diferente que todos se concentraron en ella.

—¿Qué sucede, hija? —quiso saber Geneviéve.

—Me acaban de llamar de Ginebra. La plaza es mía si la quiero, pero tendría que incorporarme enseguida —dijo Nikki de carrerilla, casi sin respirar. Coronó la frase con una sonrisa nerviosa.

Su padre saltó del asiento y la rodeó con sus brazos, loco de alegría.

—¡Esta es mi chica! ¡Enhorabuena, cariño!

—¡Pero qué buenísima noticia, Nikki! —dijo su madre.

Su abuela Clarisse la abrazó emocionada, ya que sabía cuánto significaba para ella.

Detrás de la familia directa, llegó el abrazo de las amigas y la felicitación de Chris, y cuando los ánimos se serenaron un poco, llegaron las preguntas que la joven intentó responder con la poca información de que disponía.

—Por lo visto, el puesto ha vuelto a quedar vacante y llamaron a la segunda candidata, que soy yo. En principio, estaré dos meses a prueba y si la supero, me harían un contrato por otros seis —sonrió sin poder evitarlo, de puro gusto—. Les urge cubrirlo, pero entienden que todo es muy repentino y me han dado un par de días para que lo piense. No sé más… —Nikki se apartó el cabello de la cara—. La verdad, estoy alucinando. Es algo que había dado por perdido hace tiempo y lo último que esperaba al atender la llamada era que fueran ellos.

Lexi y su novio Chris intercambiaron miradas.

—Imagino que te lo dirán si decides aceptar el trabajo, pero, por las dudas, te diré lo que sé —empezó a decir Lexi y al ver la expresión interrogante en la cara de su amiga, se apresuró a añadir—: Lo sabía. Cuando hablamos en vísperas de Navidad, te llamaba para contártelo, pero al final cambié de idea. Entonces, no eran más que rumores y bueno, con estas cosas nunca se sabe… Ahora ya no son rumores. La chica que contrataron tuvo un accidente gravísimo. Está muy mal y los médicos no creen que se recupere, pero sigue viva. De ahí la urgencia y la duración del contrato.

Nikki abrió los ojos desmesuradamente. ¿Sustituiría a alguien que estaba con un pie en el otro barrio? No era precisamente de esa forma como había imaginado conseguir el trabajo de sus sueños…

—Qué barbaridad, pobrecilla… —comentó Clarisse—. ¿Cuántos años tiene?

—No la conozco más que de vista, pero supongo que rondará los veintiséis o veintisiete, como nosotras —respondió Lexi.

Pasado el primer momento de consternación, las preguntas de la familia se centraron en lo verdaderamente importante.

—¿Y qué vas a hacer, cariño? —Fue Fred quien abrió fuego en primer lugar.

Geneviève soltó una risita irónica.

—¿Cómo qué va a hacer? Aceptar, por supuesto. Lleva toda su vida adulta intentando meter un pie en la ONU…

—Aún no lo sé… Acabo de enterarme. Todavía estoy procesando la noticia —repuso Nikki. Miró a su abuela quien le ofreció una sonrisa compasiva.

—Es una decisión difícil —le dijo la anciana—, pero piensa que solo serán unos meses, cariño. Pasarán volando y haber trabajado en la ONU, te abrirá muchas puertas en el futuro.

—Pero solo es un trabajo —intervino Fred, con decisión—. Sí, admito que sueñas con esto desde siempre y sin duda, es un gran trabajo, pero ¿es suficiente para hacerte feliz? Estarás lejos de Conor, lejos de nosotros, lejos de tu ambiente y de tus cosas…

—Me tendrá a mí —terció Lexi, siempre dispuesta a echarle un salvavidas a su amiga del alma.

—Y a mí, por supuesto —volvió a intervenir Clarisse—. Me vendrá bien pasar unos meses en mi hogar, dulce hogar… A la pobre casa la tengo bastante abandonada, pero hay espacio de sobra y no estarías sola. Piénsalo, cariño.

La anciana era oriunda de Suiza y cuando sus hijas, también originales de aquel país, se hicieron mayores y fueron abandonando el nido -dos marcharon a Inglaterra y la tercera a Italia-, ella las vio partir con gran dolor. Para entonces su marido había enfermado del corazón y su salud no podía afrontar un cambio tan drástico como el de trasladarse a vivir a otro país. Fue un período duro para Clarisse que culminó años más tarde con la muerte de su compañero de vida. Entonces, la mujer había hecho las maletas, cerrado la casa en la que había vivido durante casi cuarenta años y se había dedicado a pasar largas temporadas con cada una de sus hijas. Hasta hacía dos años, cuando los achaques propios de la vejez y las frecuentes visitas al médico, la habían obligado a echar el ancla en casa de una de ellas; Geneviève, su hija mayor.

Quien justamente en aquel momento intervino.

—Claro, ¿por qué no, madre? Así, en vez de una razón para preocuparme, tengo dos y no me aburro. Si crees que voy a dejar que te muevas de aquí, estás muy equivocada, señora mía.

Clarisse apretó cariñosamente la mano de su hija quien, al fin, acabó sonriendo de mala gana.

—Vale, tendrás el trabajo de tus sueños y a tu amiga del alma —bromeó Fred, y le hizo un guiño a su mujer—. A tu abuela preferentemente no, so pena de que a tu madre le de un infarto. La cuestión es ¿será suficiente para ti? Eso es lo que tienes que averiguar, cariño.

Los presentes en la sala estaban pendientes de su respuesta, y no necesitaba más que mirarlos para saber que, excepto su padre, todos pensaban que no debía dejar pasar esa gran oportunidad.

Pero no era tan fácil. Nada en la vida era blanco o negro. Ahora, la alegría inicial por la noticia se había esfumado, sepultada bajo un millón de dudas, y la preocupación por las decisiones que debía tomar y que no tenía claro qué repercusiones tendrían en su futuro, había cogido el relevo.

Nikki exhaló un suspiro y permaneció en silencio.

En Rowley Customs…

Hacía un rato que el cliente había venido a recoger su customizado y solo quedaba AJ dando vueltas por el taller. Evel entró en su despacho descalzo, con el torso desnudo y una toalla alrededor del cuello. Tomó asiento en el gran sofá donde estaba su bolso del que extrajo una camiseta negra y una camisa a cuadros a juego, y acabó de vestirse. Había sido una semana de locos, pero el pedido más urgente estaba entregado, el baño lo había dejado como nuevo y ahora estaba listo para disfrutar del bomboncito lo que quedaba del fin de semana largo.

Disfrutar era la palabra clave, pensó con una sonrisa. La posibilidad de un viaje relámpago a algún destino romántico se había estropeado cuando Dakota le había pedido un cambio de guardia en el MidWay para poder llevar a Tess a Plymouth. Si Abby y él no podían alejarse de Londres, y teniendo en cuenta que los dos habían tenido una semana laboralmente ajetreada, pasarse el fin de semana, preferentemente desnudos en la cama (y solo vestirse para ir al MidWay un par de horas antes del cierre), le parecía un disfrute con mayúsculas.

El motero estaba apagando su portátil para marcharse cuando oyó que lo llamaban por el intercomunicador.

—Sí... Dime, AJ —respondió al tiempo que pulsaba una tecla del teléfono sobre su escritorio.

—Evel, el Inspector Fisher está aquí. ¿Bajas o lo atiendes en tu oficina?

El dueño de Rowley Customs permaneció en silencio unos instantes. ¿El Inspector Fisher? El asunto del ataque estaba en manos de los abogados, y los tipejos en la trena a la espera de juicio. ¿A qué venía al taller? Por no mencionar que aquel individuo lo ponía de mal humor. ¿Qué se le ofrecía ahora?

—¿Evel...? —insistió AJ.

—Sí, disculpa... Que suba. Lo atenderé aquí —. Soltó el botón y fue entonces cuando se dio cuenta de que había pasado en un segundo del bienestar de marido primerizo planeando un fin de semana loco con su mujer, al dolor de estómago.

Evel agradeció a AJ que hubiera acompañado al Inspector hasta su oficina y cuando quedaron a solas, aunque no le apetecía en lo más mínimo, sacó a relucir su cortesía.

—¿Puedo ofrecerle un café o prefiere té… o alguna otra bebida? —dijo al tiempo que lo invitaba a tomar asiento con un gesto de la mano.

El treintañero movió negativamente la cabeza. Permaneció de pie.

—Nada, gracias. Solo será un momento.

El tipo no le gustaba. Cuando miraba, daba la impresión de que lo estaba analizando todo. Evel era muy consciente de que a él había empezado a "analizarlo" en el hospital, en la primera entrevista cuando despertó del coma, y seguía haciéndolo porque desconfiaba de él. No se había creído eso de que no conociera de antes a Yanev. A ver con qué nuevas le venía ahora su instinto de sabueso.

Y a ver cómo se las arreglaba él para esquivar lo que fuera que el tipo se trajera entre manos, pensó Evel. Se reclinó contra el respaldo y le sostuvo la mirada, procurando mantener una actitud ecuánime.

—Bien. Usted dirá, entonces.

—Por lo que veo, se ha recuperando muy bien. Ha tenido mucha suerte, señor Rowley. Este tipo de *vendettas* suelen acabar… mucho peor.

—No sé a qué se refiere. Soy empresario, no un mafioso. Fue un robo frustrado que acabó conmigo en el hospital. Si tiene alguna otra teoría, háblelo con mis abogados, por favor. Fue muy duro para mí e intento superarlo y seguir adelante.

El Inspector Fisher torció la boca con disgusto.

—Le conocía de antes. Los otros no. Como mucho, alguno lo había visto en el bar de Houslow, pero Yanev le conocía a usted de antes.

El nivel de alarma de Evel crecía por segundos.Tuvo que concentrarse para que su tono de voz sonara tan casual como lo hizo cuando dijo:

—Mi apellido es Rowley. Me conoce mucha gente.

—¿Pero cuántos de esos que le conocen quieren hacerle daño y por qué?

Evel se puso de pie. Aquel asunto estaba tomando un cariz inaceptable, y no estaba dispuesto a seguir siendo cortés.

—Le ruego que hable con mis abogados, Inspector. Yo ya he dicho todo lo que tenía que decir sobre este desafortunado suceso. Si no hay nada más que pueda hacer por usted…

Evel ya había abierto la puerta del despacho cuando pronunció la última frase. No estaba dispuesto a darle ninguna otra alternativa más que largarse. Pero entonces, el hombre sacó del bolsillo una pequeña funda de plástico transparente.

Se la entregó a Evel que reconoció el objeto que contenía al instante.

—Acabamos de requisarlo junto con otros objetos robados en un guardamuebles que resultó ser propiedad de la familia de uno de los detenidos —explicó.

El iPhone parecía sano, excepto por una ligera abolladura en uno de los vértices, y estaba reluciente, como si lo hubieran limpiado a conciencia. Durante los brevísimos instantes que transcurrieron hasta que el Inspector volvió a hablar, el cerebro de Evel disparó una ráfaga de pensamientos, a cual más alarmante. ¿Por qué, del millón de herramientas y objetos costosos del taller, había escogido llevarse el móvil? ¿Sólo por sacar pasta por él o…? Tenía la agenda llena de nombres, incluso con datos personales de sus contactos. Fotos. Mensajes. Le corrió frío por la espalda solo con pensarlo, y un instante después, sus dedos crispados se afanaban por comprobar el dispositivo.

Entonces, el treintañero completó la frase y el corazón de Evel saltó del pecho a la garganta donde se puso a latir desaforadamente.

—Faltan las tarjetas y no había huellas. Han hecho un buen trabajo de limpieza —y al ver que Evel alzaba la vista del aparato y lo miraba interrogante, añadió—: Según Yanev, no fue él quien lo robó. Reconoce que la mochila donde lo encontramos es suya, pero no sabe nada del móvil.

El tipo era un ladrón, el móvil estaba en su mochila, ¿pero no lo había robado él? Nadie podía tragárselo. Así que a lo mejor, pensó, presentarse de improviso no había sido más que un intento de Fisher de pillarlo en un desliz.

—Gracias —repuso Evel—, aunque espero que no haya hecho el viaje para esto... Podría haberme avisado, lo habría recogido personalmente. Ahora que lo pienso, ¿no es ese el procedimiento habitual?

Le pareció notar un punto de decepción en la mirada del policía que, de ser cierto, confirmaba que su respuesta había sido convincente, y eso lo tranquilizó.

El Inspector Fisher le tendió un recibo para que lo firmara y cuando Evel lo hizo, se puso en marcha.

—No, tenemos una investigación abierta en un polígono cercano. Me quedaba de paso. Bueno... Ya nos veremos, señor Rowley.

Bastante más relajado, Evel se permitió una broma.

—No lo tome a mal, pero, realmente, espero que no sea así.

Tan pronto el policía abandonó su despacho, Evel se apresuró a guardar el iPhone en la caja de seguridad mientras pensaba en qué le respondería a AJ cuándo él le hiciera la pregunta de rigor.

Tenía que ser algo que zanjara la cuestión limpiamente. No tenía la menor intención de arriesgarse a que la visita del policía llegara a oídos de su mujer. Sabía que todo lo relacionado con aquel fatídico día continuaba angustiándola.

Dios, odiaba tanto la idea de ocultarle cosas a Abby... De no cumplir con la promesa que se habían hecho de contárselo todo.

Pero lo del hijo de puta de Ivan Yanev, simplemente, no podía decírselo.

Nikki llevaba un buen rato en el patio cuando apareció Lexi. Estaba oscureciendo, hacía frío y nevaba, pero su amiga no parecía darse cuenta de nada. Estaba sentada en uno de los cuatro sillones situados alrededor de la mesa donde la familia solía comer en verano, cuando el tiempo lo permitía, en un sector techado del patio posterior de la casa. Abrigada con un gorro calado hasta las cejas, guantes y bufanda, su mirada parecía perdida y la taza, llena hasta dos dedos del borde de té, que había sobre la mesa ya no humeaba.

—¿Has hablado con tu chico?

Nikki miró de mala gana a la joven de cabello lacio, que llevaba en una melena corta del mismo largo teñida de color chocolate. Dios, qué poco le apetecía hablar del tema… Ni de nada. Las peores navidades que recordaba, con diferencia.

—No. Básicamente, porque no sé qué decirle.

—Prueba con la verdad.

La verdad, así de fácil. ¿Cómo no se le había ocurrido antes? Nikki volvió a mirar a su amiga, esta vez, de mala uva.

—Conor no es como Chris. No es capaz de sentarse y dialogar tranquilamente sobre temas que le tocan de lleno.

—¿Y tú sí? —ironizó Lexi. Adoraba a su amiga, pero ella no se daba cuenta de que era mucho más parecida a su media naranja en defectos y en virtudes de lo que pensaba. Eran personas aventureras, temperamentales, vitales. Chocaban mucho, era cierto. Tan cierto como que se amaban el uno al otro profundamente. Solo necesitaban madurar -los dos, no solo Conor-, y cuando eso sucediera, Lexi estaba segura de que serían la pareja perfecta. Tenían todos los ingredientes necesarios para serlo.

Nikki exhaló el enésimo suspiro del día.

—No, yo tampoco —concedió.

Lexi movió su sillón hasta situarlo frente al de su amiga, tomó sus manos y las apretó cariñosamente.

—Te hiciste ilusiones y no salió como pensabas, pero hasta ahí. Esperabas una clase de sorpresa y recibiste otra. Él no ha cometido ningún delito ni te ha faltado en nada. Puede que no fuera lo que esperabas, pero no deja de ser un señor regalo, preparado con cariño y detalle por un hombre superenamorado. Y sí, te da rabia y te desilusiona que no fuera lo que esperabas, las chicas somos así y no hay nada de malo en eso, pero no permitas que esto se convierta en un problema. Si no te sientes preparada para hablar del tema, acéptalo sin más y díselo, sé franca y deja que la relación siga su curso. No lo castigues teniéndolo en ascuas y siendo distante, porque no se lo merece. Es un buen tío y sabes muy bien que se desvive por ti. Te adora, nena. Y tú lo adoras a él. Venga —le ofreció una mano enguatada que ella tomó—, vamos dentro, que aquí hace mucho frío.

Nikki siguió a su amiga al interior de la casa, pensativa. Sin duda, Conor era un buen tío, una buena persona. Nada de lo sucedido ponía en entredicho ni su naturaleza ni lo que ambos sentían el uno por el otro. La cuestión era que después de diez años y, a pesar de lo pactado al reconciliarse, seguía sin decidirse a comprometerse con ella.

La cuestión era si *ella* estaba dispuesta a seguir entregándose completamente, a seguir implicándose al cien por ciento, en una relación en la que solo una de las partes estaba yendo a por todas. Durante diez años la respuesta a esa pregunta había sido un sí categórico. Sin dudas ni consideraciones de ninguna clase.

Ahora, ya no estaba tan clara.

Por la noche, aquel mismo día.
Casa de Conor Finley.
Al oeste de Londres.

Conor consideró seriamente no responder. Ni siquiera se había pasado por el MidWay. Lo único que le apetecía era lo que había hecho; echarse en el sofá y ver alguna de las dos mil carreras de motos que tenía grabadas en vídeo.

Pero insistían.

Eran poco más de las diez de la noche, demasiado tarde para alguien de la familia y demasiado temprano para un colega. Se incorporó de mala gana y se dirigió a la puerta. Pulsó el botón del portero electrónico.

—¿Quién es?

—*Yo* —respondió una voz que le puso el corazón en fuga.

—Nikki... Hola... Sube, nena.

Y con esas, Conor entró en un frenesí de orden. Todo estaba hecho un desastre, en parte porque apenas había parado en casa con tanta celebración; en parte porque la limpieza había sido desde siempre la válvula de escape de su (mal) humor. Con la casa no podía hacer nada, pero al menos, consigo mismo sí. Se cambió de camiseta por una verde militar ceñida, sin mangas, a juego con sus pantalones de camuflaje, y echó mano de su colonia favorita. Dos golpes en la puerta le anunciaron que se había acabado el tiempo.

Intercambiaron una ligera sonrisa cuando le abrió la puerta y ella entró. La de él estuvo acompañada de una inspección rápida pero bastante exhaustiva de su chica. Llevaba el cabello sujeto en una coleta baja sobre el lado izquierdo, con el rostro despejado y la mata de pelo ondulado, casi blanco por la abundancia de mechas, descansando sobre su pecho. Como siempre, Conor la ayudó a quitarse el abrigo -hoy había sacado del armario su Barbour Bedale®[6] negro para protegerse de la nieve-, y lo dejó sobre una silla del salón junto con el casco y los guantes. Había estrenado el mono de motorista que le había regalado Papá Noel Fred para Navidad. Era blanco y negro, de una sola pieza. Una auténtica tentación, y eso que llevaba la cremallera cerrada hasta el cuello.

La segunda sonrisa que intercambiaron también fue algo tensa pero más grande, y tuvo lugar cuando ella dio un vistazo alrededor. No era la primera vez que estaba allí tras la reconciliación, pero nunca lo había visto tan desastroso.

—Menuda pocilga.

Él se metió las manos en los bolsillos con expresión de niño al que acaban de pillar haciendo una travesura.

—Sí… Ya me conoces. Cuando no estoy bien, paso de todo.

Nikki asintió. No hacía falta que se lo recordara. Ella también había hecho una inspección rápida de su chico al llegar. A pesar de su habitual atractivo, sus ojos no mentían y las ligeras bolsas que había debajo de ellos, tampoco.

Y ella era la responsable. Respiró hondo. Había salido de casa dispuesta a ir a verlo, pero llevaba una hora dando vueltas por la ciudad, cambiando de idea cada dos minutos, cada vez más confusa y

---

6 *Barbour Bedale*®: chaqueta encerada, fabricada por la empresa británica John Barbour & Sons fundada en 1894. Esta marca de lujo en prendas de abrigo diseña, fabrica y comercializa ropa y calzado impermeable de gran calidad y duración, dirigida a un público a alto poder adquisitivo. El modelo Bedale fue la primera chaqueta corta impermeable, más ligera que sus antecesoras ya que fue originariamente pensada para actividades ecuestres. Hoy se ha convertido en un clásico de la firma y su uso se ha asimilado al de cualquier abrigo impermeable.

más enojada consigo misma. Y entonces, en una de esas vueltas, había llegado allí, frente a la casa en la que lo habían compartido todo cuando vivían juntos. El primer impulso fue marcharse. Si no se había aclarado consigo misma ni deseaba hablar del tema, presentarse allí era una crueldad. Pero, simplemente, no pudo hacerlo. Marcharse. Necesitaba verlo, estar con él. Desesperadamente. Siempre había sido así.

—Lo lamento, Conor —concedió. No deseaba hablar del tema, pero esto sí podía decírselo porque, en efecto, le dolía en el alma hacerlo sufrir.

Él avanzó hasta ella y los dos se fundieron en un abrazo. Conor no pudo evitar soltar un suspiro de alivio. No podía creer que fuera el fin a dos eternos días de incertidumbre. Desde la reconciliación, estaban muy bien juntos. Al principio, que cada cual viviera en su casa era perfecto para él, le proporcionaba su tan ansiada libertad de movimientos y había eliminado de cuajo las típicas mini discusiones por tonterías propias de la convivencia. Pero con el paso de los días, había empezado a echar de menos no verla al otro lado de la cama al despertarse, el café que compartían en la cocina, antes de que cada uno se fuera a trabajar, llegar a casa juntos de madrugada después de haber estado haciendo kilómetros en moto, o de fiesta con los amigos.

—Joder, princesa. Vaya dos días de mierda, devanándome el seso pensando en qué la había fastidiado… Menudo susto me has dado…

—Para mí tampoco han sido buenos, pero no quiero hablar de eso. Abrázame fuerte y no digamos nada, ¿puede ser?

Él no se lo hizo repetir. Ya averiguaría qué había sucedido. Y le pondría remedio.

—Claro, nena. Puede ser lo que tú quieras —murmuró. La estrechó fuerte y muy pronto, las caricias se volvieron más intensas y ella empezó a buscar sus besos… Y a él empezó a írsele la cabeza—. Eh, esto se pone al rojo vivo… Lo de sin palabras parece que iba en serio…

Ella lo apartó suavemente. Apoyó sus manos sobre el pecho masculino y avanzó empujándolo con delicadeza, obligándolo a retroceder hasta que Conor halló la pared a su espalda y no pudo continuar.

—Y tan en serio —confirmó la joven.

"Y que lo digas", pensó el motero con el corazón latiendo a destajo. No había sonrisas en su carita de princesa y sus preciosos ojos pardos brillaban de algo más que amor, y como si todas esas señales no fueran suficientes, acababa de bajarse la cremallera del mono. No mucho, no era su estilo, pero lo suficiente para que todo el cuerpo del motero empezara a pulsar frenético de deseo y solo pudiera pensar en tumbarse encima de ella y hacerla gritar de placer.

Suficiente para darse cuenta de que más allá del deseo y de los pensamientos calientes que rondaban por su mente, había amor. Jamás había sentido por nadie lo que sentía por ella, y la necesitaba en su vida. No un rato de tanto en tanto, sino las veinticuatro horas del día.

Él la tomó por los brazos y cambiaron posiciones. Ahora era ella quien estaba contra la pared y él era libre como el viento para hacer lo que deseara.

Y eso hizo.

Se aflojó el cinturón, bajó un poco la cremallera de sus pantalones y permitió que su miembro fuera tan libre como él. Ella lo empuñó con un suspiro y empezó a darle las caricias que él ansiaba.

—Bien, bien, bien… Sigue… —lo aprobó Conor en un suspiro. Pero no se quedó quieto mucho tiempo. La cremallera de Nikki bajó del todo, exponiendo sus pechos desnudos y él no ocultó su sorpresa. Tampoco era su estilo no llevar nada debajo. Un pensamiento se clavó en su mente: ¿el panorama estaría tan desnudo abajo como arriba? Los movimientos de los dos por desembarazarse de aquella ajustada prenda de piel de canguro con forro extraíble se volvieron febriles. Cuando los ojos de Conor se posaron sobre el diminuto tanga de encaje rojo, todo él se tensó. No sabía dónde mirar primero, si arriba, a la redondez de aquellos pechos coronados por un pezón enhiesto, o abajo, donde el triángulo de bello oscuro que se insinuaba a través del tejido le estaba desbocando la imaginación. El resto de las prendas y las botas salieron volando un instante después.

—Joder, Nikki… —dijo alzándola en volandas. Ella le rodeó las caderas con las piernas—. Joder… ¿Los gemidos cuentan como palabras? Porque te advierto que hoy vas a chillar, y mucho…

Aquel era el remedio perfecto; no había nada que Nikki deseara más en aquel momento. Ni palabras, ni pensamientos, ni decisiones que tomar, solo sentir… Sentir el cuerpo y el alma vibrando de emoción, de deseo, de amor… Estaban próximos, pero no unidos, y él jugaba a embestirla con sus caderas, a aprisionarla entre su cuerpo y la pared, insinuándose, al tiempo que llovía besos sobre su piel.

Luego se apartaba, y vuelta a empezar. Justo como a ella le gustaba. Se conocían muy bien, habían tenido años para perfeccionar cada caricia, cada beso, y los dos eran expertos en el otro. Y además, se amaban con locura. Un cóctel explosivo. Perfecto.

—Menos hablar y más…

—¿Follar? —la interrumpió él. Era una forma inocente de desafiarla, ya que ser gráfica en los asuntos de alcoba tampoco era su estilo.

Ella escurrió una mano entre sus cuerpos y empuñando el miembro viril lo apuntó en la dirección correcta, pero no lo liberó. Los masajes regresaron y con ellos los jadeos masculinos a medida que su miembro se tornaba más duro. Entonces, Nikki volvió a mirarlo a los ojos.

—Sí, exacto —repuso en un murmullo. Se tomó unos instantes para besar el cuello masculino, jugando con la punta de la nariz entre sus rastas y arrancándole con sus suaves incursiones estremecimientos que los sacudían a los dos. A continuación, mordisqueó el lóbulo de su oreja y antes de empezar a explorar el interior de la misma con la lengua, añadió—: Follar.

Él exhaló un suspiro ardiente, cargado de toda la locura que sentía por ella.

—Ay, princesa… Estoy hasta las trancas por ti —fue lo último que escapó de los labios de Conor antes de que los dos se unieran en el abrazo más íntimo de todos.

EPISODIO 3

Martes, 29 de diciembre de 2009.
Estudio de tatuaje de B.B.Cox
Soho, Londres.

Amy trabaja en pleno Soho, donde estaba ubicado el primer estudio que su jefe había abierto en la ciudad. Excepto el cartel "Tatuajes por el artista ecléctico B.B.Cox", el exterior daba pocas pistas acerca del tipo de actividad que se desarrollaba en su interior, ya que se parecía más a una *trattoría* con una puerta central y a cada lado, un gran escaparate de lunas tintadas que en su mitad inferior lucían unas cortinillas rojas. Traspasar esa puerta, sin embargo, era adentrarse en un ambiente marcadamente gótico, con preponderancia del rojo y el negro en el mobiliario y en los decorados, dominado por el aroma a incienso y a tinta para tatuar.

El tiempo aquella semana continuaba tan malo como la anterior pero, concretamente en el estudio, el cielo acababa de ponerse muy negro. Aunque el artista ecléctico en cuestión todavía no estuviera al corriente… Amy cortó y volvió a dejar el teléfono sobre el mostrador de recepción.

—Genial. Mi vida acaba de joderse un poco más —masculló, aunque al igual que el artista ecléctico, todavía desconociera el verdadero alcance del perjuicio.

Su jefe estaba encerrado en su estudio privado, al final del pasillo, pero la noticia no podía esperar. El sonido de su taconeo sobre el suelo de madera alertó a uno de los colaboradores habituales que en aquel momento tatuaba el muslo de un cliente.

—¿Dónde crees que vas, ricura? Está en rojo. Si sigues te juegas la vida, que lo sepas —dijo Gabs Márquez.

Amy le dedicó una mirada burlona al inglés con ascendencia puertorriqueña que le había hablado y continuó taconeando sin detenerse. No hacía ni cuatro meses que trabajaba allí, era cierto, pero de la tiquismiquez de su jefe se había enterado durante los primeros cinco minutos. Todo lo que B.B.Cox tenía de creativo, lo tenía también de excéntrico y tiquismiquis. Hasta el punto de haber instalado una torre de tres luces junto a la puerta de su estudio. Verde, vía libre; amarillo, piénsatelo; rojo, estás muerto. El personal, cómo no, lo llamaba "el semáforo".

Abrió la puerta intentando ignorar los nervios que le atenazaban el estómago y avanzó por la amplia estancia de paredes azules y gran profusión de rojo burdeos en cortinados y tapizados, hasta la robusta mesa de roble. Allí un hombre rubio y fornido, completamente vestido de negro, sostenía en su mano embutida en un guante sin dedos, un lápiz con el que retocaba el contorno de un dibujo.

B.B.Cox exhaló un suspiro malhumorado. Unos enormes ojos celestes, resaltados gracias a una línea de eye-liner perfecta, se posaron, tempestuosos, sobre la intrusa.

Amy recurrió a su labia para capear el temporal.

—Siento la interrupción… Sé que cuando estás aquí… —Otro suspiro la animó a ir directamente al grano—: Vale, vale. No me claves el lápiz en el ojo porque me vas a necesitar vivita y coleando. Tu nuevo *ex* publicista acaba de llamar. Dice que te diga que lo lamenta mucho, pero no soporta el estrés de trabajar para ti. Lo deja, y con efecto inmediato. O sea, oficialmente ya es pasado.

¿Estrés? Lo que los universitarios recién graduados últimamente no parecían tolerar bien era trabajar. Querían salario de publicista, dietas de publicista, tarjetas con el título "publicista" bajo su nombre… y una relajada jornada de ocho a cinco, de lunes a viernes.

Otro bufido escapó de la boca del tatuador. A ver cómo resolvía el asunto, a horas de tener que salir para Estados Unidos.

El evidente malhumor de B.B.Cox, sumado al hecho de que no había apartado sus tormentosos ojos de ella en ningún momento, impulsaron a Amy a salir de su radio de acción con urgencia.

—Bueno —dijo—, ya te he dado el mensaje. Ahora te dejo seguir con lo que estabas. —Y empezó a alejarse marcha atrás. Con sigilo, como si intentara evitar que los antiguos listones de madera crujieran a su paso. Pensando que si lograba llegar hasta la puerta…

No lo consiguió.

—La próxima vez que me interrumpas, pasarás a ser mi *ex* asistente. Y también será con efecto inmediato —sentenció el tatuador, que sin esperar respuesta, apartó al fin sus ojos de ella y volvió a concentrarse en el dibujo.

Amy puso cara de dolor. Había metido la pata hasta el fondo juzgando aquella llamada como algo que había que atajar con urgencia. A él, en cambio, le había resultado más "problemática" la interrupción que el mensaje.

—Entendido, jefe.

Estaba a punto de cerrar la puerta cuando oyó que él le decía:

—Y no me llames jefe.

Cuando Amy pasó frente a la sala de tatuajes, Gabs sonrió al ver su expresión de empleado al que acaban de ponerle los puntos sobre las íes.

—¿Qué es lo que se suele decir en estos casos? Ah, sí; ¡te lo dije! —bromeó.

Amy notó que tatuador y cliente sonreían. El primero con burla y el segundo porque no perdía ocasión de flirtear. Era su segunda cita con Gabs, aún le quedaban dos más, y eso era lo que había hecho desde el principio; flirtear con él. Menudo éxito tenía el macizo entre hombres y mujeres por igual. En su opinión, estaba bueno, pero tampoco era para tanto. Claro que desde que se codeaba con Caballeros Jedi, su opinión no era objetiva, precisamente.

—Todavía sigo aquí, ¿no? Y de una pieza, así que cierra el pico —repuso con fingido desdén.

Desde que Amy trabajaba para el Dios del Tatuaje, la vida de todos sus colaboradores se había simplificado enormemente. La de Gabs en particular, que era el más antiguo y el que soportaba la principal carga de trabajo, era un paseo comparada con antes. Decidió que le echaría una mano. Se excusó con su cliente y fue al encuentro de Amy. La llevó aparte, donde la conversación fuera privada.

—Para un artista nada es más importante que su arte —le explicó —. A menos que sea cuestión de vida o muerte, puede esperar. Pero si quieres curarte en salud, envíale un mensaje. Siempre lleva el móvil encima. Si lo mira o no, es su problema. Tú ya has cumplido.

—Qué generoso de tu parte, gracias.

—Tranquila, es puro egoísmo. Vivo mucho mejor desde que tú trabajas aquí. Además, todo hay que decirlo, mis ojos están mucho más entretenidos —admitió con socarronería.

Menuda novedad.

—Tus ojos están en permanente estado de entretenimiento, chico. Eres un mirón.

El tono de llamada de su jefe interrumpió la conversación y Amy salió disparada como una flecha hacia el teléfono.

¿Se lo habrá pensado mejor y me llama para ponerme de patitas en la calle? Joder, espero que no.

B.B.Cox marcó la memoria de su asistente y mientras esperaba se puso a recoger los dibujos. Estaba claro que se había acabado lo bueno por aquel día, ya que la renuncia del sustituto de Louis no había podido llegar en un momento peor. Recientemente se había visto obligado a posponer el proyecto de apertura de un nuevo estudio de tatuaje en Nueva York y a estas alturas, no podía dejar colgado a socios y patrocinadores cancelando también su intervención en el Festival de Tatuaje Artístico de dicha ciudad. Debía ir y era de la clase de viaje en el que se veía obligado a comprimir entrevistas con los medios, sesiones fotográficas y reuniones de negocios en una agenda de no parar más que para dormir, poco y mal. Una agenda de la que alguien tenía que ocuparse, para que él pudiera estar cómo y dónde debía a la hora requerida.

"Dime, BB".

La voz de Amy sonó alto y claro a través del sistema manos libres.

—¿Tienes el pasaporte en regla?

Una sonrisa empezó a abrirse paso entre la preocupación original del rostro de la joven. ¿Estaba pensando en llevarla con él a Estados Unidos?

—*Depende* —repuso con desparpajo, conteniendo el primer impulso que había sido ponerse a bailar como una loca.

B.B.Cox le echó una mirada fulminante al teléfono.

—¿Lo tienes o no lo tienes?

Pero Amy no se amilanó.

—*Depende* —repitió—. *¿Tendré el sueldo y las dietas de tu nuevo ex publicista? Si la respuesta es sí, entonces, cuentas conmigo y con mi pasaporte en regla.*

Amy no se andaba por las ramas. Era algo que, en general, B.B.Cox apreciaba. En poco tiempo se había hecho al trabajo y gestionaba con aparente soltura algo que a su anterior asistente le había tomado más de un año llegar a dominar. Probablemente lo haría igual de bien con las tareas de un publicista. Quizás, incluso, hasta la considerara seriamente para el puesto.

—Me gusta tu ambición, pero no vayas tan rápido. Hablamos de cinco días por los que lógicamente cobrarás en consonancia. Luego, ya veremos.

Amy extendió ambos brazos por encima de la cabeza en señal de victoria. "En consonancia". La frase cuando la decía su jefe, venía acompañada por el sonido de una caja registrando cifras muy apetitosas en su ya de por sí feliz cuenta bancaria.

—*En tal caso, voy a ocuparme de que la agencia ponga los billetes de avión a mi nombre y… de todo lo demás. Ya me dirás quién se va a ocupar del estudio mientras estemos en Estados Unidos para que lo vaya poniendo al día* —repuso, intentando ocultar tras un tono de profesional que lo tiene todo controlado que, en realidad, empezaba a estar atacada de los nervios. De pronto, había caído en la cuenta del millón y medio de cosas que había que hacer antes de subirse a ese avión… Mierda, ¿cómo se las iba a arreglar para ocuparse de todo en apenas unas horas?

Ya, ese era otro tema importante a resolver, pensó el tatuador. Las alternativas eran pocas, por no decir que solo había una, pero era una que a B.B.Cox no le gustaba en absoluto.

Muy cerca del Soho…

Conor ya estaba en la barra, conversando con otro motero cuando vio entrar a su novia. Se despidió de su colega y fue al encuentro de Nikki.

—¡Brrrr… qué frío! Me parece que hoy será café en vez de cerveza —dijo ella aunque era perfectamente consciente de que estaba más helada por los nervios que por el clima.

Él la tomó por la cintura y la estrujó contra su cuerpo, juguetón.

—Si quieres te caliento, que ya sabes que soy buenísimo para estos menesteres…

—Mejor ahora no, que cuando te animas no hay quien te pare —repuso ella apartándose con suavidad.

Él le robó otro beso.

—¿Nos sentamos en aquel rincón? —propuso después de ayudarla a quitarse el abrigo—. Ve, que yo te pido un café.

Nikki se dirigió hacia la mesa alta que acababa de quedar libre. Esperó con creciente nerviosismo un momento que ya no podía postergar más. Llevaba horas diciéndose que todo iría bien, pero empezaba a ser consciente de que se trataba de un deseo más que de una certeza.

Al fin, Conor regresó junto a ella con las bebidas y fue directo al grano.

—Bueno, cuéntame esa noticia que estoy en ascuas desde que me llamaste…

Nikki se encomendó a todos los Dioses del Olimpo y comenzó su relato.

—Hace varios meses me presenté para una plaza nueva de intérprete en la ONU…

Él sonrió, interesado.

—No me habías comentado nada…

—Es que fue cuando habíamos roto… Pero sí, pasé las dos primeras rondas y quedé pre-seleccionada…

—¿En serio? ¡Bien, Nikki! —volvió a decir Conor, asombrado.

Ella sonrió algo incómoda.

—Sí, gracias… Al final, no me eligieron y me olvidé del tema, pero… Han vuelto a llamarme…

—¡No! ¡¿Te han dado el puesto?!

—Sí… Todavía sigo en las nubes, la verdad… Estaré dos meses a prueba y si la supero, me harán un contrato de seis meses renovable…

Él saltó de su silla y la estrujó en uno de sus abrazos felices al tiempo que exclamaba:

—¡Toma ya! ¡Eres la mejor, preciosa! Y en cuanto ellos lo comprueben, no querrán dejarte marchar…

Nikki asintió agradecida mientras en el estómago sus nervios mantenían un combate a muerte, y en cuanto él volvió a sentarse, lo soltó:

—Me incorporo el lunes que viene… Así que salgo para Ginebra el fin de semana.

Aquello fue como si de pronto alguien hubiera congelado la imagen. Todo se detuvo durante unos instantes y cuando la rueda de la vida volvió a girar, ya no quedaba rastro de alegría en el rostro del motero que la miraba intentando descifrar de qué iba todo aquel asunto.

—¿Ginebra?

Nikki asintió. Vio cómo en sus ojos empezaba a relampaguear, confirmando sus peores temores.

—¿Has aceptado un puesto en Ginebra sin decirme nada? Estoy alucinando…

La joven guardó silencio. Lo conocía muy bien y sabía que aquella solo había sido su frase de apertura. Conor se cruzó de brazos, la miró rabioso.

—Vale, y ahora que has dejado claro que lo que yo piense te importa un carajo, ¿qué esperas que haga?

El café no había logrado calentarla, pero aquel comentario sí.

—Siempre has sabido que buscaba activamente trabajar para la ONU, Conor. ¿Esperabas que cuando al fin lo consigo, te consultara a ver si te parecía bien? Es mi carrera; doy por hecho que te parece bien.

Debía estar de guasa. Eso, o lo estaba tomando por un imbécil.

—Una cosa es trabajar para la ONU y otra *muy distinta* es irte a Ginebra y ponernos a los dos uno en cada punto del planeta.

—No son cosas distintas. Se presuponen. Todo el mundo sabe que la sede europea de la ONU no está en Londres.

Y todo el mundo sabía que se podía trabajar para Naciones Unidas en cualquier oficina de su numeroso sistema de organizaciones.

—No me vaciles[7], Nikki —repuso él, apretando las mandíbulas.

Ella sacudió la cabeza. ¿Había escuchado algo de lo que ella decía cuando hablaban del tema?

—Lo hemos hablado infinidad de veces, aunque bueno, está claro que no me prestabas mucha atención que se diga, ¿verdad?

—No, si ahora el culpable voy a ser yo... ¡Eres increíble! ¿Cómo es que siempre te las arreglas para retorcer las cosas y hacerme quedar como el malo de la película? El que no te escucha, el que no te apoya, el que no está a la altura... ¡¿Qué coño quieres de mí, Nikki?!

Ella miró hacia otra parte. Empezaba a sentirse tan rabiosa como él y aquello no ayudaba. Uno de los dos tenía que proceder con madurez, y estaba claro que no sería él.

Exhaló un suspiro y volvió a mirar a su novio.

—Que te alegres porque al fin he conseguido algo por lo que he trabajado muchísimo, eso estaría bien. Que me digas "no te preocupes, Nikki, estaremos bien"... Que cumplas tu parte del acuerdo, eso sería el sueño perfecto.

Conor se dejó caer contra el respaldo. De pronto, se había hecho la luz. Todo empezaba a encajar.

—Así que hemos llegado al meollo de la cuestión... Ahora entiendo tu berrinche de Navidad... Esperabas que cumpliera "mi parte del acuerdo" —su voz sonó cargada de ironía cuando hizo el gesto de ponerle comillas a las palabras— y te llevaste el batacazo del siglo... Y como admitirlo te dejaba en evidencia, montaste todo el numerito de "no quiero hablar del tema". Entonces, llega la llamada de tu vida, te ponen la zanahoria delante del hocico y a correr... Porque en tu mente cuadriculada, es imposible que yo te tome en serio si no me comprometo. Haga lo que haga, nada será suficiente hasta que no firme la jodida licencia de matrimonio... ¡Es la misma cantilena de siempre y no te haces una de idea de lo harrrrrrto que estoy de oírla!

El nivel de decibelios había ido subiendo a medida que crecía la ofuscación del motero y hacía rato que la conversación había dejado

---

7 Vacilar a alguien: engañarlo, tomarle el pelo, burlarse.

de ser privada. A Nikki empezaba a dolerle la garganta de la fuerza que hacía para no echarse a llorar.

—¿Y a qué has vuelto, Conor? —repuso, herida—. Corté contigo, te liberé del pesado yugo de aguantarme, ¿o no? Si hemos vuelto fue porque me lo pediste, y volvimos bajo dos condiciones muy claras…

—Sí, sí, ya lo sé… —la interrumpió él—. No hace falta que me lo recuerdes *otra vez*.

—No lo parece. Lo que parece es que una vez que conseguiste lo que te interesaba, te has olvidado de lo demás.

—¡¿Olvidarme? ¿Cómo voy a olvidarme de algo con lo que llevas machacándome desde hace años, joder?!

Las palabras del motero fueron como puñaladas directas al corazón femenino. ¿Eso significaba para él? ¿La había querido de verdad alguna vez?

Nikki tragó saliva. Se concedió un momento para recomponerse y al fin, alzó la vista hasta él.

—Volvimos con dos condiciones —continuó—. Uno, más espacio personal y dos, formalizar nuestra relación antes de un año. Pero han pasado dos meses, tú disfrutas de tu espacio personal y yo… Yo sigo igual. No tengo nada.

—¡¿Nada? ¿Cómo que nada?! ¡Me tienes a mí! Hacemos muchas cosas juntos y tenemos un montón de planes… Estamos muy bien, Nikki… Aunque, quizás debería decir "estábamos"…

Montón de planes, qué gracia. ¿Las Harley Rides contaban como planes de pareja? En tal caso, era cierto; eventos moteros llenaban hasta el último minuto que tenían libre a un año vista. De la boda, ni una palabra. Aquella era la situación perfecta para él; había recuperado su espacio personal, hacía y deshacía a su antojo, tenía la agenda llena de aventuras que le encantaban, y como guinda del pastel, la tenía a ella cuándo y cómo le apetecía. ¿Para qué molestarse en cambiar nada? Ahora lo veía claro. Conor no tenía ninguna intención de cumplir su parte del acuerdo. Solo lo había aceptado para poder recuperarla, a ella y a su situación perfecta, nada más. Cabrón egoísta.

Muy bien, pues.

—Si estamos tan bien, ¿cuál es el problema de que trabaje en Ginebra? No es Marte, ¿sabes? Hay teléfonos, internet, aviones, carreteras… No seríamos la primera pareja que mantiene una relación a distancia por cuestiones laborales.

—¿Y si yo no quiero tener novia por Skype? ¿Y si no me parece bien que decidas sobre mi vida sin consultármelo? A tragar y a callar, ¿no? Así es como haces tú las cosas. ¡Y todo por un jodido berrinche!

—No fue por...

—Fue por un berrinche —siseó—. No tengas tanta cara de negarlo.

Había vuelto a interrumpirla, su tono seguía siendo demasiado agresivo y ella estaba a punto de perder la calma. Respiró hondo.

—Mira, Conor, fue una estupidez y te pedí disculpas...

—No, perdona. —Otra interrupción—. Quitaste el tema de en medio con un "olvídalo, no me hagas caso". Y yo me lo creí.

—Vale, no lo dije textualmente —concedió—, pero se sobreentendía. Tú no tienes la culpa de que yo me hubiera hecho ilusiones, pero...

Él exhaló el aire, rabioso.

—Contigo siempre hay un pero.

Nikki volvió a pasar por alto la nueva interrupción.

—Pero pasó algo —continuó—. Me di cuenta de que seguimos teniendo expectativas diferentes sobre lo nuestro, tú estás bien con lo que tenemos, para mí dejó de ser suficiente hace años... —Nikki hizo una pausa. Él la miró de reojo, pero rápidamente apartó la vista—. Y entonces, llegó esa llamada y me enfrentó a la realidad. No decidí sobre tu vida, Conor, decidí sobre la mía. Y no te lo consulté antes porque el tema no está abierto a debate. Era mi decisión y la tomé.

—¡¿Y ya está? ¿Así de fácil?!

—Te aseguro que no ha sido nada fácil... Estoy enamorada de ti y sé que esto nunca va a cambiar, pero lo que sí ha cambiado es mi disposición. Entiendo que tú no estés preparado para asumir un compromiso conmigo todavía. No me gusta, me duele que sea así, pero intento entenderlo. Espero que tú entiendas que yo no esté dispuesta a dejar pasar esta gran oportunidad profesional que se me ha presentado, aunque eso nos obligue a mantener una relación en la distancia.

Aquello era de locos, pensó el motero. Se sentía como un imbécil que corría a complacer a su chica y a cambio solo recibía palos. Daba igual lo que hiciera, ella solo se fijaba en lo que *no* hacía. Y ahora se largaba a trabajar a otro país, sin haberse tomado la molestia de hablarlo con él antes de tomar la decisión, y claro, cómo no, esperaba que él "lo entendiera".

Conor respiró profundamente y exhaló el aire por la nariz de forma ruidosa. Estaba hasta los mismísimos cojones de esa historia.

—Ni hablar —espetó. Se puso de pie ante la expresión sorprendida de su novia y arrancó de malos modos su cazadora del respaldo de la silla.

—Conor, vamos… —repuso ella, conciliadora, intentando detenerlo.

Él liberó su brazo bruscamente. La miró directamente con los ojos brillantes de ira, y su respuesta fue categórica.

—¿Sabes qué te digo? Quédate con tu gran oportunidad profesional y que te aproveche. Yo me apeo aquí.

Un instante después, Conor y toda su rabia habían desaparecido del lugar, y las lágrimas empezaron a rodar por las mejillas de Nikki.

Bar "La Vinatería".
Soho, Londres.

Al entrar, a Niilo lo recibió una atmósfera acogedora; decorado en colores cálidos, mobiliario minimalista ultramoderno y música *chill out*. Diametralmente opuesta a la que había fuera, donde las calles estaban cubiertas de blanco y los viandantes apuraban el paso protegiéndose de la nevada. Nunca había estado allí antes, pero sabía que lo habían abierto en verano y que su propuesta era diferente del resto de bares de su clase; no solo servían vino -tenían una amplia gama de cervezas de importación- y acompañaban las bebidas con unas suculentas tapas.

Se dirigió hacia la barra, a uno de los dos únicos taburetes que quedaban libres. Pidió una *Coronita* y echó un vistazo a la hora. Sonrió al pensar que estaba a segundos de un momento que llevaba mucho tiempo esperando. No era un tipo ansioso, pero tenía que reconocer que hoy no era un día como los demás. Empezando porque había sido la primera vez desde que trabajaba para Evel que se había marchado a la hora en punto. Quería llegar a casa con tiempo de prepararse tranquilamente para su cita. También había sido diferente su paso por el armario, le había costado decidir qué ponerse. Al final, se había decantado por el negro. Era sobrio, le sentaba bien y no se alejaba de sus colores habituales de motero con los que estaba acostumbrado a verse.

Una voz femenina lo trajo al presente.

—¿Te importa si me siento, o esperas a alguien? —dijo la recién llegada señalando con la vista la bufanda y los guantes que Niilo había puesto sobre el asiento.

No era Amy, pero tampoco una total extraña. Su cara le resultaba vagamente familiar. Era joven, veintipocos. Llevaba el pelo muy rojo y muy corto, pendientes largos y tal capa de rímel en las pestañas que no entendía cómo no se le cerraran los párpados por el peso. Era un rostro muy particular.

—Espero a alguien, pero no me importa. —Acomodó las prendas en el estante que había debajo de la barra.

Ella se lo agradeció y tomó asiento. Le pidió una copa de vino blanco al camarero y volvió a mirarlo. Niilo ensayó una sonrisa.

—No, tranquilo… —soltó una risita divertida—. No estoy ligando, yo también espero a alguien. Es que… ¿nos hemos visto antes? Tu cara me resulta familiar.

—Ah, qué alivio. Vengo equipado para ligar, pero no traigo munición suficiente para dos mujeres —repuso él con tal naturalidad que la chica empezó a desternillarse de risa.

—No, en serio, ¿nos conocemos? —La joven se quedó mirándolo unos instantes—. Tienes un aire a ese actor de la Guerra de las Galaxias… No sé cómo se llama, el que hace de Anakin, pero no es por eso. Nos hemos visto antes, seguro. ¿A qué te dedicas?

—A los motores, me chiflan. Trabajo en un taller de customizados.

Ella hizo un gesto gracioso con la boca.

—De ahí no es, seguro. Yo trabajo de recepcionista en un hotel, y con mi sueldo no podría pagar ni los faros de una de esas bellezas… ¡Ah, mira! —exclamó de repente, señalando un mesa para dos que acababa de quedar libre—. ¿Tuya o mía?

Niilo se la cedió con un gesto caballeroso. Entonces, ella se acercó y le habló en tono de confidencia.

—Aunque te diré una cosa, ¿no sería genial que estos tardones nos encontraran conversando tan tranquilamente? ¡Suerte con tu cita!— dijo la muchacha haciéndole adiós con la mano.

Niilo asintió enfáticamente. Su cita ya llevaba cinco minutos de retraso. Menos mal que estaba advertido de que cuando se trataba de Amy, los horarios eran siempre indicativos.

Una *Coronita* y cincuenta minutos más tarde, sin embargo, Amy seguía en paradero desconocido. Ni se había presentado ni había llamado. Niilo consideró por un instante hacerlo él, pero rápidamente lo descartó. Existía la posibilidad de que hubiera cambiado de idea respecto a quedar y en tal caso, estaría a la defensiva o, simplemente, no respondería. Cambiar de idea era algo muy femenino. Él, en cambio, era de ideas fijas y de los que sabían esperar pacientemente a que los vientos fueran favorables… El consejo de Conor regresó a su mente. Quizás, él tenía razón; había cantado victoria demasiado rápido. Exhaló un suspiro.

Cuánto trabajo me estás dando, preciosa…

Lo cual, por otra parte, no hacía sino confirmar que Amy era la horma de su zapato. Cuánto más difícil se lo ponía, más crecía su interés por ella y más seguro estaba de que él también era la horma del suyo.

En aquel momento, la joven del rostro particular volvió a ocupar el taburete que había junto a Niilo.

—Como veo que a ti también te han dejado colgado, ¿qué te parece si pedimos una botella de vino y ahogamos nuestras penas en alcohol? ¡Pidiéndolo por copas sale carísimo!

Él la miró interrogante. Se estaba tomado el plantón con mucha deportividad, lo cual era bastante raro tratándose de una mujer. Ella pareció entender a la primera el mensaje oculto en su mirada porque enseguida se echó a reír.

—¡No me ha dejado plantada en el altar, solo era una cita! Tendré más, seguro… ¡Ah, ¿sabes qué?, he recordado dónde nos hemos visto tú y yo…! Bobby, encantada —dijo ofreciéndole su mano.

Buena filosofía, pensó el motero. Amy no se había presentado, pero, en efecto, no era más que una cita y estaba seguro de que tendrían más. Solo era cuestión de tiempo.

Más tiempo, pensó con resignación.

Niilo hizo un gesto aprobatorio con la boca y aceptó la mano de la joven.

EPISODIO 4

Martes, 29 de diciembre de 2009.
Boutique "J&H",
Barrio Joordan, Ámsterdam.

Harley se puso a limpiar las herramientas mientras esperaba a que su clienta se marchara. Ya había pagado por el servicio, pero continuaba hablando con Jana. Era una vieja conocida suya y había quedado tan satisfecha con el tatuaje que Harley había realizado sobre la fea cicatriz en forma de "t" de una cesárea, que no dejaba de alabarlo. Desde el primer tatuaje de saneamiento que había hecho sobre la marca de una operación de apéndice, hacía ya cinco años, mucha agua había corrido bajo el puente. Hoy casi podía decir que eran su especialidad, daban un sentido especial a su trabajo, no solo un buen dinero, y la mayoría convertían en arte sucesos dramáticos de sus clientes: huellas de accidentes, de extirpaciones quirúrgicas, del desamor...

Algo que normalmente era suficiente para ponerle el punto grato al día, aquel en particular no lo lograba del todo. Harley estaba preocupada por cómo iban las cosas en el negocio del que Jana era socia al cincuenta por ciento. Preocupada por la economía, sí, pero mucho más por su querida amiga. Intuía que no le estaba contando toda la verdad y rara vez se equivocaba con sus pálpitos.

Cuando al fin quedaron a solas, Harley se dirigió al mostrador donde Jana hacía la caja.

—¿No era ayer cuando iba a llegar el género pendiente de las promos de Nochevieja?

Cada año Jana diseñaba media docena de modelos para que su clientela, adicta al *grunge* o al estilo metalero, vistiera en una fecha tan señalada. Eran personalizables en pequeños detalles y causaban tal furor que volaban de las estanterías como si estuvieran de rebaja. La mercadería solía llegar a principios de diciembre y siempre reponían. A veces, incluso, hasta tres veces. Ahora, estaban a finales de mes y la primera y única remesa recibida hasta el momento continuaba incompleta.

—Sí pero no. Con suerte será hoy a última hora.

Jana continuó contando dinero sin aparente problema. No era posible asegurarlo del todo ya que sus grandes gafas de sol eran una parte inseparable de su atuendo *grunge*, pero a Harley le dio la impresión de que actuaba con total normalidad ante algo por lo que debería estar histérica.

—¿Cómo que con suerte hoy a última hora? ¡Esta tía nos está tomando el pelo! Se ha pulido nuestra pasta en vete tú a saber qué y claro, ahora a darnos largas…

Jana de Veen era tres años más joven que su socia, tenía 28 años. Su estilo también era diferente al de Harley. Llevaba el cabello en dos tonalidades, rojo y rosa, recogido en un moño en la parte superior de la cabeza y un pañuelo estampado a modo de diadema. Solía vestir sus propios diseños; hoy, camiseta negra de mangas largas con un dibujo de estilo gótico en el pecho, pintado a mano por ella, falda plisada hasta la mitad de la pantorrilla, justo donde comenzaba la caña de sus botines de cuadros rojo y blanco con unas plataformas negras de vértigo. No era voluptuosa como su socia. Tampoco propensa a la histeria, y eso que razones para estarlo no le faltaban…

—Se ha fracturado la muñeca en una caída y tiene a dos costureras de baja. A las personas normales les pasa, Harley.

—¿Y ya está? Cuando yo quedo con un cliente y por lo que sea no puedo cumplir, envío a otro en mi lugar. No lo dejo colgado. ¿Qué pasa con Elsa, acaso vive en un mundo donde las reglas son distintas y no nos hemos enterado hasta ahora?

Jana conocía a Harley. Sabía que lo mejor en estos casos era dejar que se enfriara. Pero ya no podía más. Eran demasiadas las cosas que se le venían encima y, simplemente, explotó.

—Vamos a ver, Harley. Cuando te invité a asociarte a *mi* negocio —el énfasis no pasó desapercibido a la tatuadora— acordamos que la regla de oro para no acabar tirándonos de los pelos sería que cada una se ocuparía de su parte sin intromisiones de la otra. ¿Sí o no?

Tenía gracia que después de casi tres meses consecutivos viviendo de los ingresos generados por *su* parte del negocio hiciera ondear la bandera de la regla de oro.

—No me vengas con esas, ahora. Trabajo doce horas al día y créeme, lo último que me apetece hacer cuando llego a casa es ponerme a pensar en las cosas que suceden en esta tienda últimamente. —Sus enormes ojos azules cargados de rímel taladraban a Jana sin piedad—. *Y que no me gustan.* Es tu responsabilidad ocuparte de que la tienda esté bien surtida, que los encargos se sirvan a tiempo, y que los proveedores cumplan con lo pactado. Así que ocúpate de que Elsa entregue el género hoy, o lo haré yo.

El rostro de Jana pasó del blanco lechoso al rojo furia en un instante.

—¡Como se te ocurra meter las narices....!

Cuando el sonido de la campanilla de la puerta anunció que alguien acababa de entrar en la tienda, Jana calló de repente. Harley se volvió a ver de quién se trataba.

Un hombre en la cincuentena de profusa cabellera y barba blancas se dirigió hacia el mostrador donde estaban las dueñas.

—Hola, Lau —se adelantó Harley. Enseguida también lo hizo Jana.

—¿Qué tal están mis chicas? ¿Heladas? —bromeó al tiempo que se frotaba las manos embutidas en sus elegantes guantes de cabritilla. Incluso a un ciego le habría resultado evidente que las amigas discutían. Estaban de todo menos heladas.

La campanilla de la puerta volvió a sonar. Esta vez era una de las clientes habituales de Jana la que entró, una veinteañera que tenía la costumbre de dejar las compras para el último minuto. Quedaba claro que Jana y Harley tendrían que continuar la conversación en otro momento.

—Ven que nos tomamos un café mientras acabo con mis herramientas —invitó Harley.

—A falta de un bombonazo, el café tendrá que valer, ¿no?

La tatuadora le echó una mirada con segundas.

—¿Disculpa? Ten más cuidado con lo que dices, amigo mío. Resulta que *soy* un bombonazo y mi socia tampoco está nada mal —concedió, con fingida benevolencia.

Ambos rieron. No era a esa clase de bombonazo a los que el elegante holandés se refería, y Harley lo sabía. Habían llegado a la pequeña habitación que ella usaba a modo de estudio y mientras él vertía café en sendas tazas con el logotipo de la tienda, ella ponía orden en su mesa de trabajo.

—Qué mal disimulas que ha habido bronca. Jana es más diplomática, pero tú, querida mía, no engañas a nadie —dejó caer Lau al tiempo que depositaba la taza de Harley sobre la mesilla repleta de contenedores de tinta.

—¿Es una crítica? Porque mira que la cosa sigue calentita…

Había rabia muy mal contenida en los movimientos que la mujer hizo para recoger su rubia melena leonina en un moño que sujetó con un bolígrafo sobre la cabeza. Sus ojos, de un fulgurante color azul, centelleaban y, de tanto en tanto, una contracción muscular sacudía ligeramente su mejilla derecha. Norteamericana de nacimiento y de ascendencia, ni siquiera diez años viviendo entre la flema británica habían conseguido moderar su personalidad explosiva, caliente, como si por sus venas corriera sangre latina.

Una sonrisa paternal iluminó la cara barbuda de Lau.

—¿Qué es lo que te tiene tan rabiosa?

Harley dio un sorbo a su café y frunció la nariz.

—Puaj… Esto está amargo… Anda, pásame el azúcar, ¿quieres?

Lau hizo lo que le pedía con una sonrisa.

—¿Has dejado la dieta? —repuso con malicia. La mirada que ella le dedicó lo animó a cambiar de tema de inmediato—. Vale, perdona.

Harley se entretuvo revolviendo su café con la punta de un lápiz. Lau y ella eran buenos amigos, apreciaba sus consejos y normalmente, se sentía más tranquila después de hablar con él. Por otra parte, él siempre se implicaba. Siempre se las arreglaba para sacarles las castañas del fuego y eso no le parecía justo. Tanto Jana como ella eran personas adultas, tenían la capacidad de hacer frente a sus propios problemas.

—La tienda no va bien.

—¿Han bajado las ventas?

Harley respiró hondo.

—No es eso. No es que las ventas hayan bajado. Es que reponemos mercancía a cuenta gotas. Mira los expositores. A estas alturas en años anteriores no podías entrar de tantas cajas que había por todos lados.

Era cierto. Él también lo había notado.

—¿Qué te ha dicho ella?

—Mentiras —la expresión de asombro de Lau la hizo rectificar—. Suena fuerte, lo sé. Es que… Intuyo que me oculta cosas. Esto no es normal. Y no me refiero solamente al poco stock… Esta es su pasión, Lau. Vive y respira por su arte. Siempre está creando cosas nuevas, poniendo en marcha nuevos proyectos. Pero desde hace un par de meses, es otra persona. No dice nada por iniciativa propia y cuando me planto y no le queda más alternativa, me da excusas.

—Entiendo —se limitó a responder con expresión seria. No solo el negocio pasaba un mal momento, también, lo que era aún más importante, la amistad de las dueñas. Harley era una persona generosa y confiada. A pesar de que él le había desaconsejado dejar la gestión de cuentas de la tienda exclusivamente en manos de Jana, ella no le había hecho caso. Decía, quizás con cierta razón, que sería incapaz de asociarse con alguien en quien no confiara. Si ahora Jana le respondía con evasivas y Harley tenía que recurrir a hablar con el contable para saber qué sucedía, la amistad sufriría un serio revés. Eso sin añadir lo que pudiera descubrir cuando diera ese paso. Tratándose de Harley, persona resolutiva donde las hubiera, no podía demorar.

—¿Puedo ayudaros? —añadió.

La expresión de Harley se suavizó al instante. Apretó cariñosamente el brazo de su buen amigo. Había sido su salvavidas particular desde el primer momento. Siempre estaba ahí, cerca, dispuesto a dar el do de pecho, no solo por ella, también por Jana.

—Gracias, pero no hace falta —mintió.

De hecho, se había visto obligada a recurrir a viejos conocidos para conseguir colaboraciones con otros negocios cuya clientela habitual tuviera un interés especial por los tatuajes, como hacía al principio de establecerse en Amsterdam. Colaboraciones que no entraran en el reparto del cincuenta por ciento de la tienda, y que le dieran un poco de oxígeno a sus asfixiadas finanzas. Cruzaba los dedos para que empezara a dar resultados pronto. De otra forma, se vería en un serio aprieto.

En aquel momento, sonó el móvil de Harley. Los dos miraron el aparato que estaba sobre la mesa de trabajo y ella no ocultó su sorpresa al ver de quién se trataba. Lau, en cambio, sonrió para sus adentros.

—¡Suerte! —le deseó a la tatuadora que abandonaba su pequeño estudio, móvil en mano.

Harley se limitó a agradecérselo con un gesto de la mano. Desde luego, un poco de suerte extra no le vendría nada mal.

Miércoles, 30 de diciembre de 2009.
Estudio de B.B.Cox.
Soho, Londres.

—Ya estoy aquí, lista para la batalla —dijo Harley cuando B.B.Cox le abrió la puerta de su negocio.

La mirada del tatuador se desplazó de los ojos de Harley al cigarrillo al que ella acababa de darle una calada. Sin responder a su saludo, desapareció dentro de la tienda y un instante después cuando la puerta volvió a abrirse, lo que Harley vio frente a sus ojos fue un cenicero.

Ella no pudo evitar una sonrisa irónica. No se habían visto las caras en seis meses y después de la pelotera que habían tenido la última vez, no esperaba una gala de bienvenida, pero recordarle que su estudio era un espacio libre de humos le parecía un poco exagerado.

Y bastante informativo; estaba claro que él continuaba enfadado.

—Cierto que eres un chico muy sano —comentó sonriente al tiempo que apagaba el cigarrillo—.Ya está, humos fuera. ¿Puedo entrar o me tendrás aquí helándome el alma un rato más?

B.B.Cox le echó una mirada de refilón y se hizo a un lado para dejarla pasar. A continuación, volvió a cerrar y la siguió al interior del negocio. Mientras Harley se quitaba el abrigo, el tatuador se apoyó contra el mostrador de recepción y permaneció atento a sus movimientos, en silencio.

No le gustaba haber tenido que recurrir a ella y no porque no la creyera capaz de hacerse cargo del tema -todo lo contrario-, pero no le gustaba cómo habían quedado las cosas entre los dos desde la última vez que habían colaborado profesionalmente. Concretamente, le faltaba una disculpa de su parte.

Sin embargo, allí estaban los dos, "colaborando" otra vez. Ya que Harley no era precisamente proclive a la humildad y teniendo en cuenta que le estaba sacando las castañas del fuego ocupándose del estudio en esas fechas, quizás, lo mejor fuera darse por satisfecho y dejar el tema en tablas.

—No estás en el hotel de siempre, no había plazas, lo siento.

—Es igual, no te preocupes —Aliviada porque la tensión empezara a diluirse, Harley se acercó a inspeccionar el maquillaje del tatuador. Sonrió al confirmar su primera impresión; la línea que perfilaba sus ojos acababa en un rabillo—. Me has hecho caso, fíjate. Ahora podré fardar[8] de que le doy consejos de belleza al tatuador más famoso de Europa.

Él hizo una mueca sardónica al tiempo que una explícita mirada la recorría de arriba a abajo. La capacidad de Harley de combinar prendas imposibles de combinar no tenía precedentes en la historia de la moda. Por otra parte, había que admitir que su forma de vestir era lo último en lo que cualquier hombre con dos ojos funcionales en la cara reparaba cuando la veía.

—No puedo decir lo mismo, me temo —repuso él. Un destello de burla recorrió fugazmente sus ojos.

Los labios rojo bermellón de Harley se curvaron en una gran sonrisa ante otra muestra inequívoca de que las aguas volvían despacio a su cauce.

—A eso en mi pueblo se le llama envidia, chaval.

La llegada de Amy interrumpió la conversación. La muchacha fue la primera sorprendida al ver quién estaba con su jefe. Estaba claro que había confianza entre ellos: su jefe parecía tolerar de buen grado

---

8 Fardar (coloq.): alardear.

un nivel de proximidad por parte de ella que, en cuatro meses, Amy solo había visto en B.B.Cox cuando tatuaba. Pero que ella supiera, Harley vivía en Ámsterdam, ¿no había conseguido a ningún otro artista dispuesto en la Madre Patria? ¿Y ella, qué? ¿No tenía su propio negocio que atender? "Verás la alegría que se va a llevar Abby cuando se entere de que estás en la ciudad", pensó.

—Ah, Amy, ven que os presento —dijo B.B.Cox—. Ella es…

—Nos conocemos. Hola, Harley. ¿Te quedarás tú a cargo del estudio?

—Hola, Amy… ¿Eres tú su nueva asistente? ¿Qué ha sido de Krissy? Bueno, da igual… Sí, yo cojo el relevo así que cuando quieras, empieza a ponerme al día…

El tatuador miró a las dos mujeres alternativamente preguntándose de qué se conocían.

—Es la amiga de Abby, Brandon —explicó Harley.

La expresión de B.B.Cox confirmó que seguía igual de perdido que antes. Sabía quién era Abby, por supuesto. También que Amy y Abby eran amigas. Lo que seguía sin ver claro era cómo lo sabía Harley.

—¿Te acuerdas de la artista que te recomendé —insistió la tatuadora—, esa que estudiaba dibujo corporal en la Escuela de Jade Arrington?

—Ah, ya —repuso él.

Harley le palmeó el estómago.

—Para que veas qué buenas recomendaciones te hago, chico —dijo sonriente, al tiempo que le hacía un guiño a Amy que, en cambio, continuó mirándolos un tanto extrañada.

Se habían conocido en el hospital, cuando Evel estaba en coma. Él era el nexo, y no una recomendación. Además, su jefe también había tolerado sin aparentes muestras de desagrado aquel golpecito en su prominente tableta de chocolate. Había un algo extraño en el lenguaje corporal de los dos que no lograba descifrar… ¿Eran amigos o…? Al fin, Amy decidió que sus neuronas necesitaban combustible para seguir funcionando tras una noche en vela.

—Voy a por un café y hablamos, ¿te traigo uno, Harley? —dijo cuando ya iba camino del pequeño despacho que hacía las veces de sala de descanso para el personal.

—Sí, gracias… —repuso ella, pero enseguida volvió a concentrarse en B.B.Cox—. Oye, Brandon…

Él, que ya se había alejado unos cuantos pasos, se giró.

—Gracias por darme otra oportunidad —le dijo con sinceridad. Su oferta le había aflojado la soga que llevaba al cuello desde hacía dos meses. Algo que, desde luego, no esperaba de él. Menos, después de su metida de pata monumental con aquel patrocinador idiota.

El brillo de sus ojos mostró que el tatuador había recibido con agrado aquellas palabras. No era una disculpa, pero tratándose de Harley, casi valía como una.

B.B.Cox le ofreció una reverencia a modo de respuesta y siguió camino de su estudio.

Eran poco más de las once, cuando BBCox y Amy llegaron al aeropuerto. El proceso de facturación había ido como la seda gracias a los billetes de primera clase, y pronto Amy pudo dejarse caer en una de las sillas de la sala de embarque y respirar tranquila por primera vez en las últimas dieciocho horas.

Menuda carrera contra el tiempo, pensó. Pero ya estaba todo a punto, pensó, estirando sus piernas al tiempo que cerraba los ojos. B.B.Cox estaba allí cerca, hablando por el móvil y no la necesitaba. Era hora de echar una cabezadita hasta que llamaran a embarcar.

Un instante después, la joven no solo abrió los ojos, se incorporó de un salto.

—¡Ay no, ay no, ay nooooo…! —exclamó mientras buscaba febrilmente el móvil dentro de su bolso.

No podía creer que se hubiera olvidado de su cita con el Caballero Jedi.

MIERDA.

Mientras tanto, en el taller de customizados Rowley Customs…

Qué difícil le resultaba a veces descifrar a su ingeniero de diseño, pensó Evel. Sabía que Amy y Niilo habían quedado en verse la noche anterior, pero Abby no había tenido noticias de su amiga y el ingeniero se había presentado a trabajar por la mañana como cualquier otro día. No había hecho el menor comentario al respecto y, aunque no parecía contrariado, había cortado los sondeos bromistas de raíz.

Ahora estaban trabajando juntos en la sala de diseño, a Evel la curiosidad se lo estaba comiendo vivo, y su ingeniero parecía muy concentrado en el alerón que dibujaba con un lápiz óptico.

—¿Sería algo así lo que quieres? —preguntó Niilo.

—Suaviza un poco la curva superior, a ver qué tal.

El ingeniero se puso a retocar el dibujo bajo la atenta mirada de su jefe. Entonces, su móvil empezó a sonar. Los ojos de Niilo se desplazaron rápidamente del diseño a la pantalla, pero pronto regresaron al trabajo.

—¿Qué tal así?

El nombre de la pantalla era "Amy", y el móvil seguía sonando…

—¿No atiendes?

—Ya devolveré la llamada cuando me desocupe. ¿Suavizo más o así está bien?

—Perfecto, déjalo así… Oye, ¿está todo bien?

¿Contando el hecho de que la noche anterior la mujer que le tenía sorbido el seso lo había dejado colgado sin previo aviso, o sin contarlo? Mejor que mantuviera el pico cerrado.

—Claro —se limitó a responder, y continuó trabajado.

Evel sacudió la cabeza.

Era Amy, no la atiendes ¿y esperas que me trague que todo está bien? Y luego dicen que yo soy más cerrado que una ostra…

Después de que su primera llamada sonara hasta que saltó el buzón de voz, Amy había cortado sin dejar mensaje. Había sido un reacción molesta de la que se arrepintió en seguida. Pronto embarcarían, y no podría volver a conectar el móvil hasta llegar a

Nueva York. Tenía que volver a llamar, dejarle un mensaje, pero qué pocas ganas tenía de hacerlo…

Mientras esperaba que el dependiente le cobrara el café americano, pasaba del enfado consigo misma por ser tan despistada al enfado con el Caballero Jedi por ser tan poco insistente. ¿Acaso le daba igual verla que no verla? ¿Que lo dejaran plantado? Ella en su lugar no habría dado la callada por respuesta. Lo habría llamado y le habría dicho cuatro cosas.

A menos que…

¿Y si él tampoco había acudido a la cita? El pensamiento la dejó con la boca abierta. *¿Quedamos y a última hora cambias de idea y no me avisas?*

Y con esas, ya lo estaba llamando otra vez.

Niilo acababa de traerse un café para seguir trabajando en el encargo de Evel. Estaba solo en la sala de diseño y en esta ocasión, atendió al segundo ring.

—*Hola, viajera… No me lo digas; era hoy, ¿a qué sí?*

Amy se quedó cortada. Él reía, parecía de lo más normal. No entendía nada.

—¿Qué era hoy? ¿De qué hablas? —repuso, riendo.

El motero esbozó una gran sonrisa. Le encantaba desconcertarla.

—*Nuestra cita. Te entendí el martes a las ocho y casi acabo emborrachándome con una pelirroja que no paraba de pedir vino. ¡Menudo peligro tenía la niña!*

Amy estaba alucinando. ¿De qué pelirroja hablaba? ¿Se había emborrachado con otra? Tenía que ser un farol, obviamente, pero lo último que habría esperado de un tío al que había dado plantón, era una conversación tan delirante, doce horas después.

—¿Se supone que tengo que creerte? Venga ya, eso no es propio de un Caballero Jedi.

—*Porque tú lo digas, ¡claro que sí! No sabes lo avanzadas que están las cosas en el Consejo ahora…*

—Me refería a soltar faroles. ¿Citarte conmigo y acabar emborrachándote con una pelirroja? ¿Tú, con esa cara de niño bueno que tienes? No me lo creo.

—*Eh, que dije "casi" borracho, no del todo —precisó él, divertido de pensar que ella creía que era un farol.*

Los dos rieron un buen rato. En Amy ya no quedaba rastro de suspicacia y, en cambio, empezaba a haber arrepentimiento. Por haberlo dejado colgado, por haberse acordado demasiado tarde incluso para una disculpa decente, por haberse perdido lo que, ahora estaba segura, habría sido una noche genial.

—Era ayer, no hoy. Lo siento —admitió la joven.

Así me gusta, que empieces por dónde debes; con una disculpa. Buena chica.

—Tranquila… —él iba a decir que podían volver a quedar en otro momento, pero no cometería el error de cantar victoria antes de tiempo otra vez, así que improvisó—: *¡el vino estaba buenísimo!*

Las carcajadas femeninas volvieron a hipnotizar a Niilo. Nunca se cansaría de oírlas.

—¡Qué farolero eres! —repuso Amy, que reanudó sus excusas cuando las risas cesaron—. Es largo de contar y ahora estoy a punto de embarcar, pero desde ayer al mediodía no he parado. El publicista nos dejó colgados a horas del viaje de mi jefe a Estados Unidos. Total, que a las doce de la noche estaba en la lavandería secando la ropa que llevo en la maleta. Te juro que si me hubiera acordado, te habría dado un toque… Soy un desastre…

—*Eso habría estado muy bien. ¡Podía haber llevado una botella a tu lavandería y así no esperabas sola a que el tambor dejara de dar vueltas!* —él mismo se tentó de risa antes de poder acabar la frase.

—Ahora que lo dices, quizás debamos dejar de organizar citas normales. Está claro que mi vida es cualquier cosa menos normal, ¿por qué mis citas iban a serlo? A la próxima, quedamos cuando vaya a hacer la colada y listo! —apuntó Amy tronchándose.

—*¡Hecho!*

—Lo lamento mucho. Odio cuando hago estas cosas, de verdad.

—*Bueno, tranquila, que al menos otra oportunidad te daré. Tampoco soy tan malo.*

—Vaya, qué generoso….

Los dos volvieron a reír. Niilo le parecía muy diferente de todos y para confirmarlo allí estaba su marca personal; a mes y medio del Manhattan, seguía en carrera sin haberle tocado un pelo, y arrancándole auténticas carcajadas cada vez que habían hablado. El problema era que sus perspectivas futuras en cuanto a tiempo libre era mucho más inciertas que antes y no tenía la menor intención de ocultárselo.

—Escucha, Niilo… Me apetece muchísimo verte, lo digo en serio, pero si antes las cosas estaban complicadas, ahora…

El ingeniero sabía que era su turno de respuesta, pero desde que le había escuchado decir "me apetece muchísimo verte", todo él se había convertido en un flan. Le costaba pensar con lógica.

—¿Oye, sigues ahí? Tengo que embarcar…

—*Sigo aquí* —repuso Niilo. Exhaló un suspiro—. *Ve, no te preocupes. Ya improvisaremos algo para cuando vuelvas.*

Amy sonrió complacida. "Mira al Caballero Jedi, qué bien se lo monta", pensó, deseando estar de regreso para ver con qué la sorprendía.

—En tal caso, me aseguraré de volver —repuso ella.

Aquel día por la noche…

La fiesta estaba en su apogeo cuando Niilo llegó al MidWay. Tuvo claro que el alcohol ya había empezado a hacer estragos cuando vio a Maverick regalándole a la clientela uno de sus bailes sexis al ritmo del "One Way or Other" de Blondie mientras sus socios lo jaleaban. Era como esa escena de la película Bar Coyote, solo que quien enloquecía a los clientes contoneándose sobre la barra no era una damisela rubia, sino el tío más cachas[9] del bar.

El motero se fue abriendo paso entre el gentío hasta un rincón de la barra donde estaban los dueños del MidWay y sus respectivas esposas, acompañando con las palmas el ritmo de la música.

—¡Has venido, tío… Vas a joder el tiempo! —fue el recibimiento que le dio Dakota, a voz en cuello debido al volúmen de la música.

El MidWay no era un bar que Niilo frecuentara, pero en esta ocasión no podía faltar. Ya que no estaría abierto el último día del año, Evel había querido dedicar aquella noche a despedir entre amigos un 2009 que había sido muy intenso para él.

—¿Tú crees? Yo creo que el numerito de tu socio sobre la barra puntúa más alto en la escala de potenciales desencadenantes de desastres naturales —repuso, al tiempo que le señalaba al susodicho,

---

9 Cachas (coloq.): musculoso y fornido.

que en aquel momento arrojaba su camiseta a un público femenino al borde de la histeria.

Dakota soltó una risotada.

—¡Está desatado el tío! —exclamó y se acercó a decirle algo al oído a Tess que enseguida saludó a Niilo con un gesto de la mano. A ella, le siguió Abby y fue entonces cuando Evel se percató de la presencia de su ingeniero de diseño.

—Pensé que ya no vendrías… —lo saludó, complacido.

—Hoy estoy de chófer de la familia y se me ha hecho un poco tarde. ¿Y los demás?

—Todos están por ahí, excepto Conor —Evel señaló hacia la zona donde la banda londinense ponía música al espectáculo espontáneo de Maverick.

Niilo torció la boca en un gesto de desagrado. Aquel día, Conor se había marchado a su hora igual que había llegado: con mirada tormentosa y sin haber pronunciado más que un puñado de palabras.

—¿Lo has llamado?

La forma en que Evel asintió daba a entender que lo había intentado varias veces.

—Salta el buzón de voz. Bueno, igual llega más tarde…

—Si no, pasaré por su casa cuando me vaya —dijo Niilo—. Esto empieza a olerme mal.

Evel le palmeó el hombro en señal de acuerdo.

—Eso pensaba hacer yo, pero vete tú a saber a la hora que esta buena gente decide irse a dormir. —Se refería a la clientela que atestaba el bar—. Dime qué quieres beber, a ver si consigo que Cheryl te lo sirva.

—Si esa es tu mejor baza, estamos apañados, Evel… Creo que habrá que esperar a que abandone el trance —y a continuación señaló con la mirada a la camarera en un momento fan total.

Evel tuvo que reír.

—Míralas, están idas. Es increíble cómo las hipnotiza… Será mejor que me ocupe yo. ¿Cerveza?

—Mmm… Creo que hoy tomaré algo más fuerte. Ponme un *boilermaker*[10] clásico.

---

10 *Boilermaker* clásico: una pinta de cerveza acompañada por un chupito de whisky.

—Vaya, parece que celebramos algo. —El guiño que vino a continuación de las palabras, le informó a Niilo que Evel estaba al tanto de las últimas noticias.

Así que las amigas han hablado y según el sondeo popular, sigo en carrera. Genial.

—Eso parece —concedió el motero con una sonrisa.

Harley había llegado tarde al MidWay y no lo había hecho sola sino acompañada de Gabs Márquez. Y allí estaban los dos, divirtiéndose en la improvisada minipista de baile, cuando ella detectó que Niilo se había quedado solo.

—Enseguida vuelvo —anunció a su acompañante antes de poner rumbo hacia su objetivo.

Fingiendo un encuentro casual, Harley echó mano de todas sus aptitudes histriónicas.

—Pero mira a quién me encuentro aquí, el que se hace llamar por su nombre en finlandés —dijo acercándose con una gran sonrisa, derrochando *sexappeal* por los cuatro costados—. ¿Hace mucho que has llegado? ¿Cómo no te he visto antes?

Y con naturalidad, se hizo un hueco junto a Niilo.

—Te acuerdas de mí, ¿verdad?

En un abrir y cerrar de ojos, no solo había invadido parte de su espacio vital, también acaparaba su campo visual y flirteaba con descaro. Le gustaba el desenfado de la ex de Evel. Algo que, posiblemente debido al segundo *boilermaker* que se había metido por el gaznate, Niilo encontraba divertido.

—Claro, Harley. —Como si fuera del tipo de mujer que pasaba desapercibida.

—¡Guaaaau, si te acuerdas hasta de mi nombre! —Y al ver que una camarera se acercaba—: ¿Me pones un *gin tonic*, por favor? ¿Quieres algo, Niilo?

Él negó con la cabeza. Se puso de pie.

—Ya me voy —dijo cediéndole caballerosamente su taburete. A continuación, le entregó a Cheryl un billete de veinte libras—. Cobra también el *gin tonic* de la señorita, por favor.

Harley se echó a reír. Ella también lo encontraba divertido y no se trataba de un efecto secundario del alcohol. Tenía esa capacidad de profunda abstracción característica de los genios o de personas muy creativas, que siempre lo hacía parecer algo desconectado de la realidad, y que sumado a ese punto de galantería pasada de moda, le recordaba tantísimo a Evel.

—Gracias —repuso ella con picardía—, pero te voy a contar un secreto; cuando invitas a una copa a una señorita, lo suyo es que te quedes, no que te vayas.

—Lo sé —dijo Niilo sonriendo, pero continuó preparándose para marcharse bajo la mirada divertida de Harley que no se separó de él mientras se ponía la bufanda alrededor del cuello y se cerraba la cazadora.

—Lo sabes, pero te vas...

La sonrisa de Niilo se agrandó. La de Harley también.

—Lo sé, pero me voy —concedió. Esta vez, cogió los guantes y su bolso de hombre, que se colgó del hombro.

—Dime una cosa —continuó ella, juguetona—, ¿qué tiene que hacer una chica para tener tu atención?

—¿Sin desnudarse, quieres decir? —repuso el motero y coronó la frase con un guiño.

Los dos rieron. Niilo era un tipo ocurrente y Harley no era de la clase de mujer que se tomaba las cosas del flirteo de manera personal.

Cerca de allí, Abby seguía con atención la interacción entre ellos. Continuaba teniendo sentimientos encontrados respecto de Harley. Era buena persona, a pesar de sus errores, y además, Brian la quería, pero... Enterarse de que estaba en Londres, no había sido una alegría. Harley representaba algo que, muy a su pesar, Abby aún no había logrado encajar del todo en su vida.

En aquel momento, unos brazos fuertes le rodearon la cintura desde atrás.

—No me gusta que esté sola cuando viene a la ciudad—dijo Evel, hablándole al oído—, menos en estas fechas, y no podemos invitarla a la cena de Nochevieja en casa de mis padres. Saldríamos en las noticias.

Harley lo había llamado desde el aeropuerto y Evel le había pedido que se uniera a la fiesta en el bar cuando acabara de trabajar.

Abby se apretó más contra él.

—Lo sé, Brian, no te preocupes por mí —repuso, mimosa—. Y tampoco creo que haga falta que te preocupes por Harley, siempre está muy bien custodiada.

Evel estrujó a su mujer en un ataque de ternura.

—Ay, linda, te comería a besos... —el motero se situó a centímetros del rostro de Abby, sus intensos ojos verdes lloviendo ternura a raudales sobre ella—. Hay algo que tienes que saber sobre Harley. Coquetea por vanidad y porque le divierte, es su forma de ser.

—¿Quieres decir que no se enrollaría con tu ingeniero si tiene la ocasión? Permíteme que lo dude.

—Quiero decir que con ella una cosa no implica la otra. Lo que ves no es más que un juego; estoy bastante seguro de que él no le interesa en ese plan —los dos miraron el sector de la barra donde Niilo se despedía de Harley. El hombre que la acompañaba al llegar acababa de acercarse a la pareja. Evel añadió—: Y el guaperas, tampoco.

Abby no pudo evitar recordar su propia soledad antes de empezar a salir con el hombre que poco después se convertiría en su marido. Vivir rodeada de moscardones que no la dejaban en paz ni a sol ni a sombra y, al mismo tiempo, sentirse tan desesperadamente sola... En muchos sentidos, Harley le daba pena.

—¿Le interesa alguien? Quiero decir... —se arrepintió un segundo después de haberlo dicho. Hablar de la vida sentimental de Harley implicaba, de alguna manera, traer al presente al hermano de Brian. Abby se estiró a besar los labios de su marido—. Perdona...

—No pasa nada, linda... —dijo él, estrechando el abrazo—. Tíos con los que desfogarse nunca le han faltado, pero creo que no ha vuelto a tener una relación sentimental.

—¿Lo crees o lo sabes?

—Lo sé —repuso el motero, categórico—. Me lo habría dicho.

En efecto, muchos hombres habían ocupado temporalmente la cama de la artista desde aquel día aciago, hacía casi seis años, cuando abandonó su casa de Londres para siempre, pero el corazón de Harley continuaba vacante.

EPISODIO 5

Miércoles, 30 de diciembre de 2009.
Casa de los Campbell,
Barrio residencial al norte de la ciudad.
Londres.

Nikki había llegado a casa de su último día en el trabajo acompañada de Lexi. La familia había salido y las amigas se instalaron en la habitación de la joven para que ella siguiera embalando las cosas que pensaba llevarse a Ginebra.

Lexi sabía que, a pesar de sus esfuerzos por disimular, su amiga no estaba nada bien. Tenía ojos de haberse pasado toda la noche llorando. Nikki la había puesto al tanto de cómo había acabado la discusión que había mantenido la pareja -la había llamado desde la misma cafetería después de que Conor se marchara-, pero lo que podía haberse interpretado como una reacción del momento por parte de él, empezaba a parecerse cada vez más a su posición definitiva sobre el asunto. Por lo menos, de momento.

—¿Y dices que te ha colgado?

Sí, así es él cuando le da la neura.

—Desconectó el móvil, que viene a ser lo mismo. Da gusto pensar que todo el mundo se alegra por mí, excepto el tío al que le he dedicado los últimos diez años de mi vida. Fíjate, hasta mi jefe se ha deshecho en felicitaciones, facilitándome las cosas al máximo, y eso que al marcharme tan de repente lo he dejado con una mano atrás y otra delante. ¿Sabes? Me lo merezco por ingenua —sentenció al tiempo que arrojaba de mala manera un par de botas en la maleta.

—De eso, nada. No lo digas ni en broma. Tú te mereces lo mejor del mundo ahora y siempre —las amigas intercambiaron miradas y Lexi al fin consiguió arrancarle un sucedáneo de sonrisa que desapareció en cuanto dijo—: Y tampoco pienses que Conor no se alegra, *cari*, seguro que sí. Necesita enfriarse, nada más, ya lo verás.

—Puede que cuando lo haga, sea demasiado tarde hasta para quedar como amigos —sentenció Nikki.

Soltó un bufido y al cabo de un rato, añadió:

—Mira, entiendo que esto lo haya tomado desprevenido, pero, ¿cortar conmigo, sin más, y ahora no ponerse siquiera al teléfono? Estoy muy dolida con él, Lexi.

La muchacha se apartó el cabello de la cara, rabiosa. Estaba sudando como si no estuvieran a bajo cero. Se quitó el jersey, exponiendo la camiseta de manga corta que llevaba debajo, y continuó apilando ropa dentro de la maleta bajo la mirada compasiva de su amiga que, al fin, se animó a añadir:

—Es un hombre, nena. No es que lo hayas tomado desprevenido, es que lo decidiste sin consultárselo y has herido su vanidad. Es una estupidez, lo sé, pero ellos son así.

Nikki se volvió con los ojos brillantes de furia.

—¿Consultárselo? Ja, tiene gracia que alguien que lleva años reivindicando su "espacio personal" —dijo, haciendo el gesto de entrecomillar las palabras—, ahora reclame una relación de decisiones consensuadas. "Quiero mi libertad para hacer lo que me de la gana, pero eso sí, lo que tú quieras hacer me lo consultas primero, que igual no estoy de acuerdo". ¿Qué práctico, verdad? ¡Pues que le den! Y te voy a decir una cosa; si ese avión despega el sábado, sin que él se haya dignado a dar la cara, ya puede ir olvidándose de mí.

En el pasillo, el padre de Nikki, paró en seco. Su hija no había dicho gran cosa acerca de su cita con Conor, excepto que él no había tomado a bien la noticia de su viaje a Ginebra. Todo el mundo había dado por sentado que a él no iba a gustarle la idea de que su novia viviera en un país distinto, de modo que, en parte, tampoco había supuesto una sorpresa que no lo hiciera. De más estaba decir, que todo el plantel femenino de la familia, había cargado las tintas en contra de Conor, incluida la abuela Clarisse que siempre había formado parte de su club de admiradoras.

Pero esto cambiaba considerablemente las cosas.

¿Nikki había decidido unilateralmente al respecto? No podía creer que su hija hubiera hecho algo así.

Fred volvió sobre sus pasos silenciosamente y regresó al salón. Ya hablaría con ella cuando Lexi se hubiera marchado.

La oportunidad no se presentó hasta dos horas más tarde. Fred se dirigió a la habitación de su hija y anunció su presencia con dos golpecitos en la puerta a pesar de que estaba abierta. Ella lo recibió con una sonrisa.

Las dos maletas que se llevaría consigo en el viaje estaban a un lado de la puerta. En el otro extremo de la habitación, junto al tocador, se apilaban varias cajas que la familia se encargaría de enviarle junto con su moto.

—Parece que lo tienes controlado —comentó el hombre.

Sí, era lo único en su vida que estaba bajo control, pensó Nikki.

—Un par de cajas más y habré acabado. —La muchacha dejó momentáneamente de trabajar y miró a su padre que continuaba de pie en el hueco de la puerta—. ¿Necesitas algo o has venido a hacerme una visita?

Al verlo entrar y cerrar la puerta a sus espaldas, Nikki tuvo su respuesta. Era el único miembro de la familia que todavía no había intentado sondearla sobre su pelea con Conor. Obviamente, eso estaba a punto de cambiar.

Nikki exhaló un suspiro y fue a sentarse sobre la cama. Fred hizo otro tanto.

—Antes te escuché hablando con Lexi… Acababa de llegar y venía a saludaros, pero me di cuenta de que no era un buen momento y preferí no interrumpir…

Nikki volvió a suspirar. Genial. Ella y su costumbre de no cerrar las puertas…

—¿Tomaste la decisión de aceptar el trabajo sin hablarlo con Conor? —Nikki asintió y vio una mirada desaprobadora que viniendo de un padre comprensivo como el suyo, la hizo sentir culpable—. ¿Por qué, cariño?

Le había dado muchas vueltas al por qué. No era su proceder habitual y la oferta de la ONU había llegado en un mal momento. Había habido un poco de todo: presión por el escaso tiempo de que disponía para responder, rabia al comprobar que Conor seguía planteándose mantener una relación de eterno noviazgo adolescente, mucha desilusión...

Y hartazgo.

Solo con pensarlo la angustia había regresado. Por Dios, ¿cuándo acabaría todo?

—Supongo que me he cansado de esforzarme por entender lo inentendible, papá. De proceder como si formara parte de una relación comprometida cuando está claro que la única parte comprometida de esta relación soy yo.

—Cariño, Conor te adora y lo sabes...

—¿En serio? ¿Y en qué se traduce esa adoración, eh? Tú adoras a mamá. Chris adora a Lexi. Tenéis una vida en común, proyectos, sueños. ¿Qué tengo yo después de diez años? Un compañero de *kedadas* y una agenda llena de eventos moteros a los que asistir. Nada más —su voz se quebró y Nikki respiró hondo, en un intento vano de retener las lágrimas.

Fred abrazó a su hija, lo que evaporó la más mínima esperanza de contener la llorera, pero, al menos, le dio a ella la posibilidad de desahogarse.

—Ay, hija, las cosas no son tan así —continuó mientras ella sollozaba entre sus brazos—. No puedo hablar por Chris, pero a mí también me llevó tiempo estar preparado para afrontar una vida en común con tu madre. No tiene solo que ver con los sentimientos, cariño. Para un hombre, no. Tiene que ver con convertirse en cabeza de familia y toda la responsabilidad que eso conlleva, con estar preparado para dar la talla y no fallar... Con apartar las dudas, los temores, y ser un refugio para las personas que ama. Algunos hombres abrazan ese momento con confianza, la mayoría necesitamos reunir el valor para hacerlo.

Nikki dudaba mucho que alguno de esos pensamientos hubiera cruzado la mente de Conor en algún momento. Lo haría, quizás, cuando tomara conciencia de que hacía mucho que había dejado atrás la adolescencia y encerrara a su Peter Pan en un armario de una buena vez por todas. O quizás, no lo haría nunca. Quizás Conor era uno de esos hombres que vivían una adolescencia eterna. En cualquier caso, ya le daba igual.

La joven se apartó suavemente de su padre y se secó las mejillas con el dorso de la mano.

—Ese es su problema, papá. Tal como yo lo veo, él estaba muy cómodo con las cosas como eran y no estaba dispuesto a cambiar nada. Tenías que haberle visto la cara cuando se enteró de que la plaza no era para trabajar en Londres… —su mirada se llenó de tal decepción que a Fred le dolió el alma—. ¿Qué clase de hombre no se alegra porque la mujer que dice querer tanto consiga algo por lo que lleva años partiéndose la espalda? —Nikki sacudió la cabeza—. Se acabó. Que siga en su burbuja el tiempo que quiera, yo me voy a Suiza a disfrutar de lo que me he ganado.

Fred asintió y no precisamente porque estuviera de acuerdo. Sin embargo, estaba claro que su hija había asumido una posición al respecto. Como siempre, la apoyaría, pero se permitiría darle un último consejo.

—Estás enfadada y la rabia no es buena consejera. Él te quiere. No tengo la menor duda de que se alegra por ti, aunque en su momento no lo haya demostrado debidamente, y sé que rectificará, cariño. Por favor, Nikki, no dejes que la desilusión que sientes ahora, empañe lo que habéis vivido juntos.

Nikki miró largamente a su padre antes de responder.

—Mucha confianza sigues teniendo en él, papá…

Fred tomó el rostro de la joven entre sus manos.

—Estáis juntos desde que erais niños, Nikki y siempre has sabido escoger muy bien las personas de las que te rodeas. Es un gran chico, te quiere con locura y acabará transformándose en el hombre con el que sueñas. Ya lo verás, cariño.

Demasiada confianza, pensó Nikki. Ojalá no terminara defraudado, igual que ella.

Hacía un buen rato que el MidWay había cerrado sus puertas, pero en el interior todavía quedaban algunos clientes de fiesta. La música de máquina había sustituido a los músicos que ya se habían marchado. En una de las mesas, Evel y Abby compartían una misma silla, mientras muy cerca, Dakota intentaba seguir el paso de baile de Tess. Reían más que bailaban, ya que el motero había bebido bastante y no atinaba una.

—¡Está claro que el baile no es lo mío! —dijo tronchándose después del último traspiés que usó como excusa para agarrarse a Tess, rodeándola con sus brazos.

—Creo que eso ha quedado demostrado con la actuación de Mav, tío —apuntó Evel, que todavía seguía alucinando con el despliegue de erotismo espontáneo que había hecho el tercer socio del MidWay más temprano.

—¡Ya te digo. Y nosotros preocupándonos de traer buenas bandas para los espectáculos en vivo! ¡Míralo, ya tiene club de fans y todo! —Dakota señaló el lugar de la barra donde media docena de moteras se hacía fotos con el socio más joven del MidWay, acaparándolo como si fuera una estrella de cine.

En aquel momento, una de ellas, que además de motera era camarera del bar, sorprendió a todos, plantándole un beso en los labios mientras lo retrataba con su móvil para la posteridad.

—¿Estoy demasiado pedo o Cheryl acaba de morrear a Mav? —dijo Dakota como si no acabara de dar crédito a lo que sus ojos veían.

—Y tanto que acaba de morrearlo —repuso Evel riendo.

Tess y Abby cruzaron miradas pícaras. El interés de la camarera era evidente aunque, estaba claro, para sus maridos constituía una novedad.

—¿"Y tanto"? Esa no es la frase adecuada en este caso, chicos —dijo Tess atrayendo la inmediata atención de los dos moteros—. "Ya era hora", sí.

Había sido un morreo y de haber oído a Tess, Maverick tampoco habría escogido "ya era hora" como frase adecuada. En su caso, y sin ninguna duda, la frase era "vamos, no me jodas". Porque lo era. Una jodienda[11] del tamaño de una catedral. Llevaba dos meses arreglándoselas para vadear el temporal sin resultar ofensivo, y Cheryl acababa de ponerlo contra las cuerdas. A ver cómo salía de aquel atolladero.

---

11 Jodienda: (vulg.) molestia, incomodidad, complicación.

—Vaya, ¡qué suerte la mía! ¿Dónde está el muérdago? —bromeó. Apartó a Cheryl con suavidad, pero con determinación, y sin perder la sonrisa añadió—: Señoras, me encanta vuestra compañía pero el deber me reclama…

—Solo fue un besito de nada. ¿Te he asustado? —dijo Cheryl, divertida.

—¡Venga, Mav, si todos están servidos, quédate con nosotras! —corearon las moteras.

Harley que estaba allí cerca decidió intervenir.

—¡Disculpa! —le dijo al barman, elevando la mano para llamar su atención—. ¿Me pones un *gin-tonic*, por favor?

—¡Y un *boilermaker*! —pidió Gabs, y dirigiéndose a los dos moteros que se habían pegado a Harley hacía un buen rato, fastidiándole el plan, añadió—: ¿Vosotros queréis algo? Ya que estáis aquí en plan perenne…

Maverick miró a la rubia que le estaba ofreciendo una salida honrosa a aquel momento incómodo y se acercó. Había llegado después de su baile en la barra, acompañada por el hombre tatuado que ahora estaba a su lado. Era la primera vez que él los veía en el bar, pero no eran nuevos clientes. Él había saludado a varios clientes habituales del bar y ella había estado conversando con sus socios. En realidad, Mav estaba bastante seguro de que ella no había estado sola en ningún momento. Lo cual no era de extrañar; era una mujer llamativa.

Cuando estuvieron frente a frente ella le ofreció una sonrisa que dejaba claro que no lo había llamado porque quisiera otra copa. El vaso medio lleno de *gin-tonic* que tenía en la mano lo confirmó.

—Gracias por venir al rescate… La barra de alcohol está cerrada, pero ¿puedo ofrecerte alguna tapa —señaló las bandejas con apetitosos canapés— o un café, tal vez?

—Nada, gracias… Hay pasiones que matan, ¿eh? Aunque… —Harley se apartó el flequillo de la cara con un movimiento estudiadamente sensual. La enorme onda que le cubría el lado izquierdo del rostro no tardó en regresar a su posición habitual—, bueno, después de esa actuación tan sexi que has tenido, tampoco es de extrañar que el público se alborote, ¿no?

Era mucho más que llamativa, pensó Mav. Era arrebatadora.

—¿Y cómo sabes tú eso? Llegaste bastante después de que acabara…

—Sé varias cosas sobre ti —repuso ella con una sonrisa.

Maverick sonrió intrigado. Apoyó los codos sobre la barra.

—A ver, explícame eso…

Harley se echó a reír ante un método que volvía a demostrar ser infalible. *Dale a entender a un hombre que te has fijado en él y ya lo tienes comiendo de la palma de tu mano. Qué simples sois, por favor.*

Gabs se cruzó de brazos, resignado. Por lo visto, le tocaría aguantar *otra* sesión de flirteo antes de recuperar la atención de Harley.

Un poco más allá, el club de fans del barman seguía con interés la interacción de Maverick y Harley. Cheryl, no; de espaldas a la barra, cargaba el lavacopas, intentando digerir su rabia.

Niilo aprovechó que un muchacho joven salía, para entrar en el edificio donde vivía Conor. Como con el portero eléctrico tuviera la misma suerte que con su número de móvil, echaría raíces antes de conseguir dar con él, y la verdad, el chico de las rastas empezaba a preocuparle.

Se detuvo frente a la puerta de su piso y prestó atención. Desde el interior le llegaba el sonido del televisor, lo que quería decir que había alguien en casa. Tocó al timbre y esperó.

Dentro del piso, Conor soltó un bufido. Se dirigió a la puerta con paso cansino y al ver por la mirilla de quién se trataba, sacudió la cabeza.

—¿Has visto la hora, tío? —dijo, abriendo la puerta de mala uva.

Niilo pasó por su lado hacia el interior de la vivienda y solo cuando estuvo dentro, respondió:

—Llevas horas con el móvil apagado. Iba a venir Evel, así que no te quejes.

—Joder, que estoy biennnn… ¿por qué no me dejáis en paz de una vez?

Niilo le echó una exhaustiva mirada de la cabeza a los pies. ¿Bien? Tenía pinta de haberse escapado de un psiquiátrico.

—Sí, ya se nota. Anda, chaval, cierra la puerta e invítame a una cerveza.

Conor no tenía el menor interés de alargar aquella visita no deseada, de modo que volvió directamente al sofá y siguió mirando la televisión.

—Ah, ya entiendo, es un autoservicio —repuso el motero, dirigiéndose a la cocina—. Tranquilo, ya me la sirvo yo mismo, tú no te agobies.

Al cabo de un rato, Niilo apartó las revistas del sofá y se sentó junto a Conor. Depositó dos latas de Guiness sobre la pequeña mesa donde había una colección añeja de botes de gaseosa vacíos junto a una caja con restos de pizza. Miró a su colega que continuaba con los ojos fijos en la carrera de monoplazas del televisor.

—¿Indianápolis?

—Sí. La del año pasado.

Conor era un loco de la velocidad, pero todos sabían que prefería las motos a los automóviles. Que estuviera echando mano de sus grabaciones de carreras de vehículos de cuatro ruedas para distraerse, indicaba que había agotado las de dos ruedas sin conseguirlo.

—Bueno, solo te falta ver la de este año, después empezarás a caminar por las paredes, así que… Esperaré.

—Tranquilo, también tengo los últimos ocho años del Campeonato Mundial de Rally —repuso Conor y coronó la frase con una mirada asesina.

Niilo asintió, se estiró a coger el mando y apagó la televisión.

—¿Pero qué coño haces? —Conor ya se había incorporado dispuesto a recuperar lo que era suyo, pero Niilo puso el control fuera de su alcance lo que inició un forcejeo.

—Hacerte volver a la realidad, tío —repuso con un punto de ironía.

—¡Métete en tus asuntos y déjame en paz! Solo faltaría que ni en mi puta casa pueda hacer lo que me da la gana. Joder, ¿pero qué coño le pasa a todo el mundo? —gritó Conor, que continuó forcejeando hasta que consiguió recuperar el mando y cuando lo hizo, volvió a encender el televisor con un bufido.

Niilo volvió a asentir. Esta vez, fue hasta el gran televisor de plasma y lo desconectó de la red eléctrica.

—Llevas días ladrándole a todo el que se acerca y hoy que te esperábamos en la fiesta del bar, no apareces y encima apagas el móvil. Que te pasa a ti, dirás.

Conor bajó la vista, tocado por unas palabras que eran ciertas. Lo estaban agobiando con llamadas y mensajes. Su familia, especialmente, lo estaba volviendo loco, y al ver que la llamada entrante era de Nikki… Apagarlo había sido un acto reflejo. No había sido su intención tener a todo el mundo preocupado, pero, últimamente, todo lo que hacía acababa igual: dejándolo en mal lugar.

—Lo siento, joder… Me olvidé de volver a conectarlo, y pensaba ir al MidWay, pero… Estoy pasando una mala racha, tío.

Niilo le dedicó una mirada sardónica. Era un soltero sin compromisos que ganaba una pasta y hacía de su vida lo que le daba la gana.

—Has discutido con tu novia. Es una putada, vale, pero ¿mala racha? Joder, tampoco te pases.

—Se va a trabajar a Suiza. El día que tu novia de diez años elija su profesión a su vida contigo, podrás calificarlo como te de la gana. Antes no, así que hazme el favor de cerrar el pico porque no tienes ni la más remota idea de lo que se siente.

Niilo regresó junto a su colega. Bebió un sorbo de cerveza. El asunto parecía más serio de lo que había esperado, pero puesto en el contexto de una relación que duraba tanto tampoco le resultaba tan problemático. Muchas parejas mantenían una relación en la distancia. No era lo ideal, pero Conor y Nikki habían logrado lo más difícil: que su amor sobreviviera a la edad del pavo, a la revolución hormonal de la adolescencia, a la vida universitaria y su constante oferta de "nuevas experiencias"… Habían podido con todo y seguían enamorados. Las probabilidades de éxito estaban a su favor.

—Progresar no implica anteponer la profesión a la relación, ¿o sí? El año pasado, tú mismo estuviste a punto de irte a trabajar a Barcelona. Se pueden hacer las dos cosas.

—No es lo mismo, lo hablamos. Ella aceptó un trabajo en el culo del mundo sin comentármelo antes porque según ella no era un tema abierto a debate —escupió Conor, a quemarropa.

Vaya, eso ofrecía nuevas pistas sobre la "mala racha" de su amigo. Una mujer enamorada decide unilateralmente aceptar un trabajo que la pone a miles de kilómetros del hombre con el que mantiene una relación desde hace diez años. Sin previo aviso. Sin diálogo. Sin intentar siquiera, aunque su decisión esté tomada, que parezca que la opinión de su hombre importa. ¿Por qué Nikki habría hecho algo así? Solo le venía una palabra a la cabeza: despecho. Conor había hecho algo lo bastante serio como para haber puesto en pie de guerra a la versión más beligerante de la desilusión femenina. Conociéndolo, no tenía que esforzarse mucho para saber de qué se trataba.

—Iba a preguntar qué le has hecho a Nikki para cabrearla tanto, pero creo que el asunto no va de eso. No es qué has hecho, sino qué no has hecho.

El rojo fuego que se apoderó del rostro de Conor se ocupó de responder por él. Niilo sacudió la cabeza.

—Tu alergia al compromiso empieza a ser preocupante, tío. Deberías hacértelo mirar.

—¡¿Yo?! —repuso Conor indignado—¡¿Y qué hay de ella, eh?! Da igual que pierda el culo por complacerla, da igual que lleve años besando el suelo que pisa. Mientras no firme la puta licencia, no seré más que un inmaduro con miedo a comprometerse que no se merece nada. Ni siquiera opinar sobre una decisión que me va a cambiar la vida tanto como a ella.

Niilo contempló la explosión de su colega con preocupación y cierta incredulidad. ¿En serio le asombraba, después de *diez* años pensándoselo? ¿Cuántos más necesitaba, otros diez?

—Bueno, míralo por el lado positivo, ahora ya no te hará falta gastarte una pasta en psicoanálisis para averiguar por qué, después de una década con Nikki, sigues pensándote lo de dar el gran paso — Niilo palmeó el hombro de su colega—. Ánimo, tío, pasará. En una semana estarás como nuevo. —Y con esas fue hasta la tele y volvió a enchufarla. La encendió y regresó al sofá.

A continuación, sacó el móvil, envió un mensaje tranquilizador a Evel, y volvió a guardarlo.

Hubo un intercambio de miradas, pero pronto los dos hombres seguían la carrera en la que un piloto neozelandés se había alzado con la victoria.

Sin embargo, era solo aparente. Niilo había descartado seguir hablando del tema porque solo conseguiría que Conor se cerrase en sí mismo (más de lo que estaba). Pero había llegado a una conclusión; el malestar de su colega era demasiado grande para atribuirlo al típico rifirrafe[12] sentimental. No era la primera vez que la pareja se peleaba, pero esta reacción de Conor era decididamente nueva. Había más cosas que no le estaba contando.

---

12 Rifirrafe: (coloq.) contienda o bulla ligera, sin trascendencia.

Conor pensaba en cómo sobrevivir a lo que se le venía encima. Niilo estaba equivocado; no se le pasaría tan fácilmente. Ni lo ofendido que estaba por su falta de confianza en él. Ni la necesidad que sentía de ella, que por momentos se volvía insoportable. ¿Cómo era posible querer matarla y, al mismo tiempo, echarla tanto de menos?

Estaba atrapado en un círculo vicioso del que no sabía cómo salir.

B.B.Cox había visto la llamada perdida de Lau en cuanto volvió a activar el móvil al aterrizar, pero esperó a estar en su habitación del hotel para devolvérsela. Lo que no ocurrió hasta tarde, después de la entrevista en la televisión y la cena de bienvenida de sus patrocinadores.

Sacó un bote de su bebida energética favorita del minibar, se acomodó sobre la cama e hizo la única llamada que pensaba responder aquella noche. En Holanda serían las dos de la madrugada, con suerte Lau estaría aún dando vueltas por la casa. Padecía insomnio.

—*Dichosos los oídos que te oyen, amigo mío* —fue el saludo del holandés.

—Lo mismo te digo. ¿Estabas acostado? Siento llamar tan tarde, pero no he acabado hasta ahora y mañana me espera un día de locos...

—*Es el precio de la fama, así que aguántate. ¿Qué tal siguen las cosas con Hugo, se adapta bien?*

Él dio un buen sorbo a su bebida. Solo pensar en ello lo agotaba. El pequeño seguía en shock, lo cual era bastante lógico teniendo en cuenta su situación. Estaba en tratamiento psicológico. Y él, a su manera, también continuaba en shock. Su estilo de vida no estaba diseñado para incluir niños, pero las desgracias no entendían de circunstancias.

—No, no está nada bien. La psicóloga recomienda que pasemos más tiempo juntos y estoy cancelando todo lo que puedo, pero ha sido muy repentino y hay proyectos de los que no me puedo desentender sin más... Es complicado... ¿Y tú, qué tal?

—Ah, yo muy bien, como siempre. Ventajas de haber doblado la curva de los cincuenta. He llegado a esa edad en la que disfrutas cada momento porque las grandes expectativas propias de la juventud han dejado de aguarte la fiesta. Todo es un disfrute: mi galería, mis negocios, pasar tiempo con mis amigos… Hasta los momentos conmigo mismo que antes me desesperaban ahora son un placer.

B.B.Cox sonrió.

—Así que deduzco que no me has llamado para hablar de ti… —repuso B.B.Cox sonriendo.

—En efecto.

—Seguro que ya has hablado con ella, ¿llamas para contrastar versiones?

—No me hace falta, amigo mío. Sé muy bien lo que piensas de Harley y también lo que ella piensa de ti. Te llamo por otra cosa.

—Tú dirás…

—Tiene problemas.

B.B.Cox se enderezó de golpe.

—¿Qué clase de problemas?

—Económicos, la tienda no va bien. Por lo visto, llevan un par de meses manteniéndola a flote con el trabajo de Harley.

—¿Los diseños de Jana no se están vendiendo? —preguntó el tatuador extrañado.

—Es más bien un problema de existencias. Parece que no está reponiendo mercancía... Harley cree que Jana le está ocultando algo.

La respuesta del tatuador fue categórica.

—Ya sabes lo que tienes hacer, Lau.

—En esta ocasión, vas a tener que echar mano de otro recurso, Brandon. Harley ha declinado mi ayuda y tratándose de un problema entre dos amigas que además son socias, como comprenderás, habrá que andar con pies de plomo. ¿No sería posible enviarla a ella en tu lugar a alguno de esos eventos que no puedes cancelar?

—¿Para que se encare con otro patrocinador y me deje en evidencia? Les intereso y están dispuestos a pasar por alto según qué cosas, pero no todo.

—Llevas años trabajando con Harley, Brandon. Lo que sucedió con ese individuo fue algo puntual que la pilló en un mal momento. El tipo la estaba acosando.

Menuda novedad, pensó el tatuador. ¿Por qué él llevaba un séquito a todas partes? No por esnobismo, desde luego, sino para que le ayudaran a mantener las "demostraciones de afecto" del público bajo control.

—Cuando tu físico forma parte del espectáculo, tienes que asumir que te tocará lidiar con situaciones desagradables. Es una profesional, y debe estar por encima de las tonterías sexistas.

—*¡Y lo hace! Sabes perfectamente que controla muy bien esas situaciones.*

La defensa de Harley por parte de Lau siempre era a ultranza, independientemente de las circunstancias. Sin embargo, esta vez estaba en lo cierto. En ese sentido, Harley era una titiritera experta (excepto cuando metía la pata hasta el fondo).

En lo que ya no era tan diestra era en pedir disculpas.

—*De esta forma tú podrías pasar más tiempo con Hugo y ella resolvería sus cuestiones económicas sin tener que aceptar ayudas. Ya sabes que eso no se le da bien...* —se atrevió a añadir el holandés.

B.B.Cox sacudió la cabeza. Harley era alguien excepcionalmente talentoso, pero el orgullo había sido siempre su talón de Aquiles. En honor a la verdad, tampoco podía recriminárselo. Él era exactamente igual.

—Muy bien, me lo pensaré —concedió—, pero tengo trabajo para ti. Habla con Jana, averigua qué pasa y ofrécele ayuda, lo que necesite. Y que no se entere Harley, ¿de acuerdo?

Lau suspiró con resignación.

—*¿Eres realmente consciente de que el día que descubra nuestros tejes y manejes a sus espaldas, nos va a matar a los dos?*

—Te va a matar a ti; eres tú quien la ayuda —dijo el inglés con desparpajo.

—*Solo de cara a la galería. ¿Piensas que no voy a delatarte si veo que mi cuello peligra? Me subestimas, querido amigo.*

B.B.Cox sabía que no subestimaba a Lau en absoluto.

—Entonces, procura que no lo descubra —repuso el tatuador con un punto de humor.

No era el hotel de siempre, pero también tenía su encanto. Contaba con pocas habitaciones, se respiraba un ambiente familiar y estaba a tiro de piedra del Museo Británico, una zona céntrica y a la vez, tranquila. Ahora solo le faltaba probar la cama antes de ponerle al establecimiento la etiqueta de "aprobado".

—Muchas gracias, creo que ya puedes soltarme…—dijo Harley liberándose del brazo de Gabs Márquez, pero no consiguió acabar la frase sus rodillas cedieron. Él volvió a cogerla, riendo.

—Oye, no tan rápido… Llevo cargando contigo todo el viaje, no te me vayas a caer ahora…

Ella rió. Era la risa tonta del que ha bebido demasiado.

—Tranquilo, tranquilo… Lo tengo controlado —aseguró. Y volvió a intentar mantenerse por su propia pie. Como ni él ni sus brazos se movieron, Harley se apartó bruscamente—. Oye, gracias, pero puedo sola. Además, tampoco te la des de sobrio, que has bebido lo tuyo, guapo… Ya te digo si has bebido… Entre baile y baile…, ¿eh? —Harley hizo el gesto de empinar la botella, y empezó a desternillarse.

Gabs apenas podía apartar los ojos de ella, ya ni hablar de apartar el resto de su cuerpo. Por propia iniciativa, no. Daba igual si estaba bebida o sobria, Harley era Harley. La mujer más increíble que conocía, la más apetecible de todas… Lamentablemente, también era alguien que había demostrado ser inmune a sus encantos desde el primer día, momento que se remontaba tres años atrás.

—¿Quieres compañía esta noche? —propuso. Esto también era algo que no podía dejar de hacer. Ya había perdido la cuenta de las veces que lo había intentando.

La enésima calabaza de la tatuadora no tardó en llegar.

—Quiero dormir —repuso Harley. Su voz sonó suave, pero definitiva.

Gabs asintió, dio un paso atrás.

—Entonces, nos vemos mañana. Descansa, preciosa.

—Y tú.

Abrir la puerta le había llevado tres intentos. Dar la luz, otros dos. Pronto descubrió que una habitación iluminada no tenía el menor efecto sobre su sentido del equilibrio y llegó a la conclusión de que el problema estaba en el suelo, que no dejaba de moverse.

Entre risas y manotazos logró llegar de una pieza hasta la cama. Se sentó con una sonrisa triunfal y fue cuando se inclinó a bajar la cremallera de sus botas cuando todo se precipitó. Se fue de bruces contra la moqueta y acabó tendida de espaldas mientras la lámpara del techo daba vueltas vertiginosamente sobre su cabeza.

—Joder, parece que estás pedo, chica... —Intentó reír, pero las náuseas la hicieron callar de repente.

Un pedo de los buenos. Sí, señor.

Lo pasaría mal un rato, hasta que liberara el estómago, y luego caería como un angelito en brazos de Morfeo hasta el día siguiente, que el trabajo se encargaría de mantener su mente apartada de recuerdos dolorosos.

Hacía mucho que Harley había aprendido que esa era la única forma de soportar Londres; borracha como una cuba.

EPISODIO 6

Jueves, 31 de diciembre de 2009.
Casa de la familia de Murphy-Finley,
Londres.

Conor había considerado seriamente la posibilidad de inventarse alguna excusa para no asistir a la cena familiar de fin de año. A medida que se acercaba el momento de que Nikki se marchara, su humor empeoraba. Desde temprano no dejaban de llegar mensajes de felicitación de fin de año que él miraba con la esperanza secreta de que alguno fuera de ella. Un mensaje que le comunicara que había cambiado de idea, que no se largaría a otro país por un puñetero trabajo... Llegado el caso, hasta las palabras "lo siento, por favor, hablemos" también le bastarían.

Pero después de que en un ataque de orgullo herido, él reaccionara apagando el móvil en vez de responder a su llamada, no había vuelto a tener noticias de Nikki. Tenía gracia el asunto. ¿Cuántas veces ella había procedido igual cuando le daban sus berrinches y él se armaba de paciencia y seguía erre que erre, intentando calmar las cosas? Miles. Pero para una vez que él se dejaba llevar por un impulso, la ofensa era irreparable.

Y por más que quisiera, no habría podido faltar a la cena. ¿Qué excusa les habría dado? Además, era una ocasión de ver al hombre con quien ahora estaba conversando; Miles, el menor de sus dos hermanos mayores. Trabajaba en plataformas petrolíferas dispersas por medio mundo, regresaba a casa sólo dos veces al año, y esta era una de esas veces. Poder pasar un rato con él bien valía el esfuerzo de soportar las miradas preocupadas de su familia que se habían dado cuenta de que algo había sucedido al verlo llegar solo.

Miles Murphy compartía con Conor estudios de ingeniería, afición por las motos y progenitora, ya que al igual que su hermano Martin, eran hijos del primer matrimonio de su madre. Eso explicaba en parte la gran diferencia de edad que había entre ellos y la falta de parecido físico. Los Murphy eran de tez bronceada, cabello oscuro y no muy altos, pero de contextura fuerte. Conor era todo lo contrario; de hecho, era el único rubio de ojos claros en la familia.

En teoría, Miles debería haber llegado para Navidad, pero un problema laboral lo había retenido en el fin del mundo reduciendo en casi una semana el tiempo que solía pasar en Inglaterra, con la familia. Ahora, estaba en negociaciones por un puesto directivo en la sede londinense de la empresa y la familia confiaba en que pronto dejarían de verse de pascuas a ramos. Del futuro de Miles hablaban los hermanos, precisamente, en aquel patio helado bajo la luz de una farola.

—Bueno, y ahora, ¿cuál es el plan? —quiso saber Conor.

Miles le dio una última calada al cigarrillo y lo apagó en la tierra de la jardinera que había a su lado. Luego, se subió el cuello del abrigo y enterró las manos en los bolsillos.

—Si todo sale como espero, estrenar mi casa. —Se refería a una gran casa de campo que había acabado de construir en las afueras de Londres hacía ya dos años—. Tomar el tren a diario para ir a trabajar, parar en el super a hacer la compra de regreso a casa, ir de juerga los fines de semana... Ya sabes, todas esas cosas que hace la gente corriente.

Conor sonrió de mala gana. Incluso malhumorado como estaba, aquello le parecía una buena noticia. Desde que recordaba, su hermano había vivido fuera, en alguna de las muchas plataformas en las que había trabajado a lo largo de los años. Recordaba que de adolescente las aventuras que él contaba le resultaban increíbles. En cierto modo, lo envidiaba. Miles era el prototipo de hombre independiente que disfrutaba de una vida diferente a la de los demás mortales. Cuando el desempleo era noticia en los periódicos, Miles ganaba una pequeña fortuna y cambiaba de residencia cada seis meses. Conocía mundo, y aunque su lista de acompañantes era interminable, jamás se había casado. Conor lo recordaba siempre así, solo y aventurero. Pero en otoño había cumplido los cuarenta y seis y hasta él mismo empezaba a pensar que había llegado la hora de cambiar de vida.

—No sé si creerte, hermanito. Me va a parecer increíble no tener que esperar meses para verte. Ya no hablemos de pensar en ti como en alguien normal...

En aquel momento, Conor recibió un nuevo mensaje que se apresuró a leer. Tampoco era de Nikki. La expresión de su rostro, sin saberlo, le ofreció a Miles la información necesaria para confirmar que, en efecto, la pareja atravesaba un mal momento del cual, estaba seguro, su joven hermano no soltaría prenda fácilmente.

—Si, admito que a mí también me parece un poco increíble todavía. La verdad es que me apetece una vida normal, poder quedar con los amigos cualquier día a tomar una cerveza... Y con mi hermano pequeño, claro —miró de reojo a Conor y añadió a modo de comentario circunstancial—: Con las bendiciones de Nikki, por supuesto.

Miles, como toda la familia, había estado pendiente de él desde que había puesto un pie en la casa. Nadie se había creído eso de que Nikki "no podía acudir por temas familiares, pero les deseaba un feliz año nuevo" con el que había intentado salir del paso para explicar por qué se presentaba sólo a una cena en la que todos ellos acostumbraban a verlo acompañado por ella desde hacía años.

Conor hizo caso omiso de la observación.

—Te diría que incluyas "sentar la cabeza" en esa lista de cosas para hacer, chaval. Porque, te apetezca o no, mamá no va a dejarte en paz hasta que lo hagas, ¿lo sabes, no?

Los planes de Miles también tenían que ver con eso aunque, por supuesto, no pensaba hablar del tema en aquel momento. Sentar la cabeza había sido algo en lo que nunca había tenido especial interés hasta ahora y como persona con una vida poco corriente que había sido, tampoco el amor había tocado a su puerta a la manera convencional... Pero ya lidiaría ese toro cuando le llegara el turno, ahora estaba interesado en intentar obtener alguna pista de lo que había sucedido entre Conor y su novia. Porque estaba claro que algo había sucedido. Tan claro como que Conor no iba a decírselo por iniciativa propia.

—¿Y qué hay de ti? ¿Hay planes de acabar de sentar definitivamente la cabeza? A partir de marzo, si todo va bien, me tendrás a tu disposición permanentemente —Miró a Conor sonriendo—. Lo digo por si necesitas un padrino para la boda...

¿Planes? Los había tenido... O, bueno, más o menos. Ahora lo que tenía era un cacao mental de campeonato. Estaba hecho un lío.

El motero respiró hondo, volvió a controlar su móvil porque no pudo evitarlo; desde hacía dos días se había convertido en una especie de tic.

—Tranquilo, no voy a necesitar ningún padrino... De momento —repuso, evadiéndose del tema otra vez.

Miles empujó cariñosamente el hombro de Conor con el suyo.

—Ah, ya entiendo; hay tormenta en el paraíso —bromeó—. Pues te diré una cosa; que sepas que también estoy dispuesto a hacer de novio sustituto... Siempre he tenido debilidad por tu chica, así que si habéis reñido...

Las miradas de los hermanos se encontraron. A pesar del tono bromista, la primera reacción de Conor fue ponerse mentalmente a la defensiva. Ni estaba de humor para bromas, ni para tolerar que redujeran lo sucedido de lo que nadie tenía ni la más remota idea, a una simple riña de enamorados. Y mejor no hablar del resto de la frase... ¿Novio sustituto? Y una mierda.

Una sonrisa triunfal se abrió paso en el rostro de Miles al comprobar que Conor había picado. Su lenguaje corporal lo había delatado, ofreciéndole a él algunas respuestas interesantes. Como por ejemplo, que Nikki y él no habían tenido la típica discusión. La gresca había sido importante. Podía tener que ver con el "compromiso" -era un tema recurrente en la mayoría de las parejas y en la de Conor y Nikki más-, pero no solo con eso. Esta vez el chico estaba realmente mal. A pesar de la imagen que daba con su peinado friki y su desenfado en el vestir, se le notaba muy bajo de forma. En su mirada había ira, pero, en especial, dolor, confusión... Probablemente, su hermano estuviera en uno de esos momentos en los que no sabes qué hacer porque el corazón te dice una cosa y la mente otra completamente distinta. Conor sufría por Nikki, estaba claro. Y dado que no se sufre por quien no se ama, había esperanza.

Conor, al fin, tuvo que claudicar ante aquella sonrisa burlona que le decía sin palabras "¡has picado!".

—Es una cría para ti, ¿no te parece? —dijo, siguiéndole el juego.

Miles volvió a mirar a su hermano con picardía. ¿Lo estaba llamando carroza[13]?

—¿Eso no tendría que decidirlo ella?

—Ya. Tú inténtalo y te parto la cara.

—¡Vale, vale, tío...! —exclamó Miles al tiempo que subió los brazos en un gesto de rendición logrando que su hermano también acabara riéndose.

Pero la risa duró muy poco. Conor exhaló un suspiro. A pesar del momento de distensión, de la alegría que siempre le producía volver a ver a su hermano, no podía quitarse el asunto de Nikki de la cabeza. Era el *leitmotiv* de su existencia y se reproducía en bucle. Joder.

—Lo resolverás —dijo Miles al percibir el súbito cambio en el ánimo de su hermano.

¿Y si no depende de mí?

El motero mantuvo la mirada sobre su hermano, pero no pronunció la frase que resonaba en su cabeza.

—Sea lo que sea que haya sucedido, encontrarás la forma de resolverlo —continuó Miles—. Ahora no ves cómo, pero tiempo al tiempo. Cuando te serenes y vuelvas a ser capaz de poner tu mente de ingeniero a funcionar, será pan comido.

Ojalá, pensó Conor. Y ojalá él lo tuviera tan claro.

—Cuánta confianza...

—Siempre —respondió Miles—. Voy contigo a muerte, ya lo sabes.

Era cierto. Aunque la distancia y el poco tiempo que pasaban juntos hubiera hecho que lo olvidara, Miles -y no Martin- era el que siempre había ejercido de hermano mayor dando la cara por él, defendiéndolo, animándolo.

Conor asintió varias veces con la cabeza, agradecido. Por el voto de confianza y por habérselo dicho. Acababa de darse cuenta de que necesitaba oírlo. Necesitaba que le recordara que existía alguien en el universo que lo apoyaba sin "peros", independientemente de los errores que pudiera cometer, que confiaba en él sin importar las

---

13 Carroza: (coloq.) persona vieja o anticuada.

circunstancias. Miles no tenía la menor idea de cuánto bien le habían hecho sus palabras.

En la cocina, detrás de ellos, Owen Finley entornó un poco la ventana en cuanto oyó la voz de su esposa.

—Owen, ¿has visto a los chicos? Me gustaría saber dónde se han metido... —Un instante después, la dueña de la voz se materializó en la cocina.

—¿Y dónde crees tú que están, cariño? —su dedo señaló graciosamente la ventana que había encima del fregadero—. Fuera, conversando mientras Miles fuma su enésimo cigarrillo del día.

¿Fuera con semejante frío? Entre la adicción al tabaco de Miles y la de Conor a su hermano, acabarían cogiendo una gripe.

—Pues dile a esos dos cabeza hueca que la fiesta es aquí dentro y que voy a servir la tarta ya. —Y con esas volvió a desaparecer.

Owen cerró la ventana silenciosamente y se dirigió a la puerta que comunicaba con el patio.

—¿Venís? —dijo asomando apenas la cabeza—. Vuestra madre va a servir el postre.

Los hermanos se volvieron en la dirección de la voz. "Servir el postre" era un rito anual que, además del *crumble*[14] de manzana casero, incluía la manifestación de propósitos para el año entrante y, por supuesto, el infaltable brindis. Este año en particular le costaría Dios y ayuda soportarlo, pensó Conor, pero como no podía decirlo en alto se limitó a hacerle un gesto con la mano a su padre, a modo de saludo.

Miles, siempre conciliador, fue quien se encargó de responder.

—Sí, sí enseguida vamos. ¡Cómo vamos a perdernos el postre!

Cuando los hermanos entraron en casa, la conversación se reanudó entre la familia mientras disfrutaban del postre que Susan preparaba especialmente cada fin de año.

---

14 Apple crumble: postre típico inglés semejante al pastel de manzana, pero con una capa superior crujiente hecha de azúcar y canela. Se suele servir caliente, acompañado de nata, helado o mermelada de fruta.

Y del mismo modo que Conor continuó atento al incesante flujo de felicitaciones que seguían llegando a su móvil, Owen Finley continuó atento a él, intentando calibrar de qué grado era la tormenta sentimental a la que había aludido Miles cuando conversaban en el patio posterior de la casa. Tenía claro que debía ser algo gordo para que Nikki, que había estado presente en las últimas cinco cenas de año nuevo, no sólo no hubiera hecho acto de presencia en esta, sino que ni siquiera hubiera llamado para disculparse personalmente. Tan claro como tenía que su mujer no se quedaría de brazos cruzados: su disgusto era evidente, y era cuestión de tiempo que tomará cartas en el asunto, algo que Owen quería intentar evitar a toda costa. Susan toleraba la presencia de Nikki y el hecho de que llevara tantos años de noviazgo con su hijo menor porque no le quedaba otra alternativa, pero nunca había estado a favor de la relación. La tenía por una presuntuosa a quien sus padres habían consentido demasiado y le molestaba que fuera tan posesiva y exigente con Conor. Como la mayoría de las madres, estaba convencida de que su hijo se merecía algo mejor.

Owen no compartía la opinión de su esposa. Nikki era una buena chica y le gustaba. Y si bien era cierto que de adolescente, sus celos y sus constantes demandas de atención habían traído problemas a la pareja, tampoco era menos cierto que Conor había sido una bala perdida. Las cosas eran diferentes ahora; los dos habían crecido y formaban una buena pareja. Por encima de todo, a Owen le importaba la armonía familiar, y dado que Conor estaba enamorado de Nikki y era feliz con ella (a pesar de las eventuales tormentas que habían azotado su relación a lo largo de los años), lo correcto era facilitar las cosas para que la relación siguiera adelante y eso era justamente lo que pensaba hacer. Además, por más que Susan se empeñara en lo contrario, el tiempo se había encargado de demostrar que estar con Nikki era bueno para Conor y no estar con ella era pésimo. No hacía falta más que mirarlo para darse cuenta de ello.

Eran poco más de las diez cuando Conor decidió marcharse. Había hecho el esfuerzo de socializar, pero ya no lo aguantaba más. Necesitaba largarse ya. Se puso de pie y empezó a despedirse de todos rogando que a nadie se le diera por entonar la cantilena del "¿tan pronto? Venga, quédate otro rato". Por suerte, nadie lo hizo.

Mientras Miles permanecía en el salón entreteniendo a toda la familia (para asegurarle a su hermano una retirada sin sobresaltos),

Susan acompañó a Conor hasta la salida. Owen se unió presto a la comitiva para evitar que ella intentara sonsacarle.

El motero no dio margen a ninguna conversación. Se cerró la cazadora hasta arriba, se calzó los guantes y agarró el casco del mueble de la entrada.

—¿Vendrás a comer el domingo? —preguntó Susan al tiempo que anudaba la bufanda alrededor del cuello de su hijo, exactamente igual que hacía cuando aún era un niño.

Conor desató el primoroso nudo y volvió a acomodarse la prenda a su gusto al tiempo que le echaba a su madre una mirada de reojo de la que ella no pareció darse por aludida, ya que todavía le quedaron ganas de peinar los flecos de la bufanda con los dedos. Owen se tragó una sonrisa.

—No lo sé, madre —dijo Conor—. Si vengo, te llamo.

—Llámame *si no vienes*. Pero ven, que tu plato favorito te estará esperando. Así resuelves el asunto de alimentarte sin necesidad de echar mano de esa lista de teléfonos que tienes pegada en la puerta de la nevera —repuso, aludiendo a las empresas de comida rápida a domicilio de las que su hijo solía echar mano desde que había vuelto a vivir solo.

—Ya veremos qué hago el domingo. Todavía es hoy —dijo Conor cuando ya estaba con un pie en el umbral.

—¿No vas a contarnos qué es lo que ha pasado, ahora que estamos solos? Ni siquiera ha llamado para excusarse, Conor, y eso es sorprendente en alguien... —Una ligera presión en el hombro por parte de su marido vino a recordarle que tuviera cuidado con lo que decía. Y tenía razón; nunca había hablado mal de Nikki en presencia de su hijo y no era el momento de empezar a hacerlo —. Alguien tan educada como tu novia.

Y él que había creído que acabaría librándose...

Conor se volvió con resignación justo al tiempo que Owen intervenía.

—Venga, mujer, no seas así. Ya no es un niño, Susan, es un hombre, y a los hombres, cariño, no nos gusta tener a nadie fisgando en nuestros asuntos.

Conor asintió, aprobando aquellas palabras.

El intento no dio los resultados esperados. Ni la ternura que Owen siempre empleaba cuando se dirigía a ella, ni el beso que depositó sobre su frente al acabar la frase, tuvieron el menor efecto.

La mujer le dedicó una mirada displicente.

—Ya, ya… Pero resulta que los hombres sólo crecéis por fuera, por dentro seguís siendo niños. Os da vergüenza reconocerlo, pero cuando las cosas no van bien, desearíais correr a refugiaros en mamá como hacíais entonces —Susan apartó una rasta del rostro de Conor—. Sé que las cosas no van bien ahora entre Nikki y tú, y aunque tengas cuerpo de hombre, quiero que recuerdes que yo… —rodeó la cintura de su marido— *que nosotros* estamos aquí para ayudarte en lo que haga falta. Por favor, no nos dejes fuera de lo que pasa en tu vida, ¿de acuerdo, cielo?

Conor se inclinó hacia Susan. Le dio un besó en la mejilla.

—De acuerdo, mamá… Gracias. —Y como no deseaba alargar aquel momento, le hizo un guiño a Owen y se dirigió a la moto que había dejado aparcada en la entrada del jardín.

La pareja, aún más preocupada que antes, permaneció en la puerta hasta que la luz de los faros traseros se perdió en la noche.

Mientras tanto, en casa de los Campbell…

Las cosas tampoco estaban bien en casa de Nikki. La diferencia era que ella había decidido aprovechar su inminente viaje para excusarse temprano del salón familiar y subir a su cuarto. Supuestamente, para acabar de preparar el equipaje; en realidad, para poder seguir lamiéndose las heridas en privado.

Y eso hacía. Debatirse entre el impulso de llamarlo y el enfado por la forma en que Conor había reaccionado. Quería olvidar sus palabras de aquella tarde, quería pasar por alto la niñería de no atenderla… Quería hacer caso a su padre y centrarse en lo verdaderamente importante…

Pero no lo conseguía.

Estaba muy dolida con él y seguía sin asimilar que alguien que la amaba, pudiera haber tomado de forma tan egoísta algo que para ella significaba tanto. Pero lo peor, lo que más daño le hacía con diferencia, era darse cuenta de que el hombre de quien llevaba enamorada desde niña, era perfectamente capaz de dejarla marchar sin pronunciar una sola palabra.

Festival del Tatuaje Artístico,
Nueva York.

"Bueno, al menos, deséale feliz año nuevo".

Amy soltó una risotada irónica al leer el mensaje que acababa de recibir de Abby.

Estaba en el lugar donde se celebraba el festival, haciendo la primera pausa en varias horas. Aprovechando que en Londres estaba a punto de comenzar el primer día del nuevo año, le había enviado un mensaje a Abby mientras a su alrededor, continuaba la locura. Luces, música y un público totalmente entregado a sus ídolos, todos ellos personajes exóticos, los más famosos del mundo de la tinta, entre los cuales su jefe estaba demostrando ser el rey indiscutible. BBCox los estaba cautivando a todos, incluidas las cámaras de televisión que parecían haberse olvidado de los demás artistas y no dejaban de seguirlo. Era esa clase de locura que a ella le encantaba y a la que podría acostumbrarse sin ningún problema.

"¿Y que crea que me tienen el bote? Ni hablar.", respondió Amy.

No pensaba ponerle las cosas tan fáciles al motero. Entre otras razones porque todavía no había decidido qué hacer con él. Por momentos, Niilo le parecían el tipo más divertido del mundo y lo que le apetecía era estar con él (en el sentido bíblico de la palabra). Pero en cuanto caía en la cuenta de la manera en que se estaban desarrollando las cosas..., de que llevaban casi dos meses sin pasar de los mensajes o las charlas telefónicas, se enfriaba. No era así como ella funcionaba en el apartado "hombres" y que las cosas con este en particular fueran tan diferentes, le hacía recelar.

El sonido alertando de la entrada de un nuevo mensaje sacó a Amy de sus pensamientos. Lo abrió y sonrió a leerlo:

"¿Y acaso no es así? A mí no me engañas :)"

Por supuesto que no era así, pensó la joven, y no demoró en comunicárselo a su amiga con todas las letras para que ella también lo tuviera claro.

Niilo le gustaba, sí. Le parecía divertido... Muy ocurrente... *Guapísimo*... Pero de ahí a tenerla en el bote había un trecho.

Amy permaneció unos instantes mirando distraídamente la pantalla de su dispositivo mientras su mente empezaba a tomar cada vez con menos desagrado la idea de contactar al motero. Podía ser divertido sorprenderlo, pensó. Lo último que Niilo esperaría era tener noticias suyas. Lo deseaba, seguro que sí, pero definitivamente no lo esperaba.

Un instante después, una sonrisa expectante dominaba el rostro de Amy y sus dedos volaban sobre el teclado.

A cinco mil kilómetros de donde estaba Amy, Niilo activó la pantalla y leyó:

"Feliz Año Nuevo! Qué tal si empezamos el 2010 con una cita? Próximo domingo, 7 PM. Lavandería de la calle Boswell (Soho). Lleva tu colada!!! ;)"

El motero se convirtió en una gran sonrisa con piernas que empezaron a alejarse dando grandes zancadas en busca de un lugar tranquilo donde hablar con ella. Pasaba de mensajes, la llamaría. Quería oír su voz, que su risa volviera a hipnotizarlo. Le parecía el plan perfecto.

Pero la tranquilidad no era una posibilidad donde Niilo se hallaba, en un local nocturno atestado de gente con un grupo musical tocando en vivo. De modo que lo primero que Amy oyó al atender la llamada fue un solo de batería que casi la dejó sorda.

Frunció el ceño y apartó el móvil para mirar la pantalla. Entonces, al ver quién la llamaba, sonrío.

—*¿Niilo...? ¿Llamas desde el Borde Exterior[15], o qué?* — Y acto seguido se echó a reír.

Él siguió andando por el corredor que llevaba a la salida de la discoteca, intentando alejarse lo más posible del bullicio.

—Sí, soy yo. Tranquila, estoy en el mismo planeta que tú aunque no lo parezca... —Otro *chunda-chunda* atronador interrumpió la conversación—. Perdona, hay un ruido infernal... ¿Así que tenemos plan para el domingo? ¡Qué biennnnn!

—*¿En serio? ¿Te va bien quedar ese día?*

¿Que si le iba bien? Y si lo hubiera citado para dentro de veinte minutos también le habría "venido bien". Cada día que pasaba estaba más seguro de que hacía años que algo no le apetecía tanto como pasar un rato con Amy.

—No tengo mi agenda a mano ahora mismo, pero estoy bastante seguro de que sí, puedo quedar contigo el domingo —repuso con picardía, intentando no reír.

—*¿Y te parece bien el sitio? Es que ya que estamos, nos quitamos de encima la colada... Además, después de lo de la última vez, no me animo a volver a proponer una cita-cita, ya sabes...* —Amy hizo una pausa para ver qué acogida tenían sus palabras por parte del motero y al ver que él no añadía nada, continuó—. *¿Te parece bien ahí? Las máquinas son bastante modernas, y por menos de cinco libras te llevas la colada limpia y y seca...*

Amy era una gran sonrisa. Por un momento, pensó que sería genial que fuera una videollamada porque le encantaría poder ver la expresión del motero mientras hablaban. Aunque, claro, si lo fuera, el Caballero Jedi también la estaría viendo y ya se habría dado cuenta de que ella estaba de guasa.

—¿Cinco pavos, nada más? ¡Qué me dices! Pues ya tienen un cliente nuevo. En la de mi barrio por menos de siete no haces nada —dijo él, divertido sólo de pensar en la conversación delirante que estaban manteniendo.

Los dos rieron y durante un instante ninguno dijo nada. Al fin, fue Amy quien retomó la conversación y lo hizo con una de sus preguntas demoledoras:

---

15 Borde Exterior: en la saga *La Guerra de las Galaxias*, se llama así al área periférica de la galaxia.

—¿En serio te apuntarías a una cita en una lavandería, o sólo me estás siguiendo el juego? —dijo, desafiante.

Si se tratara de una videollamada en vez de una llamada normal, Niilo habría visto a una hermosa joven sonriente y completamente concentrada en la conversación que mantenía por el móvil. Y no habría tenido problemas para deducir que hablaba con un hombre que le gustaba mucho; la forma en que se mordía el labio mientras lo escuchaba, y el brillo ilusionado de sus ojos daban fe de ello.

No poder verla, sin embargo, no impidió que Niilo jugara su mejor baza, la misma que habría jugado de estar viéndola.

—¿En serio todavía no te has dado cuenta de que me da igual dónde mientras sea contigo?

La tensión sexual, la energía que fluía de los dos en aquel preciso momento era tan intensa que casi podía tocarse. El silencio duró varios segundos, los que necesitó Amy para recuperarse de aquella confesión totalmente inesperada que, sin lugar a dudas, le había hecho sumar cien puntos de golpe al marcador del motero. Niilo la oyó suspirar, -un suspiro en broma, aunque él no supiera que para ella la procesión iba por dentro-. Disfrutó con anticipación imaginando su mirada pícara, la sonrisa que confiaba haberle arrancado y que luciría radiante en su cara, y esperó la respuesta de Amy con una ansiedad rayana en la locura.

Una respuesta que no tardó en llegar.

—A las siete en La Vinatería, motero. Y esta vez no bebas vino con ninguna pelirroja, ¿vale? Te dejo que sigas divirtiéndote en esa fiesta salvaje en la que estás.

Niilo rió loco de alegría. ¿Tendrían una cita el fin de semana? ¿Una de verdad? Dios, ¡no lo podía creer!

Después de colgar, regresó sobre sus pasos con la sonrisa pegada a la cara. Se sentía pletórico. Cada mensaje, cada sonrisa, cada palabra que intercambiaban significaba tanto para él... Después de meses esperando, no podía creer que el momento estuviera a la vuelta de esquina.

Cuando al fin llegó a la pista de baile, las luces del escenario se encendieron. Era indicativo de que el grupo musical hacía una pausa. Momento que aprovechó para hacerle señas a la adolescente con el disfraz de la abeja Maya para atraer su atención. Entonces, le señaló el reloj en un gesto ostensible de que era hora de marcharse a lo que, como era de esperar, la muchacha respondió entrelazando los dedos mientras lo miraba con cara de cordero degollado.

Así estaban desde hacía una hora, que había ido a buscarla; él diciéndole "vamos, que es tarde" y ella suplicando por "diez minutos más, *porfi*, *porfi*". Joder, cuando se trataba de su hermana pequeña, le costaba muchísimo decir "no"...

El DJ acababa de ocupar su puesto, anunciando otra (temible) sesión de pop para adolescentes y Niilo volvió a ser un blando. Mientras su hermana le tiraba besos de agradecimiento más feliz que unas pascuas, el motero se acomodó contra una columna, armándose de paciencia.

"¡Y según Amy esto es una fiesta salvaje!," pensó. Y se echó a reír de pura desesperación.

EPISODIO 7

Madrugada del 1 de enero de 2010.
Cena de Nochevieja,
Restaurante Sa Badia,
Ciudadela, Menorca.

Jaume Mayol no se había despegado de Anna desde que había llegado, pero no habían estado realmente a solas hasta ahora. Su presencia allí había despertado el interés de toda la familia, y como hacía mucho que no lo veían, las preguntas llegaban sin cesar. De esta forma, Anna se había enterado de que aunque vivía en Mallorca desde hacía muchos años, los últimos meses los había pasado en Florida, de donde había llegado el día anterior. También de que "tenía algo interesante en mente", para lo cual ya contaba con un socio potencial y que su intención era volver a establecerse en Menorca, su tierra natal.

Volver a verlo había sido una gran sorpresa para Anna y su curiosidad crecía por momentos. Había tantas cosas que deseaba saber de los treinta y tantos años que habían transcurrido desde la última vez que se habían visto...

Neus había sido la primera en intentar que la pareja pudiera ponerse al día de sus vidas, y al marcharse se había llevado consigo a Luz, que dormía a pierna suelta en su carrito, con la excusa de buscar un rincón sin ruidos que despertaran a la pequeña. El padre de Anna, sin embargo, continuó allí, sentado a la misma mesa que ocupaba la pareja, interesándose por el antiguo novio de su hija un rato más. Pero, al fin, se fue.

Tan pronto Francesc Estellés estuvo lo bastante lejos para escucharlo, Jaume miró a Anna con picardía:

—Tu turno de preguntar. Date prisa que igual no dura mucho.

Ella asintió con la cabeza. Estaban rodeados de empresarios que lo conocían a él y a su familia muy bien, así que no estarían a solas mucho más.

—Estoy pensando en hacerte una pregunta genérica, de esas que lo engloban todo —concedió riendo.

—Cómo cuál —quiso saber Jaume, interesadísimo.

—No sé... Algo como "¿y tú qué has hecho todos estos años?" —Anna tuvo que reír porque ¿quién podía resumir tanto tiempo en unas pocas frases?—. En serio, te miro y me cuesta creer que seas tú, que estés aquí...¡Qué vueltas da la vida!

Jaume asintió. Había aceptado hacía ya mucho tiempo que Anna nunca regresaría a Menorca, que su vida estaba en Inglaterra donde se había casado y había dado a luz a tres hijos. Pero allí estaba, con un peinado corto, plagado de mechas, muy distinto de la melena morena con que él la recordaba, con treinta años más que no aparentaba, y la misma belleza serena que le había robado el corazón cuando era un adolescente.

—¿Qué he hecho? A ver... Convertirme en Ingeniero Naval, fui el mejor de mi promoción...

—No me extraña. Tus notas eran buenísimas y nunca supe muy bien cómo lo lograbas, porque recuerdo que te iba más la juerga que los libros —apuntó Anna riendo.

Daba la imagen de ser un juerguista, pero siempre había tenido muy claro qué quería para su vida y cómo conseguirlo. Si salía de fiesta, no cometía excesos para poder levantarse temprano y estudiar.

—Ni yo pienso explicártelo. Ese secreto me lo llevaré a la tumba —bromeó—. ¿Qué más? Ah, sí, trabajar en el astillero...

—¿Acabaste trabajando para tu familia? —preguntó Anna, asombrada—. ¡Pero si te llevabas a matar con tu padre y tus tíos!

Y las cosas no habían cambiado mucho desde entonces, pero se las habían ingeniado para que las diferencias personales no afectaran el entorno laboral. Y curiosamente, lo habían logrado con bastante éxito.

—¡Me hicieron una oferta que no pude rechazar! Me ofrecieron ocuparme de los proyectos de las grandes cuentas del astillero. Imagínate, un trabajo que me encantaba, que estaba muy bien pagado, que me permitía viajar y mantenerme al día en mi profesión...

Algo en su mirada hizo que a Anna aquello, que era en esencia una buena noticia, no le sonara tan buena como parecía.

—Pero según le has dicho a mi padre, piensas establecerte aquí, así que lo has dejado...

Jaume asintió. Su rostro perfilado por una barba plateada en canas se ensombreció de forma evidente haciendo que Anna tuviera un mal presagio.

—Así es... Entre las cosas que he hecho en estos treinta años está Éric, un hijo que tuve contra todos los pronósticos familiares y que se convirtió en el centro de mi vida con su primer berrido de recién nacido...

Jaume tenía la mirada perdida en algún lugar de sus recuerdos, mientras removía ausente los restos de su café. Anna sintió que las preguntas se multiplicaban en su interior casi al mismo ritmo que la certeza de que lo que estaba a punto de escuchar no sería nada bueno.

Y no lo fue.

—La muerte lo arrancó de mi lado hace un año y yo... —respiró hondo y miró a Anna—. ¿Qué voy a decirte sobre cómo estoy que tú no sepas ya? Cuando tu hermano se refirió a tu hija Sonia en el brindis, me quedé de piedra...

A pesar del mal presagio, Anna jamás habría esperado una noticia como esta. A Jaume se lo veía tan bien, tan en forma -o quizás fuera el impacto de volver a verlo-, que de alguna manera, se había hecho la idea... Una idea evidentemente errónea. Esto era terrible, lo peor que podía sucederle a un padre o a una madre.

—Lo siento muchísimo, Jaume —susurró, apoyando su mano sobre el brazo masculino afectuosamente.

Él se repuso rápidamente. No era entristeciéndola como quería pasar los primeros quince a minutos solas con ella en tres décadas.

—Y yo siento habértelo soltado justamente ahora, de verdad. Es que... —sacudió la cabeza y no continuó la frase. Iba a decir que Éric había sido lo mejor de su vida y que seguía presente en todo, pero no hacía falta decirlo; a Anna no, así que le ofreció su mejor sonrisa—: Con todo lo que nos hemos perdido el uno del otro... ¡Vamos a necesitar tiempo para ponernos al día!

—Tiempo que no tendremos —dijo ella, señalándole a la pareja de empresarios que se dirigía hacia la mesa—. ¡Vienen a por ti!

Él palmeó la mano que continuaba sobre su brazo, cariñosamente. En eso se equivocaba totalmente. Anna formaba parte de sus recuerdos más valiosos y si la vida había vuelto a ponerla en su camino, no desaprovecharía la nueva oportunidad que se le brindaba.

Y esta vez, jugaría bien sus cartas.

—Ahora estoy aquí, Anna —repuso Jaume—, y tú también. Tenemos todo el tiempo del mundo.

🏍 🏍 🏍

Todos parecían estar pasándolo en grande. Tina quería a esa gente y después del año tan terrible que había tenido la familia de Andy, le encantaba verlos divertirse, y que las expectativas para el nuevo año fueran tan buenas. Pero entre el cava y el calor que hacía en los salones atestados de gente, necesitaba respirar un poco de aire fresco.

Recogiéndose la falda del vestido, subió las escaleras que conducían a la terraza. En realidad, no sólo necesitaba refrescarse, también un rato de tranquilidad. Le resultaba extraño estar en el mismo lugar que Andy y no disfrutar de su compañía, que quien la tuviera fuera otro y que ese otro fuera un hombre. La echaba de menos. La familia debió pensar lo mismo, ya que no habían dejado de presentarle gente. Llevaba toda la noche socializando con desconocidos en su propia lengua, lo cual en cierto sentido la hacía sentir más como una turista extranjera que como una vieja amiga de la familia.

Abrió la puerta de cristal al pie de la escalera e inspiró profundamente, dejando que el aire de aquella noche de invierno especialmente fría en la isla, penetrara hasta el último rincón de sus pulmones. No era como el frío al que estaba acostumbrada -apenas lo sentía, a pesar de que solo se había echado un chal sobre los hombros-, pero bastaría para aliviar la sensación de embotamiento consecuencia del alcohol en alguien que rara vez bebía. Cuando volvió abrir los ojos, se dio cuenta de que no había sido la única persona de la fiesta en escaparse a aquel rincón solitario.

Allí estaba él, el más alfa entre los alfas, con un traje azul chillón que a la mayoría de los hombres los haría parecer un payaso, y su inseparable móvil pegado a la oreja, inclinado sobre el balcón. Seguramente, hablando con algún hombre de negocios que, a pesar de no poder verlo ni en pinturas, cumplía en hacerle la pelota como estaba mandado.

Pensó en darse la vuelta y marcharse por donde había venido, pero entonces Pau la vio, no dejándole más alternativa que quedarse.

Qué suerte la suya. Tina lo saludó con un ligero gesto de la mano y fue hacia el muro, no demasiado cerca de donde él se hallaba. Intentó concentrarse en lo que veía, una panorámica espectacular del puerto y parte del casco histórico de la ciudad, pero la mirada del menorquín -estaba bastante segura de que continuaba mirándola- y ese tono de amable autosuficiencia con el que hablaba, le estaba poniendo las cosas difíciles.

¿Ese tipo era normal en algún momento del día, o cuando se ponía el traje se le activaba automáticamente el modo "hombre de negocios" y no se le desactivaba hasta que se lo quitaba? Qué pesadez... ¡Era Nochevieja, por Dios!

A pesar de que hablaban en la lengua local de la que Tina entendía poco y hablaba nada, le daba la impresión de con la excusa de disculparse por no haber podido asistir a la cena, su interlocutor intentaba interesar al menorquín en un proyecto. Debía estar haciéndolo a base de lisonjas, porque el tío de Andy no dejaba de darle las gracias, cada dos por tres. ¿Le interesaba al alfa entre los alfas algo de lo que oía? Cien a uno que no. Pero allí seguía, con su sonrisa y su estudiada amabilidad, aguantando el discurso.

Tina no se equivocaba. El proyecto, del que ya estaba al tanto, no formaba parte de la programación del grupo empresarial para 2010 y, por lo tanto, no tenía la atención de Pau. Lo que sí lo tenía era la impactante mujer del vestido rojo, que no muy lejos de él estaba tan interesada en el paisaje que contemplaba, como él en el proyecto de su interlocutor.

La entrenadora de *kick-boxing* volvió la cabeza cuando él se acercó. Traía su gran sonrisa seductora y ya no estaba hablando por el móvil.

—¿Has acabado ya de oír como te hacen pelota? Qué fuerte, ni en Nochevieja te libras.

Pau no ocultó su sorpresa. Había una diferencia considerable entre la Tina que lo había acusado de ser "el jefe de la manada" unas horas atrás, y esta de ahora que hablaba con tanto desenfado e incluso sonreía. Con ironía, de acuerdo, pero sonreía. Ya que podía contar con los dedos de una mano las veces que había visto una sonrisa en aquel rostro anguloso, recorrió mentalmente los sucesos de las últimas horas intentando encontrar algo que explicara el cambio de actitud, sin hallar nada. La aparición de Alba había interrumpido la informativa conversación sobre lobos y de otras especies territoriales que mantenían y no habían vuelto a estar cara a cara desde entonces.

Se situó de frente a ella, apoyándose ligeramente contra el balcón, de forma de poder mirarla mientras hablaban y fue en ese momento que el brillo de sus ojazos negros y aquel rubor en las mejillas le ofrecieron pistas sólidas a respecto. Bendito fuera el cava, pensó.

Ella respondió al acercamiento con una mirada displicente, seguida de un soberbio repaso a la indumentaria del menorquín.

—Bonito traje. Un poco chillón, pero bonito —apuntó Tina.

La sonrisa del menorquín se ensanchó.

—Fabuloso vestido sin "peros". Estás deslumbrante —repuso él, con el grado justo de interés que, en realidad, era apenas una ínfima parte del que sentía.

Había surgido de manera repentina. Tina llevaba muchos años junto a la familia de Anna, pero para él nunca había sido más que la amiga de sus sobrinas hasta ahora que, inexplicablemente, estaba acaparando su atención. Era inexplicable en el más amplio sentido de la palabra ya que hasta aquella misma tarde ni siquiera había reparado en lo evidente, en lo que cualquier hombre reparaba primero cuando veía a una mujer.

Pero allí estaban los dos, solos por segunda vez en la noche, con la alternativa de retomar la conversación que Alba había interrumpido o dejarlo estar y aprovechar el momento para ser simplemente un hombre y una mujer conociéndose. Tina había abierto el turno de preguntas y respuestas, era hora de responder.

—La mayoría de los asistentes a esta fiesta son empresarios invitados expresamente —continuó Pau tras la pausa—. Y cuando eres el hombre que envió las invitaciones, esperas que quien no ha podido venir a hacerte la pelota en persona, intente hacértela por teléfono. Así son los negocios.

—¿Aunque sea tu peor enemigo?

Pau le ofreció una de sus cautivadoras sonrisas de hoyuelo.

—Especialmente si es tu peor enemigo.

Ya, y con esos aires de mandamás autoritario que gastaba, los enemigos le crecerían como champiñones.

Los pensamientos de Tina resultaron evidentes para el menorquín, que volvió a obsequiarle una de sus sonrisas marca de la casa.

—No son tantos como crees. En cualquier caso, da igual si les caigo bien o no. Son empresarios, lo que les importa es la cuenta de resultados.

Tina movió la cabeza a un lado y a otro, pensativa, haciendo que él no pudiera apartar los ojos de aquella preciosa cabellera negra y sus sutiles movimientos ondulantes.

—Hay que tener talento para soportar eso. Tú lo tienes —dijo al fin, volviendo la cabeza para mirarlo—. Se te da de fábula eso de ser el hombre en la cresta de la ola ante quien todos se prosternan para seguir recibiendo tus favores. Yo no podría.

Pau la miró con una expresión divertida. No acababa de ver claro si aquello había sido un cumplido... o todo lo contrario.

—Sé que se me da de fábula. Si no fuera así, no estaría donde estoy. Que mi apellido sea Estellés es suficiente para formar parte del consejo, no para presidirlo. Además, todos le hacemos la pelota a alguien en algún momento de la vida.

Tina le dedicó una mirada irónica que Pau se tomó con humor.

—*Todos* —afirmó él—. Es simple, mira... Si tú me interesas, haré lo imposible para convencerte de que soy tu mejor opción. Y esto vale en todos los ámbitos de la vida, no solo en los negocios.

¿En serio?, pensó Tina. La idea del "todos" ya le resultaba bastante surrealista antes de que la sacara del ámbito de los negocios. ¿Qué había sido eso? ¿Un intento de hacerle la pelota *a ella*?

Los dos se sostuvieron la mirada. En la de él había la misma seguridad que había teñido sus palabras, en la de Tina, desafío.

—Cuestión de opiniones, supongo —repuso ella. Su mirada se tornó aún más desafiante cuando añadió—: Yo desconfío de los que se esfuerzan por convencerme de algo. No puedo evitar preguntarme qué ocultan, que intentan que yo *no vea*.

Pau sonrió, sacudió la cabeza. Le encantaban las personas de carácter. Había crecido rodeada de ellas y en su compañía sentía como pez en el agua. Y porque sabía cómo manejarse con ellas, decidió que era hora de contraatacar.

— ¿Te parece bien si volvemos a la fiesta?

Tina frunció el ceño. Ahora lo que tenía frente a sí era un caballero señalándole gentilmente el camino hacia la escalera mientras esperaba su respuesta con una sonrisa. Aquello no le cuadraba. ¿A qué venía aquel salto tan drástico?

La respuesta no tardó en llegar.

—Lo digo porque aquí arriba hace frío y no quisiera ponerte en pie de guerra ofreciéndote mi chaqueta... Ya sabes, por lo de que no te gustan los alfas y todo eso...

Durante un instante, la entrenadora permaneció estudiándolo. Que lo hubiera llamado macho alfa, como era de esperar, no le había gustado al menorquín, pero dudaba de que él buscara continuar con la conversación. Volvería a sacar el tema, eso seguro, pero cuando a él le conviniera. Era de los que entendían la vida en términos de conveniencias y sabían esperar el momento propicio. Así que si no la estaba picando para sacar el tema, ¿por qué lo había dicho? Era galante, seductor, seguro de sí mismo y de la clase de hombre que ofrecía su chaqueta a la dama en cuestión. Era lo que se esperaba de él, y lo que la clase de mujeres con las que se relacionaba, esperarían de él. Pero a ella, en realidad, no se la estaba ofreciendo. ¿Por qué?

Al fin, una sonrisa incrédula se abrió paso en el rostro de Tina.

—¡¿Lo dices en serio?! —exclamó, genuinamente divertida mientras se alejaba—.¿Crees que me quedaría a esperar que me la ofrezcas? ¡Si tuviera frío te la habría pedido yo misma, hombre! ¡Qué poco me conoces!

Pau se apresuró a seguirla. No sabía cuánto le duraría a Tina el efecto del cava, pero pensaba aprovecharlo hasta el último segundo. Ella le parecía todo un descubrimiento.

—Eh, eh, no tan rápido... A ver si al final va a ser cierto que sentías frío...

—Que no. ¿A eso le llamas tú frío? Frío es lo que hace en mi tierra, no esto.

—¿Ah, no? —Pau se hizo a un lado para ceder el paso a un grupo que subía la escalera. Se limitó a saludarles gentilmente con un movimiento de cabeza y a seguir camino abajo, detrás de Tina—. ¿Y esto qué es en tu experta opinión? Estamos a nueve grados, señorita.

—Pues no lo sé... ¿Fresquito a secas? —repuso ella, tronchándose.

Entre risas y comentarios, llegaron al salón principal. Pau no perdió ni un instante; la tomó de la mano y la condujo hacia la pista de baile.

—¿Quieres bailar? — Y, para sorpresa de Tina, cuando acabó de decirlo, ya estaba moviéndose al son de la música.

Por lo visto, Pau Estellés no sólo tomaba la iniciativa cuando se trataba de negocios. Increíble. Debía reconocer que aquella noche encontraba divertidas sus salidas, pero teniendo en cuenta que solía suceder justamente al contrario, o él estaba desplegando todos sus encantos, o ella había bebido demasiado cava.

O ambas.

—¿Pero cómo, sabes bailar? —Sus ojos negros se posaron desafiantes sobre el menorquín que respondió con una de esas sonrisas que aceleraban el calentamiento global.

—¿Que si sé? —rió de buena gana—. Soy el único varón de cuatro hermanos bastante mayores que yo, así que seguro que te puedes imaginar cómo fue mi adolescencia... ¡Era su príncipe, tenía que ser el mejor en todo! — Y el DJ, con toda su fama, iba a salir volando por la ventana como no empezara a poner música bailable, pensó el menorquín al tiempo que echaba una mirada al escenario donde él, con unos cascos color amarillo limón, también se movía al son de la música, completamente metido en su trabajo. Tendría que ir a decírselo personalmente, ya que el tipo parecía ajeno a todo.

Tina observaba a Pau cada vez más sorprendida. Lo de ella se debía (seguramente) al cava, ¿pero y lo de él? Este Pau le recordaba al muchacho guapo y divertido que conociera años ha, pero a ese hacía tanto que lo había perdido de vista, que le resultaba increíble que hubiera reaparecido, que estuviera allí con sus ocurrencias y su sonrisa imposible. Hacía mucho tiempo que en su mirada ya no quedaba rastro de inocencia, que se había convertido en alguien poderoso —para ella, un imbécil— acostumbrado a decidir y a dirigir. Alguien que se metía tan bien en el papel, que incluso lo hacía extensible a su familia y, seguramente, a las mujeres de su vida.

¿Quién eres, realmente?

Hubo un cruce de miradas en la que Pau creyó percibir un súbito cambio en el talante de Tina, pero no tuvo la ocasión de confirmarlo porque en ese momento alguien lo tomó del brazo.

—Lo siento, chaval, pero me toca a mí. Le pedí que me reservara un turno cuando acabara la cocina y ¿adivina qué? ¡He acabado! —dijo Ciro, interponiéndose entre su primo y la entrenadora.

Al menorquín no le hizo la menor gracia, pero no podía mostrarlo.

—¿Seguro que no estás intentando colarte por la cara?

—Que va, como si fuera tan fácil aventajarte, chico. ¡Te gusta competir más que mandar, y mandar te gusta un montón! —exclamó el chef, que ya había tomado la mano de Tina y ensayaba uno de sus pasos locos que se parecían a cualquier cosa menos a un baile.

Los ojos del menorquín se posaron sobre Tina buscando una confirmación. A pesar de su sonrisa y su expresión divertida, ella tuvo claro que a Pau no le había gustado la intromisión de Ciro.

—Es totalmente cierto, me temo —dijo Tina.

Pau hizo un gesto de "así sea" con la boca y palmeó el hombro de Ciro.

—Esta vez el tanto es tuyo, pero no te relajes que esto acaba de empezar... —Le hizo un guiño a Tina y añadió—: ¿Me reservas uno, o ya tienes todos los bailes comprometidos?

Tanto interés la estaba descolocando, esa era la verdad. Desde hacía años procedía como si ella no existiera y ahora, de repente, le pedía que le reservara bailes. Ni con un litro de cava en el cuerpo se tragaría semejante cambio.

—No he recibido el carné de baile de este evento, así que habrá que prescindir de él. Te sugiero que vuelvas a intentarlo más tarde, si los negocios te lo permiten...

—¡Uy, eso tuvo que doler...! —intervino Ciro a quien le encantaba el cariz que estaban tomando las cosas entre su tío y la vieja amiga de Andy. Fuertes, ultra independientes y de gran carácter, eran dos auténticos pesos pesados, y de más estaba decir, que se moría de ganas de verlos en acción.

Pau se disponía a responder que no le había dolido en absoluto. Al contrario, se sentía estimulado. Por supuesto que los negocios le dejarían tiempo. Y por supuesto que volvería a intentarlo. Pero entonces, como si el DJ tuviera un acuerdo secreto con el chef, el salón se llenó de penumbras y una música muy suave dominó el ambiente.

El rostro de Ciro era un sol cuando, después de rodear la cintura de Tina con los brazos, miró a su tío y le dijo:

—Vaya, qué mala suerte, chaval. Bueno, otra vez será…

Episodio 8

Viernes, 1 de enero de 2010.
Casa de Dylan Mitchell,
Ciudadela, Menorca.

Dylan abrió los ojos, pestañeó varias veces intentando aclarar la visión. Por las rendijas de las persianas se colaban delgados haces de luz que confirmaban que ya había amanecido. Instintivamente, tanteó con la mano el otro lado de la cama. Estaba vacío y se preguntó si Andy ya se habría marchado. ¿Se había quedado dormido tan profundamente que no se había enterado de nada?

El irlandés apartó la sábana que cubría parcialmente su cuerpo desnudo, y salió de la cama. Avanzó por la habitación en penumbras sin detenerse a encender la luz. Recorrió la casa algo tambaleante aún por el sueño, esquivando las prendas que vestía la noche anterior que ahora tapizaban el pasillo. Cerca del baño había caído la chaqueta, un poco más allá la enorme pajarita de papel amarillo limón, en el salón estaba la camisa… Un poco más despierto ya, Dylan empezó a sonreír. Su ropa ofrecía un camino de pistas acerca de lo acontecido la noche anterior que conducían directamente hacia la cocina. En efecto, allí habían caído victoriosos sus pantalones y sus bóxers.

Y allí precisamente estaba Andy, haciendo algo en la mesada, de espaldas a la puerta. Lucía su precioso vestido de princesa gótica que, ahora Dylan comprobaba, era tan *sexy* por detrás como por delante. La noche anterior no había tenido tiempo de hacerlo. Como siempre, estaba subida a unas plataformas de vértigo. Era la mujer más preciosa que había visto jamás.

Y era totalmente suya…

Andy no parecía haberse dado cuenta de su presencia y Dylan decidió aprovechar la ocasión.

Andy se sorprendió cuando sintió que los brazos de Dylan la rodeaban desde atrás. No lo había oído entrar. Se había levantado sigilosamente, para poder irse sin despertarlo, precisamente porque sabía que él intentaría retenerla un rato más, y tenía grandes planes para aquella mañana, la primera del nuevo año.

Un reguero de besos en el cuello la hicieron estremecer y Andy decidió cortar por lo sano antes de que fuera demasiado tarde.

—¿Qué haces tú levantado? ¡Te dejé hace un minuto y dormías a pierna suelta! — dijo Andy riendo, al tiempo que intentaba quitárselo de encima suavemente, algo que volvió a comprobar no era tan fácil.

Dylan se las arregló para seguir besándola, esta vez debajo de la barbilla.

—¿Cómo qué hago aquí? Empezar el año como corresponde, metiéndote mano…

"Ja, como si hubieras parado en algún momento", pensó la muchacha, divertida.

Andy consiguió al fin darse la vuelta enredada entre los brazos del irlandés, y al notar que estaba tan desnudo como había venido al mundo, le dio una palmada en una de sus tentadoras nalgas.

—Como no vayas a ponerte los calzoncillos ahora mismo…

Él la empujó suavemente contra el borde de la mesada, desafiante.

—Si no hago eso, ¿qué? Para empezar, lo mío no es andar vestido en mi propia casa, y segundo... ¿A quién quieres engañar, preciosa? Te encanta verme en pelotas.

¿Cómo no iba a encantarle ver a ese portento de hombre con la piel cubierta de tatuajes que le daban un aspecto tan *sexy*, pasearse desnudo delante de ella? Pero tenía que marcharse.

—Dylan... ¿Quieres hacer el favor de dejar de tentarme? —Y la mirada que acompañó a su petición fue lo bastante definitiva para que él, de mala gana, se aviniera a hacerlo. Giró sobre sus talones, recogió sus bóxers y salió de la cocina contoneando las caderas, haciendo que Andy meneara la cabeza. Él era la tentación personificada, ¿acaso creía que una prenda más o menos cambiaría las cosas?

Ella aprovechó la ausencia del irlandés para acabar de cerrarse el vestido. A continuación, fue a la nevera en busca de otro Aquarius, ya que seguro que Dylan también estaría de resaca. Los dos habían bebido. Había sido una noche especial y no se habían cortado a la hora de celebrarlo. Estaba añadiendo una rodaja de limón al vaso cuando él regresó.

—¿Satisfecha? —dijo al tiempo que señalaba su indumentaria consistente en unos bóxers negros que se ceñían a sus formas, volviéndolo incluso más tentador que antes.

"Ay, madre...", pensó ella mientras asentía. Decidió que lo mejor era mantener la mirada de la cintura para arriba. No demasiado arriba, claro, porque aquellos ojos grises también eran peligrosos.

—No son ni las nueve todavía. ¿Vas a decirme qué haces levantada tan temprano? Deberíamos estar en la cama, que es lo que las parejas hacen el día de año nuevo.

Mientras conversaban, Andy había llevado los dos vasos de Aquarius a la mesa, a la cual se sentaron. Apartó las cosas que habían quedado allí la noche anterior: su bolso, los pendientes y el móvil, así como las llaves del coche y el móvil de Dylan.

—¿Ah, sí? ¿Y desde cuándo sabes tú tanto de lo que hacen las parejas en Año Nuevo? —preguntó Andy, con toda la picardía del mundo.

Ella lo miró por encima del borde del vaso, disfrutando de haberlo descubierto en un desliz.

Dylan no tenía la menor idea de lo que las parejas hacían en Año Nuevo. La mayoría de los que recordaba, había despertado solo en una cama que no era la suya, con signos de haber tenido una noche movida. Lógicamente, no pensaba darle detalles al respecto.

—Bueno, imagino que es lo que se suele hacer porque es lo que me apetece en este mismo momento —repuso con su tono de cazador, intentando convertir aquel desliz en una victoria.

—Vaya, qué pena. Tendrás que quedarte con las ganas porque en cuanto acabe de hidratar mis circuitos, pienso salir rauda por la puerta. Es primero de año y tengo grandes planes.

—¿Grandes planes? Qué bien que suena eso...

Andy asintió con la cabeza, bebió un pequeño sorbo de su bebida, y luego volvió a mirarlo con tal ilusión en los ojos, que Dylan no pudo sino sonreír.

—He decidido hablar con Tina, ofrecerle que sea mi socia en el gimnasio. —Al ver que Dylan abría desmesuradamente los ojos, Andy volvió a asentir ilusionada—. Sí, sí, como lo oyes... Estoy deseando contárselo. ¿A qué sería perfecto? Somos amigas desde siempre, congeniamos muy bien y sé que ella lleva años ahorrando dinero con la idea de abrir su propio gimnasio, así que seguro que le gustará la idea. Además, así estaríamos juntas, volveríamos a vernos a diario... ¿Te lo imaginas? ¡Me parece un sueño!

Dylan tardó en decir algo. Andy siempre le había parecido algo digno de ver, incluso las únicas dos veces que la había visto enfadada, pero aquella mañana el brillo de sus ojos, el calor de su sonrisa, y ese halo de plena felicidad que parecía rodearla, lo tenía completamente cautivado.

Ella se inclinó hacia él y apoyó sus palmas sobre los muslos desnudos del irlandés. Lo miró algo extrañada, pero sin dejar de sonreír.

—¿No te parece fabulosa la idea?

Dylan regresó al planeta Tierra con una sonrisa tan grande como la suya.

—Dejando a un lado que a mí me parece bien todo lo que a ti te parece bien —el cazador volvió a asomar las orejas, haciendo que Andy se derritiera—, me parece una grandísima idea. Creo que sería una asociación muy fructífera, no sólo comercialmente hablando.

Andy suspiró aliviada.

—Ah, qué susto me habías dado... Pensé que no te parecía una buena idea... Llevo pensando en esto desde que Tina aterrizó en Menorca y te juro que me sigue pareciendo una locura, aunque me alivia saber que a ti no, pero no dejo de pensar que ya que me voy a embarcar en esto, por qué no ir a por todas y ofrecerle a mi mejor amiga que se lance conmigo, ¿no te parece?

Andy echó a reír de pura ansiedad. Aquella idea había nacido de un momento de frustración por no poder faltar al trabajo una noche y celebrar con Dylan su primer mes juntos. Se había apresurado a descartarla por loca y por inconcebible, pero no había dejado de tomar forma desde entonces. Y desde que él le había hecho ver que podía hacer cualquier cosa que se propusiera, le resultaba imposible dejar de soñar despierta, de seguir moldeando el sueño de ser independiente y dedicarse a lo que más le gustaba, de perfeccionarlo en su mente. ¿Y que podía ser más perfecto que asociarse con alguien a quien admiraba además de querer tanto?

—Así que ya ves por qué no puedo quedarme... —Andy no acabó de decirlo que ya se estaba de pie. Dylan la miró sorprendido—. ¡Este va a ser un gran año y hay mucho que hacer!

Se puso en marcha a toda prisa y no fue hasta que llegó a la puerta que se dio cuenta de que no se había despedido ni cogido su bolso. Regresó con los mismos pasos rápidos y tomó el rostro masculino entre sus manos.

—¿Me ayudarás con ese plan de negocios o como se llame?

Los ojos de Dylan descendieron hasta la boca de su chica. Se pasó la lengua por los labios en un gesto seductor que la hizo sonreír.

—Que no, Dylan, me tengo que ir... Venga, no seas malo, no me tientes... ¿Me ayudarás?

—Todo es negociable —repuso el cazador y acompañó la frase con un rápido movimiento de sus cejas.

—Ay, no, no, no... —Andy cogió su bolso, le dejó un beso ligero sobre los labios y empezó alejarse antes de que Dylan tuviera la ocasión de intentar retenerla.

Pronto volvió a detenerse. Dejó caer pesadamente los brazos al costado del cuerpo. ¿Acaso pensaba irse andando? Se giró hacia él que ahora la miraba con expresión divertida.

—¿Puedo llevarme tu coche?

Dylan estiró el brazo para coger las llaves que estaban sobre la mesa y las sacudió frente a los ojos femeninos. Ella sonrió agradecida y fue en aquel momento cuando el irlandés tiró de la cinturilla de sus bóxers y sosteniendo el llavero con los dedos, lo introdujo en el interior. Un gesto deliberadamente sensual que a ella le aceleró el corazón.

—Todo es negociable —repitió sin apartar los ojos de ella.

Andy ya no se resistió más. Dejó caer el bolso y regresó junto a Dylan.

Eran más de las diez de la mañana del primer día del año cuando Tina salió de casa a hacer *footing*. La mayoría de la familia seguía durmiendo, excepto Anna que estaba en el salón, jugando con Luz.

Aquellas dos o tres copas de cava habían sido las culpables de que Tina se hubiera acostado muy tarde. También de haber mantenido más contacto con el tío de Andy del que había tenido en los años que conocía a la familia Avery. No tenía muy claro que aquello fuera necesariamente bueno, ni tampoco por qué había sucedido... En realidad, ahora que volvía a pensar en ello, sin las influencias de la música, del alcohol y de las emociones, le resultaba increíble que dos personas que mantenían posturas tan contrarias en aspectos fundamentales de la vida, hubieran compartido momentos de risa como si no llevaran años como el perro y el gato.

Y no solo habían compartido eso...

Después de que Ciro le ganara la mano a su tío y acaparara la atención de Tina, ella había dado por sentado que Pau no volvería a intentarlo. Suponiendo que la fiesta con más de cien empresarios deseosos de hacerle la pelota de la que era anfitrión se lo permitiera -nótese la ironía-, el más alfa entre los alfas no se arriesgaría a morder el polvo por segunda vez ante tantos ojos pendientes de él.

Pero lo había hecho. Había aprovechado que Ciro había ido al baño para aparecer frente a ella con su mejor sonrisa y un plato a rebosar de sus delicias españolas favoritas; polvorones, mazapanes y turrón.

—Seguro que hoy entrenarás doble —le dijo—, así que ¿por qué no aprovechar los últimos cartuchos? —El plato ahora estaba más cerca y Tina casi podía oler el aroma de las almendras del turrón a través del envoltorio.

Por supuesto, ella no se resistió, pero no lo hizo gratuitamente.

—No soy una obsesa de la dieta, si eso es lo que estás sugiriendo. Como lo que me apetece cuando me apetece.

Pau sonrió para sus adentros. Esperó a que ella acabara de saborear el bocadito de turrón blando para continuar.

—Pero harás entrenamiento doble —insistió.

¿Acaso creía que adelgazar era la única razón para que una persona hiciera ejercicio físico? Posiblemente lo fuera para las mujeres con las que él se relacionaba.

—¿Y...? —Tina volvió a servirse otra delicia. En esta ocasión era turrón de chocolate.

Entonces, él sugirió que ocuparan una de las mesas próximas y Tina tampoco puso objeciones ya que llevaba un buen rato deseando prender fuego a sus tacones. Después de abrirse la chaqueta que no se había quitado en toda la noche y observarla en silencio durante unos instantes, él volvió a la carga. Su sonrisa de hoyuelo hizo una nueva aparición estelar.

—Me pregunto si quizás no debí traer cava en vez de turrón...

—¿Qué quieres decir? —repuso ella. Sabía exactamente a qué se refería y hasta la última fibra muscular que había en su cuerpo se puso en tensión.

Pero Pau no tuvo la ocasión de responderle porque en aquel momento apareció su madre. Traía de la mano a Alba hecha un mar de lágrimas. Él saltó del asiento y fue a por su hija. La levantó en brazos al tiempo que le decía cosas al oído que Tina no llegó a entender. El primer intercambio de frases con su madre fue en menorquín y Tina tampoco lo entendió, pero pronto él continuó en inglés.

—¿Por qué has dejado que se pusiera al teléfono? —inquirió.

Lucía Oriol desvió su mirada hacia Tina con cierta incomodidad, pero enseguida volvió a centrarse en su hijo.

—¿Piensas impedir que hablen con ella? Es una soberana tontería. Son sus abuelos, Pau.

—Jugarán de acuerdo con las reglas o no jugarán. Y eso va por todos lo que pretendan estar en el terreno de juego —sentenció el menorquín.

Su madre soltó un suspiro malhumorado.

—¿Ya estás sacando las cosas de quicio? Solo han llamado para desearle un feliz año.

—¿Y no podían esperar a mañana como habíamos quedado?

Madre e hijo intercambiaron sendas miradas recriminatorias. Pau no quería decir lo que pensaba realmente acerca de la abuelitis que parecía aquejar a su madre desde que la pequeña había regresado a Menorca, porque no estaban a solas. A Lucía Oriol le sucedía lo mismo respecto al ataque de territorialidad de su hijo.

—Echan de menos a Alba y la pequeña a ellos también —dijo la mujer en un tono conciliador y acarició el cabello de la niña—: ¿verdad, cariño?

Él buscó la mirada de su hija que se enderezó en sus brazos, restregándose sus ojitos llorosos.

—¿Es cierto eso, *peque*?

Alba movió afirmativamente la cabeza varias veces.

—Mucho, mucho, mucho —reconoció entre sollozos y volvió a rodear el cuello de su padre con los brazos.

Él la estrechó muy fuerte, la abuela se unió al consuelo, pronto apareció el abuelo, y tras él, Ciro que volvió del baño. En un minuto se había formado un corrillo. Entonces, Tina tuvo la ocasión de ver que Pau volvía a convertirse en otro hombre como por arte de magia.

—Tranquila, cielo, tranquila... A ver, ¿qué te parece si...? —empezó a decirle a su hija ese otro hombre que Tina no reconocía, con un nivel de ternura que tampoco reconocía y que la estaba removiendo por dentro.

¿Quién eres realmente?

El pensamiento regresó a su mente por segunda vez en una misma noche y Tina decidió que aquel era el momento perfecto para desaparecer de la escena.

Pero horas más tarde continuaba pensando en ello y preguntándose lo mismo.

Tina respiró hondo, ajustó el cronómetro y se centró en lo que debía. Estaba llegando al puerto, cuando su concentración volvió a desviarse. El tío de Andy estaba en la esquina de la acera de enfrente junto a su hija y tres hombres jóvenes vestidos de cuero con quienes conversaba animadamente. Uno de ellos estaba sentado sobre una moto muy grande.

Maldijo para sus adentros. Odiaba interrumpir el entrenamiento... Ojalá tuviera suerte y no la vieran.

Pero una mujer hermosa en mallas y camiseta de deporte no tenía la menor oportunidad de escapar a la mirada de los motoristas.

Tampoco a sus cumplidos que se encargaron de alertar a padre e hija de su presencia.

Mierda.

Procedía darse por aludida, así que Tina los saludó con un movimiento de la mano. Una sonrisa cautivadora apareció en el rostro de su padre, pero fue la niña quién habló primero.

—¿Irás con Andy a entrenar esta tarde? —le preguntó Alba, interesada.

Desde la acera de enfrente sin dejar de hacer *footing* en el sitio, (y, por supuesto, sin mostrar la menor intención de cruzar al otro lado), Tina respondió.

—¡Por supuesto!

—¿Puedo ir con vosotras?

—¡Por supuesto, pequeña!... —volvió a decir—. Bueno, si a tu padre le parece bien, claro.

El padre de la criatura demoró unos instantes en darse por aludido. Los que le tomó dejar de mirar a aquella mujer vestida de negro con ribetes fucsia, que exudaba fortaleza y que a plena luz del día le seguía resultando tan impactante como la noche anterior, y atender a su hija que le estaba hablando.

Mirada que no pasó desapercibida a Tina. ¿Lo hacía por incomodarla? Si era así, llegaba diez años tarde. Estaba más que acostumbrada a esos repasos que le dedicaban sus compañeros de especie, con más o menos lascivia, pero siempre evidentes. Ya no tenían el menor efecto sobre ella.

—¿Puedo, papi, me dejas? *Porfi, porfi, porfi...*

—Claro, *peque* —repuso él. Su mirada regresó a la entrenadora y esta vez se quedó por encima de la línea del cuello.

—¡Biennnnnn! —exclamó la niña, dando palmas alegremente.

—Bueno, pues entonces, ¡hasta la tarde! —se despidió.

La mirada de Pau, que a diferencia de lo que pensaba la entrenadora no era ni remotamente parecida a las que estaba acostumbrada, la acompañó hasta que Tina desapareció al final de la calle.

Andy lucía exhausta cuando al fin llegaron a la pequeña cafetería. Tina llevaba los últimos diez minutos divirtiéndose a su costa. Bromeando acerca de que no era recomendable pasarse con el entrenamiento, refiriéndose sin hacer alusión expresa a ello, que Andy había tenido una noche agitada gracias a Dylan.

Aquella mañana tenía razón, pero no se trataba de cansancio. Andy estaba ansiosa por contarle a Tina lo que se traía entre manos y averiguar qué acogida tenía su loca idea. ¿Qué le parecería que fueran socias, volver a vivir en la misma ciudad, poder verse como antes? Estaba ansiosa por saberlo.

Las dos muchachas pidieron un suculento desayuno y se dispusieron a recargar energía. Tina, que no tenía la menor idea de la verdadera razón de que Andy se hubiera unido a su primera sesión de entrenamiento, disfrutaba de la compañía de su querida amiga y de lo bien que le sentaba el amor.

—Menos risa, que ya sabes que el que ríe último, ríe mejor y tú me debes muchas risas… —dijo Andy al volver a ver por enésima vez la expresión pícara de Tina.

—Es que si pudieras verte… La felicidad te sale chorros por todos lados, Andy… Es fabuloso… ¡A ese irlandés hay que a hacerle un monumento! —Tina apretó cariñosamente las manos de Andy y añadió –: No sabes lo feliz que me hace verte tan bien…

—Lo sé, sé que te alegra, Tina —dijo Andy—. Y creo que lo que te voy a contar ahora también te va alegrar… ¡Te va a encantar!

—Venga, ¿a qué esperas? Dispara cuando quieras —dijo la entrenadora al tiempo que se acomodaba en la silla con un zumo de naranja en la mano—, ya sabes que me encantan las buenas noticias en el desayuno.

—Voy a dejar el restaurante… —empezó a decir Andy, pero su amiga la interrumpió.

—Pues sé de alguien que no va a estar nada feliz si haces eso.

Y no precisó de quién se trataba porque las dos sabían perfectamente quién era. Andy asintió. Todavía no había hablado con su tío al respecto, había preferido no enturbiar el ambiente festivo propio de esas fechas, pero ya no demoraría en hacerlo. Sustituirla les tomaría tiempo y cuanto antes encontraran al candidato idóneo, antes podría dedicarse a su proyecto. Le extrañaría mucho que Pau lo tomara bien, pero no era de eso de lo que quería hablarle a Tina.

—Y como de algo tengo que vivir, he estado pensando en convertirme en mi propia jefa. —— Andy hizo una pausa para mirar a su amiga. Le agradó ver esas dos cejas arqueándose al tiempo que se elevaban—. He estado pensando que preocuparme por estar en forma y hacer deporte, ha sido mi tabla de salvación. No sólo en el sentido de estar mejor o de distraerme... En los peores momentos, esos en los que la impotencia puede contigo y lo único que quieres es liarte a puñetazos con todo el mundo, entrar en el gimnasio y saber que cuando me marchara volvería a tener la situación bajo control, fue un gran alivio... *Es un gran alivio*... He pensado que sería una estupenda manera de ganarme la vida, ¿qué te parecería que tu amiga abriera gimnasio aquí, en el puerto?

Una locura maravillosa y fantástica, eso le parecía Tina y era lo que mostraba su rostro.

—Sonríes, pero no dices nada... —comentó Andy.

—Es que me he quedado... No sé, *alucinada*... ¡Me encanta la idea, me encanta verte así! ¿Es esta reacción la que esperaba ver en mí? ¡Pues aquí la tienes! —Y con esas se puso de pie, rodeó la mesa y fue directamente a fundirse en un abrazo con ella.

Tras el momento de emoción, cada uno volvió a ocupar su sitio y Andy continuó.

—No sería un gimnasio corriente. Me gustaría que hubiera muchas actividades, terapias, tratamientos de belleza, un experto en nutrición que se ocupara de las dietas... Y en este barrio no hay nada de eso, así que creo que funcionaría bien... ¿Qué te parece?

—Creo que es una gran idea. Gran con mayúsculas, nena... y dime, ¿qué opina tu irlandés de esto?

Los ojos de Andy brillaron de amor.

—Él cree que puedo hacer lo que quiera y no deja de animarme... Anoche me dijo que estaría dispuesto a financiarme... —Las dos amigas se miraron sorprendidas—. Sí, eso mismo pensé yo, ¡que está loco!... Ay, Tina, estoy tan contenta...

—No me extraña nada. Hasta yo estoy contenta, y eso que es tu proyecto...

Andy miró a Tina con cariño y tras una pausa, desveló la verdadera razón de que estuvieran allí.

—Bueno, en realidad, lo que me gustaría de verdad es que fuera *nuestro* proyecto —vio que la entrenadora la miraba con cara de no entender ni una palabra—. Tú siempre has querido abrir tu propio gimnasio, llevas años ahorrando y sabes que en Londres lo tienes difícil. Pero aquí es posible y estaríamos juntas. ¡Juntas y haciendo lo que más nos gusta, ¿no te parece genial?!

Tina permaneció en silencio durante un instante. La idea le encantaba, el proyecto le parecía una maravilla, pero lo último que habría esperado era que lo que había empezado como una charla de amigas hablando del futuro, acabara convertido en un futuro que también la incluía ella. Se sentía ilusionada y al mismo tiempo sorprendida. No sabía qué decir…

—Chica, esto sí que no me lo esperaba… ¿Lo dices en serio? ¿Quieres que sea tu socia, de verdad?

Andy vio a su amiga sacudir la cabeza, intentando aclararse, pero su sonrisa era inmensa.

—¡Claro que lo digo de verdad! Y sé que te he sorprendido, pero… ¡Dí algo! ¿Te parece bien, o te parece bien para mí pero no para ti…, o te parece una locura pura y dura, sin más? ¡Venga, dí algo, por favor!

—¡Me encantaría, Andy! Podríamos enseñar *kick-boxing*, crear una escuela y competir… ¿Existe alguna asociación deportiva aquí? —No había sido una pregunta, ya que la entrenadora, cada vez más emocionada, continuó ante la mirada divertida de su amiga—. Bueno, eso da igual, ¡si no hay, la creamos nosotras!

—Y no tendrías que seguir entrenando solo a principiantes… —terció Andy, alimentando la ilusión con más ilusión.

—Sí, y no tendría que seguir aguantando a monitores que se largan después de un mes, como si no supieran desde el principio lo que les espera. ¡Eh, qué alivio; tampoco tendría que aguantar a mi jefe! El pobre cada día está más pesado…

—¿Ves? Todo son ventajas… Eso por no mencionar que volveremos estar juntas, ¿lo he dicho ya?

—Sería fabuloso… —Tina ya estaba disfrutando anticipadamente del regalo de volver a disfrutar de la compañía de gente a la que quería tanto.

Pero como en todo sueño que es demasiado perfecto para ser real, una imagen apareció clara en la mente de Tina, diluyendo su sonrisa y devolviéndola a una realidad que no era tan fantástica. Andy no tardó en comprenderlo.

—Tu padre —dijo—. A él no podemos traerlo a Menorca.

Era hija única y había perdido a su madre siendo pequeña, por lo que siempre había estado muy unida a su padre. De hecho, había ejercido de "mujer de la casa", ocupándose de todo, hasta hacía apenas cinco años que su padre había vuelto a casarse, y nunca había logrado cortar el cordón umbilical del todo. Recientemente, el hombre había empezado a tener algunos problemas de salud. Decía que se cansaba. A veces, sin venir a cuento, se quedaba dormido en el sofá… Al principio lo habían atribuido a los típicos achaques masculinos derivados de la edad, pero una revisión médica había confirmado que el diagnóstico era más serio, derivado de una insuficiencia cardíaca. No le daría problemas si se cuidaba, pero a pesar de que su esposa se desvivía por atenderlo, Tina no estaba tranquila.

La mirada de la entrenadora regresó a Andy. La ilusión había cedido su lugar a la preocupación.

—No —repuso—, a él no podemos traerlo a Menorca.

EPISODIO 9

Viernes, 1 de enero de 2010.
Casa de la familia Estellés,
Ciudadela, Menorca.

Toda la familia excepto Danny, que estaba en casa de un amigo, se hallaba en el salón cuando Pau llegó con su hija Alba y una sorpresa para Anna. La pequeña fue la primera en entrar como una tromba, repartiendo abrazos y alegría. Por suerte, la añoranza provocada por la llamada de sus abuelos maternos no había ido a más. Tras ella, casi enseguida, llegó su padre.

—Familia, mirad a quién me he encontrado de camino —dijo al tiempo que se hacía a un lado para dejar pasar a Jaume Mayol en primer lugar—. Lo he invitado a que viniera conmigo... Bueno, en realidad, lo he sobornado con tus pasteles —le dijo a Neus— y no se ha podido resistir.

La *verdadera* realidad era que la presencia del antiguo amigo de la familia en aquella casa era un plan bien urdido. Había comenzado a fraguarse cuando Pau se había encontrado con él por casualidad en el almacén de materiales el día anterior, y Neus, en connivencia con su hermano, lo había rematado durante la cena de Nochevieja invitándolo a merendar.

—¡Bueno, bueno, bueno! ¡Pero mira a quién tenemos aquí! —repuso Neus, más feliz que unas pascuas. Se levantó del sillón que ocupaba y fue a saludar al recién llegado con un beso en cada mejilla.

Anna seguía contemplando la escena con sorpresa. La noche anterior había dado por hecho que coincidiría con Jaume a menudo ahora que los dos volvían a estar en la isla, pero no había contado con que el encuentro tuviera lugar al día siguiente y en su propio salón.

—¡Hola, Jaume! ¡Qué bien! Pasa, pasa, por favor, siéntate —le ofreció Anna.

Él no se lo hizo repetir y fue a ocupar el lugar que quedaba justo frente a ella.

—Sí —comenzó a explicar, como si de pronto necesitara reforzar la idea de que el encuentro había sido casual—, estaba dando una vuelta por el puerto, que por cierto está precioso, y me encontré con tu hermano... —sonrió—. ¿Quién puede resistirse a unos pasteles el día de Año Nuevo?

Todos festejaron el comentario. Andy, la que más.

—Pues déjeme que le diga que lo disimula bastante bien, señor Mayol...

Jaume pensó que lo habían descubierto y no supo muy bien cómo responder.

—Sí, está en forma —intervino Pau, salvando el momento—. Debería decir "sigue en buena forma", porque es así desde que me acuerdo...

—Por favor, no me trates con tanta formalidad, Andy —repuso Jaume, aliviado de que la cosa fuera por ahí—. Y no creas que es natural... La buena forma, digo. Desde que descubrí que si me duermo en los laureles la gravedad se impone, especialmente en esta zona —señaló su estómago—, salgo a correr todos los días. Así venzo la gravedad y no renuncio a los placeres de la vida, ¿no?

—Qué suerte, a mí la gravedad me la tiene jurada. La única forma de no desbordarme por los contornos es dejar de comer —apuntó Anna riendo—. Oye, ¿qué te apetece tomar? ¿Sigues siendo tan cafetero como antes?

Jaume echó un vistazo con disimulo a las tazas que había sobre la mesilla; todas eran de café excepto una. Muchas cosas habían cambiado en su vida, ésta concretamente no, pero, por lo que sabía, las que habían cambiado en la vida de Anna eran muchas más. Los cambios se llevaban mejor en compañía.

—Me sigue gustando igual, pero según el médico he cubierto mi cuota, así que... ¿Qué tomas tú? Quiero lo mismo, ¿puede ser?

La sonrisa de Anna, enorme y brillante como la recordaba, le confirmó que no se equivocaba.

—Claro que puedes, la cuestión es si quieres. Es una mezcla de hierbas para... Bueno, lleva un poco de todo... Laxantes no, tranquilo —apuntó risueña—. Es muy sana y está rica, ¿te apuntas?

—Ah, ahora entiendo, ese es tu secreto de belleza, ¿eh? ¡Claro que me apunto! Con un poco de suerte igual me hace el mismo efecto —repuso él con picardía.

Anna lo miró algo incómoda por el halago.

—Ya veo que sigues siendo el mismo zalamero de siempre. ¿Alguien quiere más café?

—Quédate que voy yo. Tú atiende a nuestro invitado —terció Neus.

El tono que empleó la mujer resultó natural para la mayoría de los presentes, no así para Roser que suspiró malhumorada y retomó su monólogo con la pequeña Luz. Desde hacía dos meses la casa era otra. No tenía nada en contra de Jaume, de todos los novios que había tenido su hermana, era el mejor con diferencia -decente, inteligente y de buena familia-, pero no entendía a santo de qué volvía a aparecer en escena pretendiendo que no habían pasado tres décadas desde la última vez. Cuando había estado en su mano evitar que Anna se fuera a tierras inglesas, no había intervenido más que para permitir que su orgullo herido hablara por él. ¿A qué venía ahora? A Anna lo último que le hacía falta era que un ex-novio viniera a complicar su vida más de lo que estaba.

En el otro extremo del sofá, Tina contemplaba la escena con asombro. En su caso, se debía a razones distintas de las de Anna. Era evidente que el *bombonazo* no necesitaba que nadie lo convenciera de venir a verla; le había quedado clarísimo la noche anterior, dos segundos después de conocerlo, al ver la insistencia con que sus ojos regresaban a la madre de Andy. Pero allí estaba Pau, con su habitual indumentaria de estilo informal pero elegante, todo sonrisas... ¿Haciendo de Celestina?

Increíble.

Le seguían resultando muy extraños los cambios de personalidad del tío de su amiga, y empezaba a sospechar que quizás tuvieran que ver con el regreso de la pequeña Alba a su vida. ¿Sería un intento de mostrarse como "super papá" ante la niña, y que ella no viera cómo era en realidad; un metomentodo controlador y déspota? Nadie podía cambiar tanto de la noche a la mañana.

—¡Hola, Tina, ¿te gusta mi conjunto?! —La voz de Alba sacó a la entrenadora de sus pensamiento que miró el precioso -y carísimo- conjunto rojo de chandal y sudadera.

—Mucho. Te queda genial.

—No está mal —admitió la niña con una coquetería que la hizo reír—, pero me gustaría más en rosa... Me lo regaló papi.

Ahora que lo pensaba, Tina tampoco podía imaginarse a Pau Estellés escuchando los consejos de la dependienta de una boutique infantil. Estaba claro que no lo había hecho, de otra forma habría salido de la tienda con algo igual de caro, pero en rosa. Era el color de moda.

—Bueno, dale tiempo, ya aprenderá... —repuso la entrenadora—. ¿Y el mío qué te parece?

—¡Guay[16]! —dijo Alba, hablando como si estuviera con otra niña de su edad—. ¡Todos tus conjuntos me encantan! Bueno, ¿nos vamos ya?

Tina asintió y le hizo un gesto a Andy de que era hora de que se despegara de su irlandés y fueran al gimnasio.

—¡Biennnnnnn! ¡Nos vamos, papi! —lo celebró la niña, y en plan tromba enfiló para la puerta.

—Eh, no tan rápido —dijo Pau, que la agarró por la capucha de su chaqueta, haciéndola regresar junto a él. Su hija no paraba de reír lo cual le dio tiempo a despegar su atención de Tina y centrarse en el tema.

Alba no era la única encandilada por la indumentaria de la entrenadora, su padre también.

—¿Os vais ya? —Había sido un comentario, ya que había detenido a la niña y todos, empezando por ella, lo estaban mirando.

Tina le echó una mirada displicente. Vaya pregunta, ¿acaso no era evidente que se iban? Al fin, asintió con la cabeza. Andy, que la

---

16 Guay: (coloq.) muy bueno, estupendo, muy bien.

conocía lo bastante como para leerle el pensamiento, sonrió. Intercambió miradas con Dylan.

—Vale. ¿Y a qué hora acabáis? —continuó el menorquín. Utilizó el plural, pero sus ojos no abandonaron a la entrenadora en ningún momento.

"Ya estamos con el control", pensó ella.

—Acabaremos cuando acabemos, ¿por? —repuso.

Andy sintió la necesidad imperiosa de agacharse a recoger algo del suelo cuando vio la expresión de Dylan; podía interpretarse perfectamente como un "¡toma carácter!".

Las sonrisas dominaban por clara mayoría. Incluso se oyó alguna risa furtiva de la que el menorquín no se dio por aludido. Al contrario, su ceja derecha subió tan alto que podía peinarla con el resto del pelo, y su voz no sonó nada divertida cuando habló.

—Te llevas a mi hija. ¿Esperas que adivine cuándo ir a buscarla?

—No me la llevo, no es un paquete, viene porque quiere. Y cuando quiera que la vayas a buscar, te lo dirá, ¿no, Alba? —replicó sin apartar sus ojos del menorquín.

—¡Sí, papi, yo te llamo! Venga, vámonos...

Pero nadie más que Alba se movió del sitio. Un silencio expectante se adueñó del salón y para asombro de todos, durante unos instantes, ninguno de los dos apartó la mirada.

A Pau le gustaban las personas con carácter, pero no estaba dispuesto a tolerar memeces. Los niños tenían horarios. Decírselo en aquel momento, sin embargo, solo empeoraría las cosas...

Tina tampoco toleraba memeces, pero, a diferencia de Pau, le daba exactamente igual quién estuviera delante. Él era la clase de persona a la que, a menudo, hacía falta pararle los pies y ella era la única en esa sala que podía hacerlo sin atenerse a las consecuencias. No eran familia ni su economía dependía en modo alguno de él.

Dylan no conocía a Tina lo bastante para leerle el pensamiento, pero todo su lenguaje corporal era como un cartel luminoso en el que parpadeaba la palabra PELIGRO. La de él no se quedaba atrás. A pesar de haber dejado claro desde el primer momento su interés por comunicarse con ella dirigiendo la conversación en inglés y no en menorquín, su cartel luminoso decía claramente "NO TE PASES". Estaba seguro de que sería una batalla digna de presenciar, pero solo disponía de unos pocos días para disfrutar de Andy, y quería tener la fiesta en paz. Que se batieran a duelo, si les apetecía, cuando él hubiera regresado a Niza.

—Yo también voy —dijo Dylan—. Puedo traer a tu hija en mi coche.

El primero en retirar la mirada fue Pau que puso su atención en el irlandés pensando que, por una vez, tenía algo que agradecerle.

—Claro, Pau, no te preocupes —intervino Anna—. En cuanto las chicas vuelvan de entrenar, te aviso para que vengas a buscar a Alba... Aunque... Si la niña no tiene programa con los abuelos, podríais quedaros a cenar. La invitación también va por ti, Jaume, por supuesto.

—Muchas gracias... Esta vez no podrá ser, pero a la próxima me apunto con gusto —respondió él.

La pequeña ya estaba en el quicio de la puerta dando saltitos de alegría y Tina aprovechó el momento para recoger sus cosas y ponerse en marcha.

—Bien, entonces vámonos —dijo pasando por delante de Pau sin mirarlo.

—¿No se te olvida algo? —repuso él, disfrutando anticipadamente de lo que estaba a punto de suceder.

Tina se detuvo. Su lenguaje corporal indicó claramente que lo estaba haciendo a regañadientes, pero volvió la cabeza y lo miró.

Él puso su mejor cara de sorprendido.

—Ah, no... No te lo decía a ti. —Asomó la cabeza por el costado de la entrenadora para poder ver a su hija—. ¿No se te olvida algo, *peque*?

Alba corrió hacia su padre quien la esperaba con los brazos abiertos.

—Esto está mejor —dijo Pau recibiendo de buen grado una lluvia de besos por parte de la niña—. Me parece bien si te apetece venir en el coche con la prima Andy, pero si quieres que te vaya a buscar, me avisas y en un periquete me tienes ahí, ¿vale, princesa?

—Que sí, papi...

—De acuerdo. Entonces, ve.

—¡Vámonosssssss! —exclamó la pequeña quien ya estaba corriendo otra vez hacia la puerta.

Él se enderezó, su mirada se cruzó con la de Tina que meneó la cabeza y no pudo evitar que una sonrisa traicionera le curvara los labios. No lo diría en voz alta, pero verlo interactuar con su hija era un verdadero espectáculo. Un ogro que se transformaba en papá oso ante la avalancha de cariño de la niña.

Quien no se movió del sitio fue Andy, que seguía en su mundo, mirando a Dylan arrobada. Era la primera vez que salía con alguien que demostraba interés por formar parte de las otras cosas de su vida que no tenían que ver con él. Estaba en el Limbo.

—¿Vas a venir a buscarme? —preguntó en un tono acaramelado.

El irlandés acusó recibo de la intensidad de su mirada, y lo hizo a su manera.

—Voy a disfrutar viendo cómo pones en forma ese cuerpo serrano. —Coronó la frase con un movimiento sensual de las cejas que derritió aún más a Andy y provocó sonrisas cómplices en todos, excepto en Pau.

—No eres cliente del *gym*. No sé si te dejarán entrar.

Los dos sonrieron al darse cuenta de que se estaban enredando en uno de sus juegos otra vez.

—Eso sería un problema... —admitió él—. Pero seguro que tú te ocupas de resolverlo.

Y tanto que lo resolvería. Como si tenía que encerrar a la recepcionista en las taquillas del vestuario. Andy asintió divertida.

Dado que la pareja continuaba a lo que estaba, Tina volvió sobre sus pasos.

—¡Os quiero chicos, pero qué pesados sois con vuestros jueguitos románticos! —exclamó al tiempo que tomando a Andy de la mano, se llevó a la muchacha consigo.

Para regocijo de dos de sus hermanas, la mirada de Pau no se despegó de la entrenadora hasta que desapareció del salón. La tercera exhaló un suspiro de resignación.

Con la cantidad de buenos partidos entre los que el más cotizado de los Estellés podía elegir, pensó Roser, ¿tenía que poner sus ojos justamente en una inglesa? ¿Qué demonios le sucedía a su familia con los hijos de la Gran Bretaña?

Poco después de que las deportistas se hubieran marchado, el salón había empezado a quedarse desierto. El primero en irse había sido Pau y como empresario le sobraban razones para hacerlo. Detrás de él, se habían marchado Neus y Roser llevándose a Luz, y en su caso, no había razones sino excusas; se trataba de una maniobra para dejar a Anna sola con Jaume. A él le resultó tan obvio que lo recibió como una mezcla de esperanza y ánimo. Anna estaba tan sorprendida de tenerlo allí, en su salón, que no se dio cuenta de nada.

Jaume fue a sentarse junto a ella, la conversación empezó a fluir igual que antaño y muy pronto perdieron toda noción del tiempo. Se lo notaba ilusionado con su nuevo proyecto de instalarse en la isla y dedicarse a construir embarcaciones deportivas y de lujo.

—¿Y qué dijo tu familia?

Qué *no* le habían dicho era la frase correcta. Desde el moderado "eres un inconsciente" hasta el encendido "¡¿largarte a la aventura a diez de años de jubilarte? Estás loco!" había dónde elegir.

—¿En resumidas cuentas? Que estoy loco de atar. Y reconozco que algo de cierto hay en eso, porque estas cosas se hacen a los veinte, no a los cincuenta —Anna se echó a reír—, pero no tengo nada que perder...

Su mirada se ensombreció durante un instante y ella entendió que no se refería solo a la pérdida de su hijo, sino a la sensación de que ese ser, que había sido el principio y el fin de los propósitos de su vida, también se había llevado consigo el temor al fracaso. Simplemente porque ahora nadie más que él sufriría las consecuencias.

Pero la sombra se disipó con rapidez y Jaume continuó. Había cosas que necesitaba aclarar.

—En realidad no es un proyecto nuevo, lleva años entre mis pendientes, pero el astillero me aseguraba un buen trabajo y al final, me acomodé a las circunstancias... El primer tiempo en Florida no sabía qué hacer con mi alma, de verdad. Éramos muy compinches Éric y yo, hacíamos muchas cosas juntos... —Jaume hizo una pausa tras la cual miró a Anna—. No me casé por amor. En mi descargo diré que ella tampoco. Pero mi hijo es lo mejor que me sucedió en la vida. Se vino a vivir conmigo a los siete años, al poco de que su madre y yo nos divorciáramos.

Anna no ocultó su asombro. Un matrimonio de conveniencia era lo último que se habría imaginado.

—A eso te referías anoche, cuando dijiste que lo habías tenido "contra todos los pronósticos familiares"...

Jaume asintió.

—Nos veíamos de tanto en tanto... El embarazo fue totalmente accidental, y dado que abortar no se nos cruzó por la cabeza a ninguno de los dos, decidimos casarnos. Habíamos cumplido los treinta ya y la boda convenía a ambas familias, así que... En casa dieron una fiesta... Imagínate, ya habían perdido las esperanzas y de pronto, no solo tendrían la tan esperada boda, sino que además iban a ser abuelos... ¡Nunca había visto a mi padre tan rebosante de felicidad, te lo juro!

La llegada de Danny interrumpió la conversación y, a diferencia de lo que el muchacho hizo parecer, no acababa de suceder; llevaba unos minutos escuchando al otro lado de la puerta.

—¿Ya está en casa, mi niño? ¡Qué bien! Ven, dale un beso a tu madre.

Pero el muchacho en vez de acercarse para besar a su madre, tomó la manta que Anna había dejado a un lado y la extendió sobre sus piernas. A continuación, tomó el mando de la calefacción y subió la temperatura.

—Tu niño ya es mayor para que lo llames niño y este salón es una nevera. ¿También voy a tener que enfadarme contigo como hace Andy?

Anna tiró del borde de la manta y se cubrió hasta el cuello, mirando a su hijo con ternura.

—No, por favor, no te enfades conmigo, cariño... Anda, ven y dame un beso.

El muchacho obedeció a regañadientes. Ella aprovechó la cercanía para tirar de él y hacer que se sentara a su lado.

—¿Te acuerdas de Jaume? —dijo, pasándole un brazo alrededor del hombro.

El muchacho se la quitó de encima con suavidad, pero permaneció sentado junto a ella.

—¿Cómo no me voy acordar, mamá? —dijo—. Lo que te contaba debía ser la hostia de interesante porque os pasasteis toda la noche hablando y aquí seguís...

A Anna la llenó de ternura la reacción de su hijo. No sabía si reprenderlo por tratar con tan poca gentileza a las visitas, o abrazarlo. Decirle que la enternecían sus celos, pero que él nunca dejaría de ser el hombre de su vida. Realmente, no lograba decidirse.

Jaume la libró de tener que hacerlo.

—Lo que sucede es que llevamos muchos años sin vernos y se nos han acumulado las noticias, Danny, pero si nos ponemos muy pesados, avísanos. Lo hacemos sin darnos cuenta.

—Tranquilo, que lo haré —repuso Danny sin mostrar la menor intención de dejarlos a solas.

Tina fue la última en entrar y en cuanto vio que el tío de Andy estaba allí, de pie con aquel aire de único gallo del corral, el casco de motorista en la mano y aún vistiendo la cazadora, no pudo reprimir la tentación.

—¡Ya estamos aquí, familia, todos sanos y salvos! —anunció.

Pau se volvió en la dirección que venía la voz. El rostro anguloso de Tina lucía relajado y mucho más atractivo de lo habitual. Por lo visto, no sólo la música amansaba a la fieras, dos horas largas de entrenamiento en el gimnasio también, pensó el menorquín.

Tina no le dio ocasión a que dijera en voz alta lo que estaba pensando y se limitó a pasar a su lado sin dejar de sonreír. Se fue a su habitación a cambiarse. En cualquier caso, Alba ya estaba trepando por las piernas de su padre, acaparando su atención.

El salón estaba bastante despejado, notó Andy mientras iba hacia su madre a darle los dos besos de rigor. Hizo lo mismo con Danny, que a su lado jugaba con la PlayStation.

—¿Y el señor canoso tan guapo ya se ha marchado? —preguntó con picardía.

Pero no fue Anna quien contestó primero, sino su hijo.

—Gracias a Dios.... —comentó el muchacho.

—¿Por qué dices eso? —repuso su hermana—. Es un amigo de mamá y está claro que lo pasan bien juntos. Tú no te metas…

Anna levantó las manos en un gesto de rendición y le hizo un guiño a Dylan. Para él era previsible que a Danny "ese señor canoso tan guapo" no le sentara demasiado bien, por lo menos de primeras. Celaba a su madre del mismo modo que las hijas mujeres celaban a su padre. Además, siendo el único hijo varón era el centro de atención de la familia y seguro que no le gustaba la idea de tener que empezar a compartir con otro su lugar de privilegio.

Sorteando las piernas de Alba que estaba junto a su primo, sentada sobre un cojín en el suelo, el irlandés ocupó el asiento que había al lado del muchacho.

—Construye yates y embarcaciones de recreo, incluidas motos de agua. Yo que tú le daría una oportunidad —le dijo en tono de confidencia y a pesar de que el muchacho no apartó la vista de la pantalla, a Dylan le resultó evidente que la información había captado su interés.

—¿Y las tías? —preguntó Andy, todavía de cuclillas frente a su madre.

—Tía Neus está cocinando…

Andy no la dejó acabar la frase.

—¡Y tía Roser, bañando a Luz, no me lo digas! —exclamó, risueña.

—Exacto —repuso Anna, riendo—. Y por el tiempo que lleva encerrada en ese baño, tendremos que llamar a los bomberos para achicar el agua.

—Bueno, me voy a cambiar para cenar —anunció Andy. Al pasar junto a Dylan, le frotó la calva cariñosamente a lo que él respondió con un guiño.

Transcurrió un rato hasta que las chicas regresaron al salón y para entonces, la mesa ya estaba puesta. Roser y Luz habían abandonado el baño, y la pequeña jugaba sobre la falda de Anna.

Su tío seguía allí, pensó Andy divertida. Los mensajes subliminales que, según Dylan, le enviaba a Tina, empezaban a parecerle carteles luminosos. Ya había recuperado a su hija sana y salva, ¿por qué continuaba en el salón?

Pau reparó con disimulo en Tina. Vestía ropa casual -vaqueros y una camisa blanca-, y llevaba el cabello recogido en una coleta alta.

El menorquín apartó la vista justo en el momento en el que su hermana Neus, que había detectado la mirada aunque no él lo supiera, le hablaba.

—Te quedas a cenar, ¿no?

—No, los abuelos nos esperan… En cuanto la señorita acabe su partida, nos iremos —dijo refiriéndose a su hija.

—Ya acabo, ya acabo, papi —repuso la niña que jugaba como Danny.

En aquel momento sonó el timbre.

—Dejad que voy yo —anunció Andy. Y cuando regresó, lo hizo acompañada de Ciro que venía a despedirse ya que se marchaba a Barcelona.

—Hola y adiós, lo siento pero me tengo que ir corriendo... —dijo el chef al tiempo que repartía besos entre la familia y explicaba—: Pau, te llamo mañana y hablamos con tranquilidad sobre lo que teníamos pendiente. Lo siento, pero mi segunda chef acaba de avisar que está con gripe. Todavía estoy dudando si era ella porque te juro que sonaba como un extraterrestre...

—¿Cómo que te vas? ¿Y cuándo vuelves? —intervino Neus, que ya se había puesto de pie, preocupada.

Él la rodeó con sus brazos.

—Tranquila, mamá... Aún no sé cuándo vuelvo, ya te llamaré.

—De eso, nada. Me llamas mañana y si la cosa va para largo, y por largo quiero decir más de dos días, el lunes me voy a Barcelona.

—¿Crees que conseguiré algo si te recuerdo que soy un chico muuuuy grande, ¡y soy chef, así que no me moriré de hambre... yupi, yupi, yupi!? Vamos, que estoy bastante seguro de que sobreviviré un par de días sin ti...

—¿No deberías saber ya que eso es pedir un imposible, sobrino? Además, llegas tan rendido que te vas a la cama con un sandwich de jamón y un puñado de pipas, que yo te he visto —terció Roser. Siempre había visto con buenos ojos la implicación de Neus con sus hijos.

Neus no pudo evitar reír ante el tono de resignada desesperación que había empleado su hijo.

—Ya, me lo imaginaba —concedió Ciro.

Para Pau su marcha era un trastorno importante que lo obligaría a re-programar varias cosas, entre ellas la visita prometida a los abuelos maternos de la niña el día de Reyes.

—Me haces polvo —no pudo evitar decir.

—Lo sé, tío, lo sé... A mí también me mata, quería aprovechar estas mini vacaciones para unas cosas que tengo en mente, pero si ella no está y yo no estoy esa cocina será un caos...

Pau asintió con la cabeza.

—Sí, claro, disculpa... Es que tengo una semana de locos. No te preocupes, ya nos arreglaremos.

Le había llegado el turno a Tina y y Ciro se despidió al estilo español, con un beso en cada mejilla, haciéndola reír.

—"El deber te reclama". Ya lo sé, no me lo digas…

—Si es que no puedo arriesgarme a dejarla ir a trabajar en el estado que está y que apeste a todo el mundo… ¿Cómo llevo una cocina sin segundo chef, sin ayudantes, sin pinches…? ¡Todavía no hago milagros! —dijo Ciro riendo aunque se notaba que aquella gripe en mitad de sus primeras vacaciones en un año, no le había sentado nada bien.

—Bueno, no olvides darme un toque cuando vayas a esa reunión de cocineros… Podemos tomarnos un café o algo…

Ciro miró a Tina con una de sus caras cómicas, haciendo que ella empezara a desternillarse antes de que él pronunciara una palabra.

—Convención de Chefs —precisó él.

—Perdón —repuso Tina, risueña.

En aquel momento, a Ciro se le encendió la lamparilla.

—¿Tengo tu móvil? Me parece que sí, que me lo grabó la tía una vez, pero míralo a ver si está bien. Por las dudas…

Bingo.

Pau presenció con total atención cómo la entrenadora comprobaba el móvil de Ciro.

Neus se inclinó para tomar a Luz en brazos.

—La cosa se pone cada vez más interesante, ¿eh? —murmuró lo bastante alto para que solo su hermana la oyera. Lo que encontraba más divertido era que Pau no se estaba dando cuenta de nada. Ni de lo evidente que resultaba a los demás su interés por la amiga de Andy. Ni de que su sobrino, que se había percatado de dicho interés, se lo estaba pasando en grande a su costa, aprovechando cada ocasión que se le presentaba para hacer parecer que entre Tina y él había algo.

—Interesantísima —susurró Anna mirando a su único hermano varón con ternura.

Mientras tanto, Tina le devolvió el móvil a su dueño tras verificar que el número era correcto.

—Avísame tan pronto llegues para que me dé tiempo a organizar la agenda, que ya sabes que mis días laborales son de locura…

Él asintió y continuó despidiéndose.

—Lo siento, Dylan, tendremos que dejar nuestras aventuras culinarias para otro momento. —Estrechó la mano del irlandés. A continuación, se inclinó a besar a Andy—. Querida prima, te dejo a cargo de mi aprendiz. Por favor, mantenlo entretenido en mi ausencia.

—Quédate tranquilo que intentaré que no se aburra demasiado —repuso Andy con picardía.

—Bueno, familia, buen comienzo de año para todos y nos vemos en unos días… Me voy, que tengo un taxi esperando fuera…

Ciro acabó la rueda de saludos y al pasar junto a Tina le indicó con un gesto que la llamaría. Ella asintió y fue a sentarse junto a Alba, en el suelo, donde se dedicó a atender la partida de los niños.

Neus y Anna sonrieron ante el guiño que les dedicó el chef antes de desaparecer tras la puerta. Roser, en cambio, puso los ojos en blanco. No podía creer que Ciro también estuviera aportando su granito de arena a semejante insensatez.

Pau continuó mirando a la entrenadora mientras analizaba la situación. Ciro y Tina se llevaban bien. No era algo nuevo. Pero ¿tanto para quedar a tomar café en uno de esos viajes supersónicos que el chef hacía cuando tenía que asistir a eventos fuera de España? ¿Desde cuándo Ciro demostraba interés por algo que estuviera fuera del ámbito de la cocina de autor? Por no hablar de Tina. ¿Una pedazo de mujer como ella con un genio despistado como su sobrino?

Imposible.

EPISODIO 10

Viernes, 1 de enero de 2010.
Casa de Conor Finley,
Londres.

Conor estaba entrando en casa cuando el móvil comenzó a sonar. El motero rebuscó en su mochila y cuando al fin lo encontró vio que se trataba del padre de Nikki.

Joder.

Dudó entre atender o dejar que saltara el contestador. Siempre habían tenido una buena relación y hablaban con frecuencia. Sabía que el hombre lo apreciaba sinceramente, pero aquel día lo último que le apetecía era hablar con el padre de su ex novia.

Ex novia. Qué raro le resultaba pensar en Nikki de esa forma. Le parecía irreal, pero el móvil seguía sonando y decidió atender.

—*Hola, hijo. Estaba a punto de colgar* —oyó que Fred le decía.

—Sí, perdona, es que tenía el móvil en la mochila y hasta que conseguí sacarlo... Feliz Año, por cierto. ¿Qué tal todo por ahí?

—*Bien, gracias. Disponiéndonos a empezar un nuevo año, por mi parte, que quede claro, sin pensar en jubilarme todavía… ¿Y tú? ¿Reponiéndote de la juerga de Nochevieja con tus colegas del club?*

Ya, menuda juerga, pensó el motero. Había estado hasta las tantas mirando carreras de motos por televisión en su salón y con apenas cinco horas de sueño, se había ido a hacer kilómetros en su Harley. Solo, por supuesto, ya que no tenía humor para nada. Razón que explicaba que hubiera enterrado el móvil al fondo de la mochila, en vez de llevarlo a mano como haría cualquier persona normal. Acababa de llegar y seguía sin estar de humor.

—Qué va. Vengo de trabajar —mintió—, en estas fechas siempre vamos atrasados con los pedidos y parte del personal está de vacaciones así que…

—*¿Y qué tal por tu casa, habéis pasado una buena noche?*

—Sí, bueno, ya sabes cómo son estas reuniones: comer, beber, y contar las mismas viejas historias de siempre…

Conor se encaminó a la cocina donde después de poner el móvil en modo altavoz, abrió la nevera e inspeccionó el contenido. La única copa de champán que había tomado en la cena le había sentado fatal. Todavía seguía teniendo mal cuerpo, así que no tenía mucho dónde escoger. Se sirvió una tónica de la que bebió pequeños sorbos mientras escuchaba al padre de Nikki.

—*¿Y Milo, sigue en la plataforma o al fin ha podido viajar?*

—Por los pelos. Llegó hace un par de días y se marcha el domingo, pero, sí ha traído un buen lote de historias nuevas, así que no hay quejas —dijo el motero, intentando poner una nota de humor.

—*Eso está muy bien* —repuso Fred—. *Me alegro mucho, Conor, sé cuánto disfrutas de tener a tus hermanos contigo…*

—Lo sé, lo sé, gracias…

Y, de pronto, no hubo más palabras. Como si hubiera presentido que aquella conversación tan social estaba a punto de cambiar, Conor dejó el bote de refresco sobre la cocina, cogió sus cosas y se dirigió al salón.

Fred no permitió que el silencio durara demasiado. Había llamado por una razón, aparte del interés personal que tenía por él, y decidió ir al grano de inmediato, esperando que Allá Arriba no le tuvieran en cuenta la mentira que estaba a punto de contar.

—Ya sabes que mañana se marcha Nikki... —empezó a decir—. *Y como hubo un cambio de vuelo a última hora, he pensado en avisarte... A lo mejor ya lo hizo mi hija, pero por las dudas...*

¿Su Majestad dignarse a llamarme otra vez? Eso jamás, su orgullo no lo soportaría.

Él no respondió. Lo último que quería era ser desagradable con alguien que no se lo merecía.

—Sale de Heathrow a las nueve menos cinco de la mañana. Es un vuelo directo de Swissair. —Hizo otra pausa que Conor volvió a ignorar, así que el hombre fue directo al meollo de la cuestión—: *Es posible que pienses que me estoy metiendo donde no debo, pero nos llevamos bien y sé que me aprecias... Y espero que no tomes a mal que me aproveche de la situación en este momento...*

El motero soltó la mochila de mala gana y se sentó en el sofá. Continuó en silencio.

—Sé que os habéis peleado. Y sé que ahora mismo estás muy enfadado, seguramente, más enfadado de lo que nunca has estado con mi hija... Pero la quieres, y ella a ti... Mañana se marcha por unos meses y estaría bien que fueras a despedirla, que os vierais. No por acercar posiciones, sino para dejar claro lo que seguís sintiendo el uno por el otro... Ir al aeropuerto no supone ceder, Conor, sólo reconocer que Nikki es importante para ti. Sólo eso.

Fred juzgó oportuno cerrar la boca y dejarlo procesar la información. Siempre había apostado por ellos. Esta vez, sin embargo, intuía que la reconciliación no sería sencilla y que, probablemente, Nikki necesitaría mediadores. En tal caso, ponerse pesado y que Conor rehuyera sus llamadas no sería de gran ayuda.

Fred Campbell tenía razón en un par de cosas, pensó el motero. Estaba más cabreado que un babuino con su hija. Y sí, la quería con todo el alma. Muy a su pesar, seguía enamorado. Pero era *ella* quien se iba. Era *su* elección. Así que, en todo caso, lo que estaba en entredicho no eran sus sentimientos, sino los de Nikki. ¿Por qué debía ser él quien tomara la iniciativa *otra vez*? Estaba hasta la coronilla de ser quien siempre echaba el resto, quien se disculpaba, quien le ponía al mal tiempo buena cara... Harto.

El suspiro que exhaló sin darse cuenta fue suficiente respuesta para el padre de Nikki.

—Bueno, ya he dicho lo que quería decirte. Ahora, te dejo seguir con tus cosas... Hasta mañana, hijo.

El motero se despidió del hombre agradeciéndole la llamada y no hizo la menor alusión a si se verían al día siguiente o no. Milo había dicho que fuera paciente, que era cuestión de tiempo que su "mente de ingeniero" se pusiera a funcionar y hallara la solución a todo aquel embrollo.

Pero el tiempo pasaba y la serenidad brillaba por su ausencia. Su mente de ingeniero aún no se había puesto a funcionar ni había visos de que fuera a hacerlo pronto.

Conor apoyó la nuca contra el borde del sofá y cerró los ojos.

Su mente estaba desbordada por las circunstancias.

Y muy agotada, como todo él.

Mientras tanto, en la casa de la familia Estellés, en Menorca...

La respuesta de Tina a Pau había dado que hablar desde que él se había marchado y la familia se había sentido libre de cotillear a sus anchas. En realidad, lo que las hermanas estaban haciendo era sondear a la entrenadora en busca de algo que explicara el repentino interés del único varón de los Estellés por ella. Sin éxito, ya que Tina no solo se hacía la desentendida, sino que se las había arreglado para desviar el tema una y otra vez.

Dylan acababa de salir al patio para atender una llamada cuando Neus volvió a intentarlo.

—Creo que este será un gran año para la familia, porque ha empezado a pedir de boca. La pequeña Alba otra vez con nosotros, Andy enamorada de un hombre que la adora, su madre recuperando viejas amistades... ¡y para ponerle la guinda al pastel, Tina dándole a probar a Pau un poco de su propia medicina! ¡Menuda cara se le quedó, ¿habéis visto?!

Tina sacudió la cabeza. Llevaba todo el día soportando estoicamente los comentarios con doble sentido. Ya estaba bien.

—Pero vamos a ver, ¿qué hay de particular en lo que le dije? Por favor, ¿no os parece que estáis exagerando un poquito? Os aseguro que no es la primera vez que le paro los pies a alguien.

Andy se reía sin el menor disimulo. Anna fue quien respondió.

—Eso no hace falta que lo aclares, cariño. Tienes tu buen genio, pero vas a tener que disculparnos la emoción porque aunque a ti no te lo parezca, para nosotras es una novedad. Es la primera vez que le plantas cara a mi hermano en ¿cuántos, quince años? ¡Lo has dejado pasmado!

—Que pasmado ni pasmado... Muchas veces ha dicho cosas que no me han gustado, pero no me las decía a mí y no estoy tan loca como para meter mis narices donde nadie me llama. Esta era la primera vez que el tema iba conmigo. Insisto, estáis exagerando. Dijo algo que me pareció fuera de lugar y se lo hice notar. Ahí acabó todo.

No era así. Al contrario, *allí había comenzado todo*. A las hermanas ya les había resultado sorprendente que Tina y Pau hubieran pasado tiempo juntos en la fiesta sin que corriera la sangre. Algo había cambiado entre los dos, aunque Tina lo negara. Pau ya no la miraba como a la amiga con mucho genio de su sobrina con quien había que contemporizar y en la actitud de Tina hacia él había demasiado desafío para tratarse del tío de su mejor amiga.

—Es que después de veros bailando anoche, pensamos que habíais hecho las paces... —intervino Neus. Estiraba la manta sobre Luz, que dormía plácidamente en el carrito de bebé, pero su tono denotó que estaba sonriendo.

Las dos cejas de Tina se arquearon al mismo tiempo. "¿Hacer las paces?". El asunto estaba tomando un cariz que no le gustaba para nada, y dado que no tenía intención de permitir que se convirtiera en tema de conversación, se puso de pie.

—¿Sabéis? Vuestra imaginación da mucho miedo, señoras. Me voy a dormir —anunció la entrenadora, y abandonó el salón seguida por las risas de las mujeres.

—¿En serio espera que creamos que no se da cuenta de nada? ¡Lo de Pau es tan evidente que hasta un ciego lo vería! ¿O acaso tú te lo crees? —dijo Neus que ahora centró sus sondeos detectivescos en Andy.

Se daba cuenta. Y la desconcertaba bastante. Andy lo sabía no porque ella se lo hubiera dicho, sino porque la conocía bien. Su amiga, en realidad, no hablaba de Pau más que para hacer algún comentario cáustico acerca de su autoritarismo y había sido precisamente tanta causticidad la que le había puesto la mosca detrás de la oreja. Tina no era así; tenía un carácter fuerte y era muy directa, pero no era rencorosa. Así que ¿cuándo había surgido esa antipatía hacia Pau? Y por qué.

—¿En serio esperáis que me vaya de la lengua? Ni hablar.

—¿Estás insinuando que no sabemos guardar un secreto, cariño? —apuntó Neus, lamentando que su sobrina le hubiera cortado el "momento cotilleo" de cuajo.

—Insinuar ¿qué? Noooooooo, eso jamás —repuso Andy riendo.

Anna despeinó cariñosamente el cabello de su hija. Sospechaba que las razones de Andy para callar eran otras. Quería que Tina fuera su socia y sabía que el único obstáculo que había era su preocupación por los recientes problemas de salud de su padre. Era cuestión de tiempo que su amiga dejara de sobredimensionar las cosas y comprendiera que para él ninguna medicina podía ser más efectiva que verla prosperar y ser feliz. Sin embargo, el asunto Pau Estellés era harina de otro costal. Podía ser un apoyo si la pareja acercaba posiciones, o convertirse en un obstáculo insalvable, si no lo hacía.

Era hora de acabar con las bromas; el momento reclamaba prudencia.

🏍 🏍 🏍

—¿Y...? —le preguntó Andy a Dylan en cuanto regresó al salón.

Sus ojos mostraban tanta expectación como su voz. Dejaba claro que sabía con quién había estado hablando aunque él no lo hubiera dicho y que estaba ansiosa por saber, cosa que a Dylan le encantaba.

Pero también le encantaba pincharla...

—¿Y qué? —Le hizo un guiño con disimulo a Anna y tomó asiento junto a Andy.

Ella, que lo caló al vuelo, empezó a reír.

—¡Y qué va a ser, Dylan! Pregunto qué tal te fue con Clinton.

El irlandés sonrió y como hacía siempre, se tomó su tiempo. Cruzó una pierna sobre la otra formando un cuatro, descansó un brazo sobre el respaldo del sofá y miró a su chica (que seguía desternillándose) con sumo interés.

—¿Por qué das por sentado que era él? Me llama mucha gente...

Neus y Anna estaban tan abstraídas en la interacción de la pareja que era como si no estuvieran allí. La relación que mantenían avanzaba con rapidez, afianzándose de una manera que ninguna de las dos había esperado. Las maravillaba la forma en que congeniaban a pesar de las evidentes diferencias.

—Has salido a hablar al patio. O sea, eran negocios.

La mirada del irlandés se tornó pícara.

—Bueno, también saldría al patio si fuera una conversación de tipo... privada, ya me entiendes.

Los ojitos de Andy brillaron.

—¿Quieres decir... *una ex*? —le preguntó en tono de confidencia y comenzó a troncharse otra vez—. Has estado un cuarto de hora ahí afuera. Eran negocios.

—¿Ah, sí, y eso por qué?

Andy se estiró y tomó el rostro de Dylan entre sus manos.

—Porque ninguna mujer aparte de mí conseguiría tenerte quince minutos helándote en el patio —sonrió y besó sus labios con dulzura—. Venga, cuéntamelo, ¿para qué llamaba el padre de Evel?

Ay, qué ganas de comérsela entera empezaba a tener...

—¿Tan bien crees que me conoces? —murmuró él, pero no la miraba a los ojos. Miraba aquellos labios delineados por el carmín que lo estaban tentando lo indecible.

—Ajá...

—Entonces, sabrás lo que estoy pensando ahora mismo...

Andy se acercó para hablarle al oído.

—Claro que lo sé, pero no estamos solos, mi amor.

—Qué pena... —dijo el irlandés.

Y regresó al planeta Tierra acompañado de las risas de Anna y Neus.

Clinton Rowley había llamado a Dylan para comunicarle que su conversación con Lucía Oriol había ido mejor de lo previsto y que la reunión con los saudíes ya tenía día, hora y lugar. La sugerencia de la empresaria de que se desarrollara en un "terreno neutral" había sido muy bien recibida en el despacho de Mukhtar al-Alabbar.

La alegría de Andy contagió a Anna y a Neus que pronto se sumaron a ella, haciendo planes para un futuro que daba por hecho que la reunión iría sobre ruedas. Dylan las dejó soñar despiertas. Aunque en su fuero interno seguía prefiriendo no echar las campanas al vuelo hasta no tener un contrato firmado en su poder, disfrutaba de su ilusión y de su compañía mucho más de lo que jamás había esperado.

Pero era medianoche y aunque no le apetecía en absoluto, tocaba retirada. Hacía un rato que Anna y Neus se habían ido a dormir cuando Dylan consiguió reunir el ánimo suficiente para despegarse del sofá y se puso de pie.

—¿Te vas?

Llevaban media hora enredándose en besos cada vez más largos que anunciaban otra noche caliente en ciernes. Si no se iba ya, Anna los encontraría retozando en el sofá cuando se levantara por la mañana. Eso, si no despertaban a todo el mundo con sus gemidos.

Dylan asintió y para que a su chica, que lo miraba con el ruego en los ojos, no le cupiera ninguna duda, se cerró el abrigo hasta el cuello y la tomó de la mano. Andy se incorporó a regañadientes y también agarró un abrigo.

La pareja atravesó el patio, helado a esas horas, y salió a la calle.

Ella se acomodó contra la puerta y él, para asegurarse de que sus manos no decidirían ir por libre metiéndolo en un problema, las puso en los bolsillos.

—¿De verdad tienes que irte? ¿Por qué no te quedas a dormir?

—Porque no dormiríamos, preciosa.

Andy rió bajito.

—Claro que sí —mintió.

—*No dormiríamos.*

—Seré buena, lo prometo. Es que... ahora que sé cómo es dormir pegaditos, la cama me parece enorme... —dijo, haciendo pucheros.

—Dudo que quieras que tu madre conozca esa faceta tuya. A mí me da igual, pero, reconozcámoslo, es ruidosa.

—¿Ah, sí, y qué hay de los tuyos? Y eso de que te da igual, no me lo creo...

No le daba igual; lo volvía loco. Solo recordar sus gemidos le ponía el corazón a mil.

Le puso el corazón a mil.

Andy se dio cuenta y dejó de sonreír al instante. Su voz sonó a propuesta totalmente deshonesta cuando habló, haciendo que las manos de Dylan salieran de su seguro refugio y se posaran en sus caderas. Ella le pasó los brazos alrededor del cuello.

—Si te preparo la habitación que está junto a la despensa nadie nos oirá... —murmuró.

De pronto, ya no se trataba solo de sexo. La idea de volver a amanecer junto a Andy empezó a cobrar una importancia inusitada. Necesitaba hacerle el amor hasta saciarse, sí, pero también necesitaba despertarse en mitad de la noche y sentir el calor de su cuerpo yaciendo junto a él, en *su* cama. Tras años de camas ajenas y compañías de unas horas, las cosas habían cambiado. Por primera vez, le apetecía *su* casa, *su* cama y una mujer; ella.

—Si vienes a mi casa, tampoco nos oirá nadie... —murmuró él.

—¿Y qué hago con Luz? No puedo desaparecer otra noche y dejar que se ocupen los demás.

Él no necesitó pensar su respuesta.

—Tráela contigo.

—Tu casa no está equipada para atender las necesidades de un bebé... —repuso ella con dulzura.

La pareja permaneció mirándose en silencio durante unos instantes. No se trataba de un tema del que hubieran hablado. En parte, porque pasaban poco tiempo juntos, pero principalmente porque Andy no quería que sus responsabilidades familiares condicionaran la relación más de lo que ya lo hacían. Pero allí estaba, colándose entre los dos de la forma más inesperada...

E inoportuna.

Tampoco ahora Dylan necesitó meditar su respuesta.

—Pues habrá que resolver eso —dijo, y se quedó a contemplar el espectáculo que no tardó en comenzar.

La emoción de Andy se las arregló para alcanzar el borde de sus párpados antes de que ella consiguiera impedir que le aguara la fiesta. Él y sus maneras demoledoras de demostrar lo que sentía siempre entraban directas a su corazón, que se desbocaba impulsando una marea de emociones.

Andy respiró hondo, bajó la mirada el tiempo suficiente para recomponerse y cuando estuvo segura de que lo había conseguido, volvió a mirar a Dylan.

—Pero todavía no está resuelto. Así que ¿te vas y tienes la cama toda para ti, o... ?—Coronó su propuesta con un movimiento sensual de las cejas, imitándolo.

La respuesta del irlandés no llegó en palabras esta vez. Lo primero fue un beso de tornillo que la dejó sin aliento. Lo siguiente fue tomarla en brazos y desandar el camino hacia el interior de la casa, directos a la habitación que estaba junto a la despensa. Allí volvió a dejarla sobre el suelo y cerró la puerta. Encendió la luz y con un rápido vistazo alrededor comprobó que no se había tratado de una propuesta espontánea; había un juego de toallas sobre la cama y una botella y un vaso en la mesilla de noche. Lo tenía todo controlado. Era como si conociera sus movimientos de antemano y se anticipara a ellos.

—Deduzco que te quedas —murmuró ella, desnudándolo con los ojos.

Dylan se situó frente a ella, tan cerca que Andy sentía su aliento acariciándole la cara.

"Me quedo" fue lo último que le escuchó decir antes de que se desatara la locura.

Sábado, 2 de enero de 2010.
Taller de customizados "Rowley Customs",
Londres.

Fred Campbell se había despedido de Conor con un "hasta mañana, hijo", pero no había resultado así. Tras otra mala noche, Conor había llegado a la conclusión de que tal y como estaban las cosas entre Nikki y él, presentarse en el aeropuerto era ceder. Y no estaba dispuesto a ello. Esta vez, no.

La despedida de Nikki había sido lacrimógena. Dejar a su familia estaba resultando mucho más duro de lo esperado y que Conor no se hubiera presentado a despedirse de ella había contribuido a hacer que el momento fuera aún más negro.

Acababa de pasar el control de pasaportes y se dirigía a la puerta de embarque cuando una cólera inusitada se adueñó de ella. Sacó el móvil del bolsillo trasero de sus vaqueros y volcó en un mensaje los pensamientos que la estaban haciendo llorar de rabia:

"No puedo creer que no hayas venido. Quién coño eres tú?? Te juro que ya no te conozco, Conor!!!"

El motero estaba con la instalación eléctrica de un customizado cuando oyó sonar su móvil. Lo miró de reojo mientras una sensación extraña le llenaba el cuerpo. ¿Sería Nikki? Con el corazón acelerado y un nudo en el estómago, se limpió en el trapo que llevaba en el bolsillo del uniforme. Consciente de que Niilo y los demás compañeros no le perdían pisada, dejó el trapo sobre el capó y agarró el móvil con aparente calma.

Era Nikki.

Y sus palabras entraron directamente al depósito de ira del motero haciéndolo volar por los aires.

Conor tecleó la respuesta sin pestañear y, desde luego, sin pensar.

"Hazme un favor, quieres? Olvídame de una puta vez!!!".

Episodio 11

Sábado, 2 de enero de 2010.
En un lujoso hotel del centro de la ciudad,
Nueva York, Estados Unidos.

B.B.Cox estaba de pie frente al gran ventanal, con la mirada perdida en las vistas nevadas que ofrecía la ciudad aquel amanecer mientras escuchaba a su madre darle el último parte médico de Hugo: había pasado una mala noche con náuseas y algo de fiebre gracias a un resfriado fuerte, pero ya estaba mejor. Con suerte el tema no se convertiría en una gripe. ¿Su ánimo? Taciturno, como siempre.

—Ponme con él, madre, por favor.

Mientras atravesaba la suite hacia el salón donde le esperaba el desayuno, en Londres, Fay Cox lanzó un silencioso agradecimiento a Dios. Era cuestión de tiempo que Hugo se recuperara, pero le partía el corazón verlo tan triste y sabía que su hijo jugaba un papel clave en su recuperación.

—Hola, padrino... —La voz del niño sonó aún más apagada de lo que él esperaba y por un momento, el tatuador permaneció en silencio.

Puso el aparato en altavoz, lo dejó sobre la mesa del desayuno y se sujetó el pelo en una coleta baja en un intento de ganar tiempo y preparar su propio ánimo para enfrentarse a la tristeza del niño. Desde que Hugo había empezado a andar, Brandon cruzaba el globo dos o tres veces al año para visitarlo y hablaban con frecuencia. A pesar de que nunca se le habían dado bien los niños, Hugo era afable, cariñoso. Ahora se había transformado en una sombra que atravesaba la casa silenciosa, cuando no llorosa.

—Oye, tienes que ponerte bueno, o Fay no nos dejará hacer lo que tengo pensado —atacó el tatuador con brío. Él mismo se sorprendió de lo parecido que había sonado su tono al que usaban los locutores de los programas infantiles que últimamente se veían en casa a todas horas.

Hugo, en cambio, sonó como si intentara comunicarse desde otra galaxia.

—*Estoy bien, no es nada... Me dolía la tripa, pero ya pasó... ¿Qué habías pensado?*

B.B.Cox dio un sorbo a su batido como si de aquella mezcla equilibrada de proteínas de alta calidad, carbohidratos y grasas dependiera convertirse en un superhéroe a ojos del pequeño.

—Mira, tengo que estar en Portsmouth un par de días y había pensando que como no tienes que ir al colegio, podías venir conmigo... La playa está descartada con este frío, claro, pero hay algo que creo que te va a gustar...

—*¿Qué?*

—Unos barcos antiguos muy especiales...

—*¿Barcos? ¿Cuáles?* —Ahora Hugo parecía interesado y eso animó a Brandon a continuar.

—Bueno, hay dos muy antiguos, uno es del almirante Nelson y otro es un acorazado de la reina Victoria... ¿Y sabes? También hay un submarino que estuvo en la Segunda Guerra Mundial...

—*¿Y se pueden ver por dentro?* —El interés del niño seguía creciendo.

—Sí, todos se pueden visitar y puedes preguntarle lo que quieras a la tripulación... ¿Te gusta el plan?

—*Sí, sí... Es genial...*

—Entonces, ¿te apuntas? Pero tienes que ponerte bueno, ya sabes que si no, no nos van a dejar salir de casa a ninguno de los dos...

—¡Te juro que *ya estoy bien, padrino!*

BBCox sonrió complacido. El pequeño parecía haber vuelto a la vida.

—¡Fabuloso, Hugo! Entonces voy a organizarlo todo... ¿Me pasas con Fay?

—*¿Qué le has dicho que está tan contento?* —dijo la mujer tan pronto volvió a ponerse al teléfono.

—Lo he invitado a venir conmigo a Portsmouth la semana que viene. Por cierto, no llegaré mañana como estaba previsto. Ha surgido algo y me quedaré un día más en Nueva York, pero el lunes a primera hora me tienes allí.

—*Creo que este niño se merece un monumento. Porque si está consiguiendo curarte de tu adicción a la privacidad, qué menos...*

—No es una adicción, madre. Sé que para vosotros, tan sociables y extrovertidos, que yo desee no ser tan notorio, siempre ha sido un gran misterio. Sucede que me gusta mi vida tal como es, y me gusta saber que la vivo sin tener a todo el mundo mirándome en primera fila.

—*Pero llevarás a Hugo contigo en un viaje de negocios, así que algo está cambiando...*

Su vida entera se había visto abocada al cambio aquel terrible jueves de noviembre, no solo la del pequeño de diez años.

—Digamos que he asumido que más tarde o más temprano dejará de estar a la sombra. No puedo evitarlo. Pero intentaré que su vida sea lo más normal posible. La psicóloga ha dicho que necesitamos pasar más tiempo juntos y estoy poniendo los medios para ello. Eso es todo, madre.

Para Fay Cox era suficiente. Siempre había respetado el deseo de privacidad de su hijo mayor, pero las circunstancias habían cambiado y, en efecto, no había forma de evitar que los medios de comunicación se enteraran de la existencia de un niño en la vida de Brandon. Y ya que no podía evitarlo, le parecía una decisión muy inteligente intentar controlar los efectos para que la vida de Hugo se desarrollara en su nuevo hogar de la forma más normal posible.

—*Me parece una decisión a la altura de tu inteligencia, cariño... ¿Habrá alguna posibilidad de que también me invites a acompañarte a tu próximo viaje de negocios?*

Brandon esbozó una sonrisa. Desde que Hugo había llegado a Inglaterra, su madre había aparcado su vida personal para dedicarse por entero a él. Atrás habían quedado sus partidas de cartas, sus reuniones sociales de media tarde, sus actividades benéficas... A excepción del cóctel que la familia solía ofrecer a sus amistades más cercanas el último viernes de cada mes, ahora la vida de Fay Cox se circunscribía al recién llegado y a sus necesidades, que debido a las circunstancias eran muchas. No conseguía imaginar cómo se las habría arreglado para hacer frente a la situación sin la ayuda incondicional de su madre.

—Por supuesto que estás invitada, cómo no. Aunque... Para ser totalmente franco contigo ya te había incluido en el plan sin consultártelo —admitió el tatuador haciendo sonreír a su madre.

—*Así me gusta, Brandon, que sepas que siempre puedes contar conmigo, y que lo hagas.*

Después de hablar con su familia en Londres, B.B.Cox había ido directamente al gimnasio. Viajar alteraba su rutina y la necesidad de comprimir diversas actividades en un tiempo tan limitado drenaba su energía de una forma que las horas de sueño, de por sí escasas, no lograban recuperar. Solo entrenar devolvía sus indicadores de energía al nivel habitual y aquel día una sesión de hora y media había sido la encargada de conseguirlo.

Algo más había sucedido durante aquellos noventa minutos aparte de recuperar la plena forma; había tomado una decisión. Confiaría en Harley para liberar tiempo de su agenda y dedicarlo a Hugo. Era la mejor forma de que todas las partes obtuvieran lo que necesitaban y con un poco de suerte, su talentosa (y nada humilde) colega no fastidiaría las cosas volviéndose a encarar con un machista.

Pero primero lo primero, pensó el tatuador mientras envolvía su cuerpo desnudo en el grueso albornoz de ducha.

Harley, que estaba en el estudio de tatuaje haciendo una pausa entre cliente y cliente, dejó el sándwich sobre la mesa y se apresuró a

tragar antes de atender. Una sonrisa curvó sus labios al ver de quién se trataba. Por una vez desde que se había marchado, no era Amy quien llamaba para pasar revista, sino el Dios del tatuaje en persona.

—Iba a decir que dichosos los ojos que te ven, pero no te estoy viendo… Me conformaré con oírte —Fue su saludo de bienvenida.

El tatuador se arrellanó en el sofá de su suite del hotel. Tampoco pudo evitar que una sonrisa apareciera en su rostro.

—*Me alegra saber que te hace tan feliz tener noticias mías…* —repuso con coquetería—. *¿Qué tal va todo por ahí, Harley?*

Dejando a un lado la avalancha de recuerdos insoportables que se precipitaban sobre ella cada vez que volvía a poner un pie en la ciudad, las cosas estaban resultando mejor de lo esperado. Harley siempre intentaba abandonar el bar o la tienda de turno con algún cliente potencial en perspectiva. Era de lo que vivía y nunca había marcado una frontera entre su vida personal y su vida profesional; toda ocasión era buena para ofrecer sus servicios. Este viaje a Londres, por supuesto, no había sido diferente. Pero también habían surgido otras ocasiones inesperadas. En teoría, solo estaba en el estudio de B.B.Cox para dirigirlo en ausencia de su dueño, pero una de las colaboradoras habituales de los fines de semana había avisado que estaba indispuesta, así que Harley se había hecho cargo de sus citas (y de sus comisiones).

—Va bastante bien, diría yo. Esta tarde espero al que creo que será un nuevo futuro cliente habitual de tu estudio. Lo conocí anoche en un bar. Es un loco de los tatuajes a quien le encanta tu arte, pero no puede pagarlo.

—*Bueno, confiaré en ti. Supongo que ya se te habrá ocurrido la forma de conciliar su buen gusto con su falta de liquidez* —apuntó el tatuador con humor. Disfrutó al oír las carcajadas de Harley.

—¿Sabes que él no tenía la menor idea de que puede lucir alguno de tus diseños por precios asequibles? ¡Estaba encantado! Me ha dicho que renunciará a un "B.B.Cox genuino" mientras sea yo quién se lo tatúe en la piel, ¿qué te parece?

Le parecía que era muy propio de Harley. Su talento como artista no era nada comparado con su ingenio para venderse y menos aún, con su capacidad para encandilar a la audiencia, en especial a la masculina.

—*Que el tipo no se conformará solo con que le tatúes la piel… —apuntó, desafiante.*

Harley disfrutó doblemente de aquel comentario. Pretendía sonar sexista, pero venía de alguien que no lo era en absoluto.

—Vaya novedad. ¿Acaso los tuyos se conforman solo con pagar cifras indecentes por que seas tú quien les proporcione dolor?

Touché, pensó él, pero respondió algo diferente.

—*Ya quisieras esas cifras indecentes para ti...*

—Bueno, volvemos a trabajar juntos... Digo yo que algo de ti se me pegará —concedió Harley, demostrando por enésima vez su gran talento para cautivar, y continuó sin darle tiempo a B.B.Cox para responder—. En serio, Brandon, deberías hacer más publicidad de los distintos sistemas que tienes en la tienda. Estoy segura de que muchos llevarían tus diseños si supieran que no necesitan pagar una fortuna por ellos. ¿Lo has pensado?

Se trataba de una idea interesante, aunque su problema era la falta de tiempo, no de dinero. Pero quizás, y dado que ella sonaba tan interesada, sería una alternativa más para ayudarla a salir de su bache financiero, así que no la descartaría.

—*¿Podemos hablarlo en otro momento? Ahora, te llamo por otra cosa.*

—Dispara.

—*¿Crees que podrías extender tu estancia en Londres un par de días más?*

Harley estaba bailando de alegría antes de que él acabara la frase. Su respuesta, sin embargo, sonó bastante contenida. Tampoco era cuestión de adular demasiado la de por sí bien nutrida vanidad del Dios del tatuaje.

—Supongo que sí. ¿Qué ha sucedido?

—*Me han ofrecido hacer un par de colaboraciones interesantes. No llegaré mañana como estaba previsto, sino el lunes y estaría bien no tener que preocuparme del estudio estos dos días. Espero no causarte muchos problemas con Jana...* —dejó caer Brandon, que seguía intrigado por conocer los detalles de lo que sucedía en tierras holandesas.

Los ojos de Harley se iluminaron. Dos días más añadirían un buen dinero a sus hambrientas arcas. En cuánto a Jana... Las conversaciones con su socia eran telegráficas desde la última discusión a cuenta del negocio.

—No, qué va... Pensaba ir a ver a mi madre antes de volver a Ámsterdam, así que no hay problema. Siempre le parece poco el tiempo que paso con ella; un día más o menos no hará gran diferencia.

Brandon pensó que aquella respuesta resultaba bastante natural teniendo en cuenta los problemas que aquejaban a su sociedad con Jana. Lo cual, en cierto modo, lo llamaba a la cautela: estaba claro que, al menos cuando no estaban cara a cara, ella se las arreglaba para mentir de manera convincente.

—*Fabuloso, Harley. Te agradezco mucho el favor que me estás haciendo... Y como no me gusta deber favores, ¿qué te parece si cenamos juntos cuando llegue y hablamos de negocios?*

Una sonrisa iluminó el rostro de Harley que elevó su mano libre en un gesto victorioso. El enfado del tatuador que los había mantenido separados durante varios meses, parecía haber quedado definitivamente atrás.

—Me parece genial. Lo apunto en mi agenda para que no se me olvide —se permitió bromear con coquetería.

—*Sí, por favor, hazlo. No creo que mi vanidad pudiera soportar que me dieras plantón...* —bromeó él a su vez.

Varios minutos después de colgar Harley seguía sonriéndole a su sándwich. Era increíble. A lo largo de los años, aquel hombre se las había arreglado para aparecer cual ángel de la guarda en los momentos en los que ella se había sentido más acorralada por las circunstancias. Y para lo que ahora se le presentaba en perspectiva, toda ayuda que pudiera recibir era bienvenida.

🏍️ 🏍️ 🏍️

Amy manoteó el móvil a ciegas y se las arregló para tirar la botella de agua que había sobre la mesilla de noche, volcando parte de su contenido. Maldijo cuando también el aparato resbaló de sus manos, y se sentó en la cama intentando recuperar la conciencia plena. Al fin, tomó el móvil del suelo y al ver de quién se trataba, no pudo evitar pensar en voz alta: "¿Pero tú cuándo duermes?".

—¿Te has caído de la cama y necesitas ayuda para levantarte? —Fue la pregunta con la que abrió fuego haciendo que dos plantas más arriba, B.B. Cox frunciera el ceño.

—*Son las 8:00 de la mañana, Amy* —replicó el tatuador.

Ella saltó de la cama.

—Ay, joder... digo, perdón... Me he quedado dormida —Renegó con su bolso hasta que consiguió sacar la agenda. La consultó y maldijo, esta vez para sus adentros—. Tranquilo, que ahora pido un taxi y en veinte minutos estoy en el estudio de fotografía.

—*No. La sesión de fotos ha pasado a esta tarde. Estoy en el hotel. Necesito que...*

Amy, que había empezado a dar vueltas por la habitación como un pollo sin cabeza, intentando hacer mil cosas a un mismo tiempo, paró en seco.

—Esta tarde estaremos volando hacia Londres —lo interrumpió.

—*No, seguiremos aquí. Oye, ¿qué tal si esperas a que acabe de hablar?* —repuso el tatuador sin ocultar su molestia.

—Disculpa es que... Sigue, sigue, por favor...

—*Bien. Ya que vamos a quedarnos otro día aquí, voy aprovechar bien el tiempo.*

—¿Nos quedamos otro día más en Nueva York? —La muchacha se dejó caer sobre el taburete de la cómoda.

B.B.Cox exhaló un suspiro malhumorado.

—*¿Es el audio de tu móvil o tu oído el que no va bien? Sí, he dicho que nos quedamos otro día más en Nueva York. Venga, que hay mucho que hacer, nos vemos en media hora en el lounge.*

El tatuador cortó sin esperar respuesta y Amy demoró unos instantes en volver a ponerse en movimiento. Veinticuatro horas más en Nueva York significaban, entre otras cosas, que tendría que llamar a Niilo para cancelar su cita por enésima vez.

Se cubrió el rostro con las manos.

—Ay, joder... Me va a matar... —lloriqueó la muchacha.

Niilo había acabado su jornada laboral y estaba solo en el vestuario quitándose el uniforme cuando su móvil sonó. Sonrió al ver quién le enviaba un mensaje. Esto sí que era una sorpresa, pensó, ya que no había contado con volver a saber de Amy hasta el día D y para eso faltaban veinticuatro horas.

Pero la sonrisa duró poco.

"Mi jefe ha retrasado su regreso a Londres.
Habrá que dejar la colada para otro día. Lo siento :("

Niilo volvió a dejar el móvil en el estante de su taquilla y continuó vistiéndose. Ser ocurrente no era nada sencillo cuando lo que sentía en realidad era frustración por una situación que empezaba a parecerle inaceptable. De modo que se lo tomó con calma. Esperó a estar totalmente vestido, y siguió tomándoselo con calma mientras ataba los cordones de sus borceguíes en cámara lenta. Recién entonces, volvió a agarrar su móvil. Tras varios intentos escribió una respuesta aceptable y la envió antes de volver a cambiar de idea.

"Entonces, mi plan de hoy será ir de tiendas.
Ya no tengo nada limpio que ponerme".

En el estudio de fotografía donde esperaba que a su jefe acabaran de hacerle la milésima foto de la tarde, Amy puso un gesto de dolor. El mensaje había demorado un siglo en llegar y el contenido no era nada alentador. A Niilo no le había hecho ninguna gracia la nueva cancelación, lo que podía deducirse de su respuesta breve, carente de signos de exclamación o emoticonos.
Mierda.
Amy volvió a teclear.

"Te juro que no te estoy dando largas.
Quiero esa cita tanto como tú".

Niilo sonrió con ironía. La quería tanto que llevaba semanas posponiéndola...
Por un momento pensó en pasar e irse a tomar el aire. O responderle en otro momento, cuando la sensación de fracaso no le pesara tanto, pero ¿a quién pretendía engañar? Se moría por verla.
El motero respiró hondo. Acomodó su espalda contra la taquilla y se concentró en maquinar una respuesta a la altura del interés que sentía por Amy. Lamentablemente, comprobó que su cabreo solo le permitió escribir dos palabras.

"Lo sé".

A Niilo distaban mucho de parecerle buenas. En realidad, había empezado a llamarse "imbécil" dos segundos después de enviar el mensaje. Pronto descubrió que a ella no le habían parecido tan malas…

Amy sonrió. *¿Lo sabes, en serio?* Menudo farolero, pensó. Se quedó esperando que él continuara con algo más y al ver que pasaban los segundos sin noticias, insistió.

"Eres un poco creído, ¿no?".

Niilo soltó una carcajada. En todo caso era un crédulo, porque hacía falta serlo para seguir cayendo en la misma trampa después de haber mordido el polvo tantas veces. Pero dado que los mensajes que le enviaba cuando estaba de bajón no eran tan mal recibidos como él había pensado, seguiría por esa línea.

"Quedamos, no apareces. Me dices que me llamas, no lo haces.
Y ahora esto. Una de dos: o estás jugando conmigo, o de verdad te intereso y es solo que tienes un trabajo muy cabrón.
Puestos a elegir, prefiero lo segundo.
Al menos, de momento"

La sonrisa radiante de Amy duró hasta que leyó la última frase. Entonces, frunció el ceño:
"¿Y eso?" —quiso saber.
Los dedos de Niilo volaron sobre el teclado. Sin embargo, demoró unos segundos en decidirse a enviar el mensaje. Era de una sinceridad aplastante y por esa misma razón, muy arriesgado. Al fin, lo hizo.

"La excusa del trabajo cabrón no valdrá eternamente".

La respuesta de Amy fue inmediata.

"No es una excusa y sería largo de explicar por SMS, pero tomo nota".

El gesto de dolor esta vez fue de Niilo. Acababa de tocar un área sensible, de las que envían a un posible candidato directamente a la puerta de salida con una nota de "no regreses". Consideró durante unos instantes qué podía decir que volviera a ponerlo en carrera y asintió animado cuando la idea apareció en su mente.

"Y ahora viene la parte cuando piensas 'este tío es un gilipollas' y no me vuelves a llamar, ¿a que sí?"

¿Gilipollas? Eres brillante, chaval. Amy no tardó en enviar su respuesta:

"Lo diría si lo pensara. De eso puedes estar seguro".

Niilo exhaló un suspiro aliviado. Por los pelos, pensó y empezó a reír.

"Es bueno saberlo", respondió. Y esta vez, el mensaje vino acompañado de una carita guiñando el ojo.

Finalizado el intercambio de SMS, Amy volvió a guardar su móvil, pensativa. De modo que Niilo creía que ella le estaba dando excusas... ¿Qué mujer en su sano juicio no querría quedar con él? Aquello no era más que una forma de decirle que ya estaba bien de charlas telefónicas y tenía razón; ya era hora de tener una buena cita, de las que dejan con ganas de repetir.

La joven sonrió ante la idea que acababa de ocurrírsele.

El Caballero Jedi iba a alucinar en colores con la sorpresa que pensaba darle. Oh, sí.

EPISODIO 12

Sábado 2 de enero de 2010.
Bar The MidWay,
Honslow, Londres.

Cheryl dejó las vueltas frente al nuevo cliente y echó un vistazo a lo que estaba haciendo Maverick. El MidWay había reabierto sus puertas después de dos días de descanso y la actividad habitual había regresado. Su jefe estaba haciendo relaciones públicas con un grupo de moteros que era la primera vez que la camarera veía en el bar mientras servía pintas de cerveza. No era un tipo demasiado conversador con los empleados cuando estaba trabajando, normalmente estaba atento a lo que acontecía a su alrededor. Era la razón de que consiguiera resolver la mayoría de los posibles altercados antes de que estos acabaran produciéndose. Hoy, la conversación se había limitado a saludarla al llegar y ella empezaba a sospechar que tanto silencio estaba relacionado con haberse dejado llevar la noche de la fiesta. Pero, ¿cuál era el problema? Jamás lo había visto en compañía de una chica, así que no tenía pareja estable. La noche en cuestión, como muchas otras, había estado flirteando con una rubia despampanante, de modo que no había duda acerca de sus preferencias sexuales y, además, ¿quién se sorprendía hoy en día de que fuera la mujer quien tomara la iniciativa? No entendía su reacción.

En aquel momento, Maverick detectó la mirada de la camarera y comprendió que no se libraría de una conversación a solas. Vaya mierda de asunto, pensó. Si mantenía las distancias para evitar arrimar más leña al fuego no era bueno y si le ponía a Cheryl las cosas claras, tampoco lo sería. Ella no tomaría a bien saber que estaba moviendo ficha con el hombre equivocado. Maverick maldijo por dentro. Los clientes del bar competían por su atención, seducidos por sus pintas de motera y su trasero de foto ¿y ella quería tema con el único hombre del MidWay que prefería viajar sobre cuatro ruedas?

Vamos, no me jodas...

La conversación a solas tuvo lugar más tarde, cuando la avalancha de clientes que venían a disfrutar de la "happy hour" de los fines de semana, estuvo servida. Al ver que su jefe iba a por más Coca-Cola, Cheryl aprovechó la ocasión.

Él estaba manipulando unas cajas apiladas y ella no pudo evitar tomarse unos momentos para disfrutar de las vistas. Qué brazos, qué espalda, qué todo, pensó.

—¿Tienes un momento, Mav?

El barman maldijo su suerte en voz baja. De todos los lugares del mundo para acorralarlo, había escogido justamente el que usaban los repartidores para descargar los pedidos. Aislado del bar por una puerta que requería clave de acceso, era también ruta de paso a la vivienda de Dakota y Tess, que pasaban el fin de semana fuera de la ciudad. En otras palabras, estaba a su merced.

—Depende de lo largo que sea el momento, la barra está hasta arriba, ¿qué pasa? —repuso sin darse la vuelta.

Cheryl toleró su indiferencia con deportividad.

—Están todos atendidos y no tardaremos mucho...

Cada vez que una mujer decía eso, pasaba una hora antes de que él pudiera volver con lo que estaba antes. Decidió que mejor prevenir que lamentar. Levantó una caja y se la puso sobre el hombro.

—Vale, cuéntame, pero no te alargues que esto pesa... —dijo y se volvió de frente a Cheryl que consiguió tragarse el suspiro, pero no pudo evitar que su mente empezara a desbarrar como hacía siempre.

Qué bien le quedaban esas patillas larguísimas, estilo Elvis. Y esa sombra de barba. Y esos ojos que Dios le había dado, capaces de desintegrar de gusto a cualquier mujer...

Esos ojos que ahora la estaban mirando con impaciencia.

—¿Poner nerviosas a las chicas es tu especialidad? Porque te advierto que no me estás facilitando nada las cosas...

Cheryl bromeaba, pero la procesión iba por dentro y Maverick deseaba estar en cualquier lugar menos allí, a punto de pararle los pies a una mujer a quien tendría que seguir viendo a diario.

—Bueno, convengamos en que tú tampoco me lo pusiste fácil la otra noche, y como imagino que es de eso de lo que quieres hablar, te voy a ahorrar el esfuerzo diciéndote que me basta con que no se repita. —Ya estaba, lo había dicho y de pronto, estaba sudando como si acabara de salir de una sauna.

Ella tuvo que sonreír ante lo sorpresivo de la situación. No había esperado que él fuera tan directo, ni tan desagradable, ni tan creído. O había oído mal, o acababa de descubrirle un defecto a Mr. Perfecto.

—¿Que no vuelva hacerme una foto contigo? —espetó ella, rezumando ironía—. Tranquilo, Mav, que no volveré a tener semejante ocurrencia.

Cheryl ya estaba introduciendo la clave en la puerta con movimientos bruscos que denotaban que la ironía inicial se había transformado en enfado. Maverick meneó la cabeza, disgustado consigo mismo.

—Espera... Disculpa... —dijo—. No pretendía ser tan brusco, pero...

Ella se cruzó de brazos. Tenía casi 30 años y era la primera vez que un hombre se mostraba molesto porque ella le hubiera tirado los tejos.

—¿Pero *qué*, Mav?

Él volvió a dejar la caja en el suelo y se acercó despacio a la camarera.

—No puedes flirtear conmigo —dijo, esforzándose por sonar conciliador, y al ver su cara de sorpresa, insistió—: Vale, puedes, pero no debes.

—¿Y eso lo dices tú, que le tira los tejos a cada mujer que pone un pie en el bar? ¿Me tomas el pelo?

Maverick continuó hondeando la bandera blanca. No deseaba herirla. No deseaba nada de lo que estaba sucediendo.

—No flirteo, solo les sigo el juego. Se llama hacer mi trabajo.

—¿Y con la vampiresa de la fiesta también hacías tu trabajo? Venga ya, Mav...

Él respiró hondo y volvió a intentar que las cosas no se salieran de madre.

—No, a ella solo le estaba agradeciendo que hubiera intervenido en el momento justo.

—En el momento justo para evitarme sin que se notara demasiado, ya entiendo. El problema es que yo sí que me dí cuenta y, ¿sabes? Me hizo sentir fatal.

A él también lo había hecho sentir mal, y más que se sentiría en un momento.

Maverick detestaba lo que estaba a punto de decir, pero si no atajaba ese asunto de inmediato, acabaría convertido en un problema más serio.

—Trabajas aquí y resulta que soy tu jefe. No niego que mi forma de ser despista un poco al personal, pero eso es sólo lo que parece, ¿vale? La realidad es que todo lo relacionado con este bar es algo muy serio para mí.

—¡Sólo fue un beso! —se defendió ella, a sabiendas de que era su orgullo herido el que estaba hablando.

—Ligabas conmigo, Cheryl y no es de ahora. —Maverick le sostuvo la mirada—. Estuvo fuera de lugar. ¿Nos entendemos?

La camarera pasó del orgullo herido a la vergüenza más absoluta en una fracción de segundo. No respondió porque su indignación era tal que en un primer momento no atinó a nada más.

Pero Maverick no estaba dispuesto a dejarlo correr. Había tenido que pasar por el mal trago de decirlo en voz alta; ahora quería asegurarse de que no necesitaría volver a hacerlo.

—¿Está claro? —insistió.

Lo que está claro es que eres tonto del culo. Aunque seas mi jefe.

Esta vez Cheryl movió afirmativamente la cabeza.

—Perfectamente —repuso.

Conor había llegado más tarde de lo habitual al MidWay, y lo había hecho como último recurso para ver si conseguía centrarse de una vez. Después del último intercambio de mensajes con su *ex*, su "mente de ingeniero", en vez de serenarse, se había lanzado en picado a un mar muy revuelto, y su rabia, que ya estaba bastante descontrolada, se había disparado e iba camino de Marte. Pensó que pasar un rato con los colegas hablando de motos y bebiendo unas cervezas le ayudaría a dejar de darle vueltas obsesivamente al mismo tema. En el peor de los casos, si, como solía suceder, la cerveza se le subía la cabeza, acabaría liándose a puñetazos con otro humano, lo cual era una alternativa mejor a destrozarse los nudillos contra las paredes de su casa.

Y así fue. Encontrarse con los colegas del club de moteros le había ayudado a dejar de pensar un rato. Había que reconocer que la cerveza también estaba ayudando.

Pero entonces, cayó la gota que colmó el vaso.

Maverick estaba compartiendo anécdotas de la fiesta de Nochevieja, y todos estaban riendo a cuenta del espectáculo que el barman había ofrecido a la clientela femenina, cuando Conor vio al tesorero del club abriéndose paso entre la gente hacia la barra. No venía sólo, sino acompañado de la misma mujer que Dakota había echado del bar la última vez.

Sintió que la sangre empezaba a hervir en sus venas. Por lo visto, a Ike no le bastaba que los propios dueños del establecimiento le prohibieran la entrada. Él mismo le había dicho que no era buena idea que se apareciera por allí acompañado de alguien que irritaba a Dakota. Esto, mucho antes de que la sangre hubiera llegado al río y que los dos dueños del bar acabaran diciéndoselo palabra por palabra. ¿Qué coño hacía otra vez ahí con esa tía?

Soltó su pinta de cerveza sobre la barra haciendo que parte del contenido salpicara la superficie, y que Maverick se pusiera en alerta, y fue directamente a por el tesorero del club. No se anduvo con rodeos y sin importarle en absoluto la presencia de Chelsea ni que, de pronto, se hubiera formado un corrillo en torno a ellos, fue directamente al grano:

—No pintas nada aquí con esa tía. Así que da media vuelta y lárgate ya.

A Ike se le borró la sonrisa de la cara, pero no fue quién reaccionó primero.

—¿Y tú quién eres para decir eso? —se quejó Chelsea—. Hemos venido a beber y nuestro dinero es tan bueno como el de todos los que estáis aquí.

Conor la fulminó con la mirada.

—Tú a callar, que eres una lianta[17] y no pintas nada en esta historia.

—Eh, no te pases, tío —intervino Ike, y sin darse cuenta apoyó una mano sobre el pecho del presidente de los MidWay Riders.

Craso error. Conor apartó la mano bruscamente y agarró al motero por las solapas, y como si de pronto se hubiera infundido de la fuerza de Hércules, empezó a sacarlo del bar a empellones al tiempo que le decía:

—Eres un gilipollas. Montar semejante follón por esta tía... ¿Todavía no te has dado cuenta de que tú le importas una mierda, que te está utilizando? Está loca por Dakota, tío. ¡Y tú siguiéndole el juego como un gilipollas!

Entre las quejas de Ike que le gritaba a Conor que se metiera en sus asuntos y dejara de empujarlo, y Chelsea, a quien Maverick había sujetado por las manos para que dejara de pegarle a Conor, sumado al grupo de moteros que intervenían para evitar que la sangre llegara al río y estaban consiguiendo justo lo contrario, el espectáculo estaba servido.

Furioso, Conor agarró a Ike del pelo, abrió la puerta del bar y lo sacó fuera de un último empujón. Otro tanto hizo con Chelsea que, calzada con unos tacones altos, perdió pie y acabó de rodillas en el suelo.

—¡¿Quieres seguir en este club?! —espetó el motero de las rastas.

—¡Joder, tío, ¿pero a ti qué te pasa? Claro que quiero! —dijo el tesorero, a voz en grito, mientras otros dos moteros lo sujetaban para evitar que se enzarzara en una pelea con Conor.

—Pues entonces apunta, capullo, si vuelves a aparecer con esa tía por aquí o alguien me cuenta que te ha visto, se acabó. Expulsado en el acto, ¿te enteras? No voy a cargarme una amistad de años ni voy a tener problemas con mi jefe porque tú no sepas dónde meter la polla. ¡Estoy hasta los mismísimos cojones de tus idioteces!

Un grupo de clientes se ocupó de acompañar a la pareja hasta la moto de Ike, mientras Maverick intentaba calmar a Conor. Le costó

---

17 Lianta. Dicho de una persona que suele organizar embrollos o causar problemas.

lograr que entrara otra vez en el bar. De hecho, no lo hizo hasta que el tesorero del club y su acompañante se alejaron a bordo de una moto.

—Quédate otro rato, venga, Conor… —pidió el barman, cuando estaban camino de la barra.

El motero paró en seco, se quitó de encima el brazo que Maverick le había puesto sobre el hombro.

—No, por favor… No me toques, tío —dijo. Todo su lenguaje corporal indicaba con claridad que estaba al límite y Maverick se apartó, dejándole espacio. El grupo de miembros del club que los seguían hicieron lo mismo.

—Sí, claro, disculpa… Te vendrá bien un café, Conor.

Él respiró hondo varias veces intentando serenarse. Al fin, asintió.

—Te voy a hacer uno muy cargado, y ya verás como te sienta bien… —dijo Maverick que ya había pasado al otro lado de la barra.

Conor tenía tal subidón de adrenalina que le costaba respirar. No paraba de temblar. Sentía la sangre bullir en la cabeza.

Cheryl se sentó a su lado y le puso un paño frío sobre la nuca. Instintivamente, él cerró los párpados.

—Sienta bien, ¿eh? —dijo al cabo de un rato.

Desde la cafetera, Maverick vio que Conor asentía y volvía a respirar hondo.

—¿Te cabreas mucho y ya te sabes el truco? —preguntó el motero por decir algo.

Cheryl miró de reojo a su jefe que continuaba atento a ellos.

—Menos de lo que debería —dijo con retintín. Pero no era intentando calmarse a sí misma que había aprendido las bondades de un buen paño frío—. Mi marido era de enfado fácil. También aprendí a coser heridas… por si alguna vez te hace falta —añadió en un intento de romper el hielo.

—Espero que no. —Conor tomó el paño y lo apoyó sobre su frente —. Gracias, Cheryl, te debo una.

Ella se puso de pie justo cuando Maverick depositaba una taza humeante sobre la barra. Sus miradas se encontraron brevemente.

—Qué va, no me debes nada… Mira, ya tienes tu café.

Cheryl regresó a su trabajo y poco a poco el bar fue recuperando su ambiente habitual. Sin embargo, las miradas con las que Conor se cruzaba de tanto en tanto, hablaban de intranquilidad y también de sorpresa. En el fondo, no le extrañaba. Todos lo tenían por un tipo divertido, de sonrisa fácil. Y el energúmeno que había echado al tesorero de los MidWay Riders a empujones del bar era un desconocido hasta para sí mismo.

Conor se acabó su café y agarró sus cosas, decidido a marcharse.

—¿Ya te vas? Quédate otro rato, venga. Café no y cerveza tampoco, pero... un vaso de agua sí que te puedo servir —bromeó Maverick.

El motero de las rastas negó con la cabeza. Ni café, ni cerveza, ni nada. Solo cerrar los ojos y dormir una semana seguida.

—Gracias, tío, pero paso. Me largo. Ya nos veremos…

Conor aún no había abandonado el MidWay cuando Maverick hizo una llamada.

—¿Evel? Soy Mav. ¿Puedes atenderme ahora? Es importante.

Casa de la abuela de Nikki.
Barrio en las afueras de Ginebra, Suiza.

Las cosas no estaban demasiado mejor para Nikki que ahora se arrepentía de no haber esperado un día más para viajar con Lexi y Chris. Llegar sola a un caserón vacío en un país extraño no había contribuido a subirle el ánimo, precisamente, pero el lugar llevaba cerrado varios años y pensó que necesitaría emplearse a fondo para dejarlo medianamente habitable antes de empezar a trabajar. Sin embargo, lo único que había conseguido hacer había sido meterse en la cama. El sueño había llegado después de un buen rato mirando el techo, y al despertarse, con dolor de cabeza y un ánimo tan malo como antes, había ido a hacer la compra antes de que cerraran las tiendas.

Acababa de pagarle al taxista cuando oyó que la saludaban. Era una voz masculina y ella, una recién llegada, así que miró al individuo con escepticismo. Estaba de pie junto a un cochazo mirándola como si la conociera. Treinta y poco, trajeado (¡un sábado por la tarde!) y pinta de VIP. Desde luego, el placer no era mutuo, pensó la muchacha y se disponía a ignorarlo con elegancia cuando él volvió a hablarle.

—Disculpa, ¿no eres Nikki Campbell? —Cuando acabó de decirlo ya había cruzado la calle y se dirigía hacia ella.

La joven ahora lo miró con interés. Estaba claro que se conocían aunque ella no lo recordara.

—Sí, soy yo... ¿Y tú eres...?

La reacción del hombre fue echar a reír.

—¿En serio no me reconoces? A ver así —dijo quitándose las gafas de sol, que empujó sobre la cabeza a modo de diadema.

Tenía unos ojos bonitos y su rostro era muy masculino. Agradable de mirar, pero nada familiar.

—¿No? —dijo sonriendo al ver el gesto dudoso de Nikki—. Pues te advierto que acabas de dejar mi vanidad por los suelos.

Pues qué gran problema. Si el guaperas supiera qué mal día había escogido para entablar una conversación con ella, volvería a desaparecer para los restos sin decir ni mu.

—Soy buena fisonomista, así que o has cambiado mucho o yo llevaba pañales cuando nos conocimos. —O, en realidad, el conocimiento no era mutuo y el tipo estuviera intentando sacar partido de un encuentro casual.

Para dejar claro que no tenía el menor interés en continuar aquella conversación, Nikki se volvió dispuesta a recoger las bolsas de la compra.

—Permíteme —intervino él, adelantándose. Cargó todos los paquetes y los dejó junto a la puerta. Al volverse, vio que ella no se había movido del sitio. Seguía junto al bordillo con cara de pocos amigos—. También es posible que me miraras sin verme como soléis hacer las chicas enamoradas, que solo tenéis ojos para vuestro príncipe azul. Soy Xavier, Nikki.

Se conocían. Hacía siglos que no se veían y él había cambiado bastante, pero no tanto para justificar no haberlo reconocido. Era nieto de la mejor amiga de la abuela Clarisse y durante los largos veranos que Nikki pasaba en Ginebra a principios de la adolescencia, formaban parte del mismo grupo de amigos. Por príncipe azul se refería a Conor, a quien también había conocido ya que Clarisse solía invitarlo a pasar unos días en vacaciones.

Nikki esbozó una ligera sonrisa y se dirigió hacia la puerta de casa.

—El Xavier que recuerdo pesaba una tonelada y llevaba gafas de culo de botella. ¿Seguro que eres tú?

—Lo que yo decía. No me hacías ni puñetero caso —dijo él, meneando la cabeza divertido—. Para tu información, dejé de usar gafas a los quince, cuando me operaron de la vista. Y para entonces hacía tiempo que era un atleta. O sea que debía tener doce la última vez que me miraste con intención de verme. Año arriba, año abajo.

—Creo que será mejor que me calle. No hago más que empeorarlo —admitió ella con incomodidad.

—No pasa nada.

—¿Sigues viviendo en el barrio?

—No, vivo en el centro —repuso Xavier—, pero mi abuela ha decidido vender la casa y hay que ponerla bonita... Ella ahora vive con mis padres.

—A ella sí que la recuerdo —concedió Nikki, intentando ser amable—. Una señora encantadora.

—¿Y tú, qué? ¿Vacaciones o viaje de negocios?

—Trabajo. Estaré algún tiempo por aquí.

Él esbozó una gran sonrisa.

—Qué bien. Igual ahora tengo más suerte y empiezas a mirarme con intención de verme.

Pero Nikki ya estaba en otra galaxia. "Algún tiempo" le había sonado a una eternidad en cuanto lo había dicho y una sensación extraña se había adueñado de ella que se puso a buscar las llaves en su bolso, deseosa de acabar con aquella conversación de inmediato.

—Tranquilo, te reconoceré la próxima vez que te vea —dijo, ignorando la broma—. Ah, y gracias por ayudarme con la compra, Xavier.

Una vez dentro, Nikki se apoyó contra la puerta cerrada. Nada estaba resultando ser como había imaginado. Estaba hecha polvo, se sentía sola en un lugar extraño y aquel tipo acababa de poner sobre la mesa una realidad sobre sí misma que no hizo sino deprimirla más. Xavier tenía razón; miraba sin ver, por eso no lo había reconocido. Porque nadie conseguía mantener su interés el tiempo necesario para dejar un recuerdo. Porque solo tenía ojos para su príncipe azul que, a la sazón, era el mismo de entonces.

El mismo de siempre.

El único.

Aunque Conor ya no la amara, aunque la hubiera dejado, aunque ella tuviera ganas de estrangularlo por ser tan egoísta y su último mensaje le hubiera partido el corazón, ella le pertenecía.

Nikki exhaló un suspiro cuando las lágrimas le empañaron la vista.

Era suya en cuerpo y alma.

Y sus ojos jamás *verían* a ningún otro hombre.

Restaurante Sa Badia,
Ciudadela, Menorca.

En cuanto Andy vio entrar a Dylan en el restaurante, giró en redondo y se dirigió a prisa hacia él, portando una bandeja con tres humeantes platos. Junto con él también había llegado parte de su familia acompañada de Tina.

—Hola, amor. ¡Qué bien que ya estés aquí!, *¿Guinness* con cacahuetes, como siempre? —Un beso tierno en los labios, que el irlandés se ocupó de hacer que fuera más largo de lo previsto, coronó aquel cúmulo de frases cortas dichas de carrerilla.

Pero Dylan no llegó siquiera a responder que su novia continuó con el reparto de besos al resto de los miembros de su familia. Al llegar a su madre, también le dedicó una regañina.

—Ay, mami, mami… ¿Sin bufanda y sin guantes? Vas a pillar una gripe. Venga, siéntate en esa butaca, que enseguida te traigo algo bien calentito. ¿Dónde habéis dejado a Luz? ¿Y mi hermano? Ah, seguro que se habrá quedado a cuidarla... —Tras lo cual, la muchacha se alejó tan veloz como había llegado hacia el salón comedor.

No, exactamente, pensó Neus mientras miraba divertida la silueta de su sobrina alejándose rápidamente de la barra. Danny tenía una cita con la chica de sus sueños. No lo había dicho, por supuesto, Anna lo había descubierto por casualidad. Quien se había quedado con Luz era Roser.

—¡Esperaremos tu siguiente ronda para contártelo! —exclamó.

Mientras los recién llegados se acomodaban en un extremo de la barra, Dylan echó un vistazo al lugar. Estaba completo, como siempre que había estado allí. Era como si el día anterior hubiera sido el típico cierre por descanso del personal en vez del comienzo de un nuevo año. Nada parecía haber cambiado.

O quizás, algo sí: la visión de Pau Estellés sentado en una pequeña mesa para dos junto a la ventana, con el teléfono en la oreja y su agenda electrónica sobre la mesa, mientras controlaba a su hija que frente a él pintaba un dibujo, era toda una novedad.

En aquel momento, la pequeña Alba alzó la vista de su dibujo y al ver a sus tías en la barra, dejó lo que estaba haciendo y salió corriendo, alertando a su padre.

—¡Hola, tías! ¡Hola Tina! Estoy dibujando con papi, ¿os muestro el dibujo tan chulo que estamos haciendo? —exclamó, repartiendo besos.

Neus se apuntó de inmediato a la clase de dibujo. Pau miró de soslayo a los recién llegados entre los cuales había alguien que llamó de inmediato su atención, pero continuó hablando por teléfono, con la vista puesta en su agenda para impedir que sus ojos se regodearan demasiado en lo que no debían, como hacían últimamente. No pudo evitar pensar que era un verdadero alivio que acabaran de llegar los refuerzos, porque la canguro demoraría un rato en llegar y la ausencia de Ciro había complicado las cosas sobremanera. La histeria del segundo chef de Sa Badia era aún mayor que cuando estaba su jefe, y los platos empezaban a salir con retraso.

Anna sonrió al darse cuenta de que, por una vez, Tina prestaba atención a lo que sucedía en la mesa junto a la ventana. Entonces, sus ojos se cruzaron con los de Dylan y él también sonrió. Ninguno de los dos dijo nada, pero les resultó evidente que sonreían por la misma razón.

No era para menos, pensó el irlandés. Resultaba incluso chocante ver al gran hombre de negocios compartimentar su vida con el cuidado de una niña de siete años.

—Quién diría que dirige el segundo grupo de empresas más importantes del país... —dejó caer Dylan, intrigado por saber qué provocaba una visión tan inusual en la temperamental amiga de Andy.

Tina miró a la madre de su amiga. Acomodaba el abrigo en el respaldo de su butaca y parecía ajena a la conversación, pero la entrenadora decidió no arriesgarse a que volvieran a comenzar los comentarios con doble sentido.

—Es padre y trabaja. Tampoco es para tanto. Las mujeres llevamos haciéndolo desde el principio de los tiempos... —y al ver la sonrisa ladeada del irlandés supo que él no se lo había tragado. Anna, en cambio, la miraba con genuino interés.

Lo que se cocía en la mente de la entrenadora era muy diferente de lo que había dicho. Más allá de sus reticencias, tenía que reconocer que, en este caso, él se esforzaba por ejercer de padre tan bien como dirigía sus empresas.

Pau había acabado de hablar por teléfono y tras hacer unas anotaciones en su agenda, se había unido al grupo de alumnos de dibujo de Alba. Participaba activamente en las sugerencias y, al mismo tiempo, atendía las consultas de los camareros que se le acercaban, o el teléfono, que volvió a sonar otras seis veces más antes de que llegara la canguro.

La pequeña había sido rotunda; quería quedarse jugando con él y con sus tías. Tina presenció cómo la convencía de que era hora de irse a la cama, y lograba que Alba volviera a ser la niña alegre que se despedía de todos con abrazos.

Y sin darse cuenta, la entrenadora se sintió transportada a su propia infancia. Recordó cómo era cuando su madre aún vivía, y de qué manera había cambiado con su muerte. La vida familiar se había convertido en una especie de caos del que Tina sólo había sido consciente a medida que se hacía mayor, acaparando cada vez más responsabilidades dentro de la casa. Su padre había quedado devastado por la muerte de su mujer. Le había costado años recuperarse de la profunda depresión en la que había caído. Así que Tina, por necesidades del guión, había ido ocupando el lugar de su madre.

Mal que le pesara, tenía que reconocer que al menorquín no le faltaba valor. Sabía por Andy cuánto había luchado por recuperar la custodia de la pequeña. Se había puesto manos a la obra desde el primer momento y ahora estaba allí, seis años más tarde, después de haber sentado un precedente legal, soltero codiciado donde los hubiera, ejerciendo de padre a tiempo completo por propia decisión. Y todo eso, a pesar de los denodados esfuerzos de la zorra de su ex mujer por alejar a la pequeña de Menorca y de todo lo que tuviera que ver con el apellido Estellés.

Era admirable.

Pero en aquel momento, cuando la admiración de Tina no podía subir más alto y aún no se había recuperado de la sorpresa de estar reconociéndole algo a un hombre al que llevaba combatiendo desde hacía años, descubrió que él la estaba mirando. Fue una fracción de segundo en la que se sintió descubierta -descubierta en el más amplio sentido de la palabra, ya que era de la clase de personas que se muestran sin filtros-, y se debatió entre apartar la mirada y que él se diera cuenta de que la había tomado desprevenida, o no hacerlo. Aceptar que, por una vez, la había pillado con la guardia baja y plantarle cara a las consecuencias que eso pudiera traer aparejado. Tratándose de un perro de presa como el menorquín, no serían pocas.

Huir no era su estilo, de modo que mantuvo la mirada.

Los dos se miraron en silencio hasta que al fin, Tina inclinó ligeramente la cabeza en un gesto de aprobación al que Pau respondió con una gran sonrisa.

A Anna le encantaba lo que estaba viendo y llevaba diez minutos mordiéndose para no decir nada, pero ya no aguantaba más. Que la prudencia se fuera a la porra.

—¡Esta sopa está buenísima! —anunció—. ¡Pero no te preocupes, Tina. Tú sigue disfrutando de las vistas que yo te guardaré un poco!

EPISODIO 13

Sábado 2 de enero de 2010.
Piso de Conor Finley,
Londres.

Conor había regresado directamente a su casa después del follón del bar. Se puso a ordenar el desastre en que se había convertido su piso mientras rezongaba en contra del tesorero del club y los problemas que le estaba creando con su tozudez. Pero no tardó mucho en darse cuenta de que estaba usando a Ike como chivo expiatorio. No era un mal tipo, un poco creído y bastante pesado, pero era buena gente. Después de todo, su único problema era haberse enamorado de la mujer equivocada y creer que ella le correspondía. El que estuviera libre de pecado que arrojara la primera piedra…

Su mirada tropezó con una foto y eso fue el desencadenante. Eran Nikki y él sonriéndole a la cámara en medio de un gran paisaje nevado. Una de sus tantas excursiones retratada para la posteridad vino a recordarle que ella era la causante de todo. Se había largado. Había cambiado lo que tenían por un puesto de trabajo en la ONU, dejándolo allí con una casa llena de recuerdos. Totalmente dominado por la rabia, Conor empezó a retirar los innumerables rastros que Nikki había dejado tras su paso por ahí. Empezó con las fotos que había por todas partes. Después le llegó el turno a sus peluches, a sus cojines pintados a mano y, por supuesto, a su colección de imanes para nevera. El sonido del timbre detuvo la vorágine y para entonces, los objetos que había ido retirando, formaban montoncitos aquí y allí, dando al lugar un aspecto aún más caótico que antes.

Conor maldijo en voz alta. Pensó en ignorarlo, pero enseguida cambió de idea. Su moto estaba en la calle, ni siquiera había tenido ánimo para ir a guardarla al garaje. No responder sería peor.

—¿Sí, quién es? —preguntó deseando que se hubieran equivocado de timbre.

No tuvo esa suerte.

—*Soy Evel, Conor. ¿Puedo subir?* —respondieron desde abajo.

El motero apoyó la frente contra la pared, derrotado. El piso era un desastre. Su jefe pensaría que estaba sufriendo una crisis y no habría Dios que lo convenciera de lo contrario. Estaba jodido.

—Como me digas "pasaba por aquí", es muy posible que me olvide de que eres mi jefe y te zurre... —dijo Conor a modo de recibimiento cuando le abrió la puerta.

Evel se limitó a darle una palmada en el hombro.

Su ingeniero eléctrico llevaba varios días mal. Era hora de echarle una mano ya que él no lograba salir del atolladero por sí mismo.

—Bueno, ¿qué, no vas ofrecerme una cerveza? —dijo Evel después de acomodarse en el sofá, dejando claro que no pensaba irse de allí pronto.

Conor fue a la cocina. Cuando regresó traía dos botes de cerveza y un plato con cosas para picar.

—Si vienes por lo del bar, lo lamento. Sé que me he pasado, pero ese asunto me tenía muy harto... No entiendo por qué Ike se empeña en cabrear a Dakota, de verdad. Ahora que sabe lo que le pasará si sigue en sus trece, espero que no vuelva a hacer idioteces. Pero sé que me he pasado, y lo siento.

Evel no venía por lo del bar, exclusivamente. Eso sólo había sido una alarma indicando que la situación de Conor iba cuesta abajo.

—Sí, te has pasado, pero eso es lo que menos me preocupa. Tú sí que me preocupas, chaval.

—Estoy bien.

Evel echó una ostensible mirada alrededor.

—Sí, es evidente —repuso.

Conor bajó la vista. Se conocían hacía varios años durante los cuales Nikki había sido una presencia constante. No tenía ningún sentido intentar evadirse del tema y, sin embargo, hablar de ello era lo último que le apetecía en aquel momento... Jodido círculo vicioso, pensó.

—Es Nikki. —Exhaló un suspiro—. Creía que estábamos bien, pero le han ofrecido un puesto en la ONU y ella no ha dudado en aceptarlo. Esta mañana se fue a Ginebra... Y yo sigo aquí con un cabreo del siete y una impotencia que me está volviendo loco. Supongo que este sería un buen resumen.

Evel sabía que tenía que ver con Nikki, pero no que ella se hubiera marchado del país. Le costó procesar la sorpresa, pero el sentido común lo llevó a formular la pregunta inevitable.

—¿Quieres decir que ha roto contigo y se ha marchado?

—Quiero decir que aceptó ese trabajo sin hablarlo conmigo y yo rompí con ella.

—¿Por qué? —repuso Evel asombrado. Enseguida rectificó—: Bueno, disculpa la indiscreción, pero lleváis años juntos... Supongo que si has decidido poner fin a la relación, que ella ahora trabaje en Suiza no será la razón. No queda en el fin del mundo.

—¿Por qué todos decís lo mismo? Parece que yo soy el único que ve un problema en que tu novia se largue a trabajar a otro país y ni siquiera tenga la decencia de preguntarte si te parece bien. Sí, ya sé que hay Internet, móviles, y aviones... *Pero esa no es la cuestión*. La cuestión es que yo vivo aquí. Mi trabajo está aquí. Y mi familia y mis amigos... ¡Si tengo que plantearme dejarlo todo porque a mi novia le ha salido un chollo de trabajo en otro país, espero que sea una decisión tomada por los dos y no una noticia que recibes en plan "si no te gusta, te jodes"!

El motero había coronado su encendido discurso saltando del sillón de pura rabia y ahora continuaba de pie, mirando a otra parte con las mandíbulas tensas y el rostro enrojecido. Evel esperó a que volviera a sentarse para decir en voz alta lo que hasta aquel momento nadie le había dicho.

—Qué va. La cuestión no es esa, Conor. Si fuera tú me estaría preguntando por qué razón la mujer junto a quien llevo media vida, ha tomado una decisión de esa naturaleza sin pedirme mi opinión. No conozco mucho a Nikki, pero una mujer sólo reacciona así por resentimiento.

—Por berrinche, querrás decir. Sí, eso es muy típico —espetó Conor, airado.

—¿Y llevar la rabieta tan lejos... como hasta Suiza? Sé que estás enfadado y lo entiendo, pero si me lo permites, no creo que comparar lo que le pasa a tu novia con los intentos de un niño por conseguir lo que quiere sea la manera más inteligente de abordar este asunto.

El motero se dejó caer contra el respaldo del sillón.

—Llámalo como quieras, Evel. La verdad es que si lo nuestro le importara no habría hecho las cosas así.

—Disculpa, pero te equivocas. Cómo lo llames importa y mucho. Hablas de berrinche, pero ¿quién en su sano juicio deja todo atrás y hace los petates, poniendo kilómetros por medio debido a una rabieta? Y repito, entiendo que estés enojado por su proceder, pero creo que estás dejando de ver el bosque por ver el árbol. Yo estoy hablando de resentimiento, de despecho.

¿Nikki, despechada? Conor se quedó en blanco. Por un instante, no supo qué pensar, ni que decir.

Despechada, ¿por qué? Conor miraba a su jefe, sin apartar los ojos de él, mientras los engranajes de su cerebro de ingeniero chirriaban como una vieja maquinaria oxidada intentando ponerse en movimiento.

—Nunca la he cagado en eso. Siempre fue ella y solo ella para mí —Aquel pensamiento en voz alta de Conor sorprendió a Evel en parte por la naturaleza de la confesión, en parte por lo simplista que resultaba.

—¿Y desde cuándo la infidelidad es la única forma de herir al ser amado, Conor?

En aquel momento volvió a sonar el timbre. El motero soltó un bufido.

—Es Niilo. Yo le avisé —dijo Evel con una sonrisa compasiva.

El dueño de casa se dirigió a regañadientes hacia la puerta. En cuanto descolgó el telefonillo, oyó la voz de Niilo que decía:

—*Amy canceló la cita por milésima vez así que hasta tú eres mejor plan que comerme el coco solo. Traigo cerveza.*

En cuanto abrió la puerta, Niilo le entregó un pack de seis *Coronita* y entró en el piso como perico por su casa.

—Solo tú bebes esta mierda, ¿lo sabes? Joder, tío, eres raro hasta para la cerveza —le dijo Conor a la espalda de su amigo.

Porque lo era. Durante años Niilo y él se habían limitado a compartir jefe y afición por las motos, ahora Anakin empezaba a convertirse en un buen amigo.

Evel se había marchado poco después de que llegara Niilo. A ninguno de los dos les extrañó. Su jefe no solía trasnochar demasiado cuando todavía estaba soltero y desde que se había convertido en "un hombre felizmente casado" era raro verlo sin Abby fuera del trabajo.

Al principio no habían habido muchas palabras. Niilo también había traído una película y aparte de comentar alguna escena de acción, se habían limitado a mirarla y a beber, repantigados en el sofá. Pero allá por la sexta cerveza...

—¿La rubia volvió a cancelar? —Niilo asintió varias veces con la cabeza—. Joder, qué putada.

Pero después de un instante pensativo, continuó.

—Bueno, no es de las que se cortan —al ver la mirada de Niilo, Conor se corrigió de inmediato—. Perdona, lo que quiero decir es que le va la marcha...

Otra mirada, esta vez de verdugo asesino a punto de cometer una fechoría, hizo que el motero de las rastas pusiera un gesto de dolor.

—Joder, perdona, tío. Estoy imbécil... Me refiero...

—Oye, ¿por qué no lo dejas? No haces más que cagarla cada vez que abres la boca —dijo Niilo.

—¡La culpa es de tu cerveza, vaya mierda! ¡Qué cosa más mala! — dijo Conor riendo—. A ver, déjame que lo vuelva a intentar. Te prometo que esta vez no la cago, ¿vale?

Niilo lo dudaba mucho. Tampoco estaba especialmente interesado en lo que su colega tuviera que decir acerca de "la rubia", pero lo alivió verlo reír. Aunque la culpa la tuviera la cerveza...

—No es de la clase que se anda con miramientos. Si alguien le interesa va a por él y si no, pasa totalmente. Que sigáis en contacto dice mucho a tu favor.

Decir "mucho" no implicaba necesariamente decir "bien".

—Ya. Suponiendo que eso sea bueno, no veo en qué me favorece. Han pasado dos meses y seguimos sin vernos las caras. Aparte de una factura de móvil carísima y la moral por los suelos, no he sacado nada más en claro.

—*Todavía* —apuntó Conor inesperadamente animado—. Yo digo que lo que le pasa a tu rubia es que esta vez el tío en cuestión le gusta de verdad y prefiere andarse con cuidado, no vaya a ser que se lo tome demasiado en serio y él no esté por la labor...

Era una posibilidad que a Niilo le encantaba. Había pensando en ella en una ocasión, pero se había apresurado a descartarla. Era demasiado perfecta y no quería hacerse ilusiones. Que Conor la trajera a colación, aunque fuera por influencia de alcohol, había hecho renacer su esperanza.

—Vale —repuso—. Y ya que hoy estás tan agudo, ¿a qué conclusión has llegado sobre lo que le pasa a la tuya?

Conor soltó un bufido.

—¡Joder, tío, con lo bien que estaba y tenías que venir a recordármela...!

—No hace falta que nadie te la recuerde, tío. Nikki está presente en tu vida *siempre* y si todavía no te has dado cuenta de eso, tienes *otro* problema muy gordo.

Conor se cubrió la cara con las manos en un gesto mezcla de hartazgo y desesperación.

—Aparentemente, esperaba un anillo de compromiso en Navidad...

—Ah... Vaya tema.

—Sí, todo un tema. Y yo, aparentemente, le regalé lo que *no* esperaba; una semana romántica en una cabaña cerca de Berna... —continuó—. Y se le cruzaron los cables. Se le llenó la cabeza de idioteces... Que "si tenemos expectativas diferentes sobre nuestra relación", que si mi vida es cojonuda tal como está y no quiero cambiarla, que "si necesitamos cosas diferentes", blablablá...

—¿Aparentemente?

Conor se frotó la frente. No estaba *tan* borracho como para hablar del tema.

—Es una forma de decir... Total, que decidió que ya que se le había presentado la ocasión de conseguir el trabajo de su vida, no iba a someterlo a votación cuando el *capullo* de su novio tenía una vida perfecta, y claro, no estaría dispuesto a negociarlo. Así son ellas, tío...

Si te enamoras estás jodido. Peeeeeeeero, según nuestro jefe, mi chica está despechada. Y no porque se la haya pegado con otra, precisamente. ¿Te lo imaginas? ¡DESPECHADA! ¡Hay que joderse!

Niilo lo miró fijamente.

—Según yo, también. Puedo imaginar cómo se siente Nikki, lo que no consigo imaginar es por qué tú no lo imaginas, Conor. Te tenía por un tío listo.

El ingeniero eléctrico miró a su colega de muy mala uva.

—¿Se puede saber de qué coño hablas?

Niilo sacudió la cabeza. No lograba entender que algo tan evidente pareciera un código cifrado para Conor, y explicárselo con un nivel de alcohol en sangre tan alto, tampoco le parecía una alternativa deseable.

—Solo digo que si después de tantos años no estás dispuesto a comprometerte con ella, no pasa nada. No es ningún delito, pero deberías dejarla seguir con su vida, tío. No es justo que intentes retenerla con promesas que no vas a cumplir.

Conor lo miró, encendido.

—¡¿Pero de qué hablas?! ¡¿Quién coño ha dicho que no vaya a cumplirlas, eh?!

—Tus actos, Conor. Desde llenarte la boca diciendo que "no piensas casarte todavía porque eres muy joven" a seguir siendo el novio eterno de una mujer con la que llevas saliendo desde que eras un crío, todo habla de lo mismo. No quieres comprometerte. Tú sabrás el porqué.

El dueño de casa se había limitado a enviarle maldiciones con los ojos, pero no había dicho ni una sola palabra más. Niilo lo había dejado estar. No había ido a su casa para provocarle una crisis existencial mayor que la que ya tenía.

Al fin, el alcohol había surtido efecto y Conor se había quedado dormido. Por lo que Niilo sabía, su colega llevaba días sin dormir una noche completa.

Bien está lo que bien acaba, pensó.

Y después de cubrir a su amigo con una manta, abandonó el piso silenciosamente.

Domingo 3 de enero de 2010, de madrugada.
Ciudadela, Menorca.

El resto de la familia se había marchado hacía mucho y Tina se había quedado en el restaurante con Dylan esperando a que Andy acabara su turno. Habían tomado una cena ligera y habían reído bastante. Pau, que había seguido la interacción de la pareja desde la barra, había llegado a la conclusión de que congeniaban bien. Más de una vez había pensado en acercarse, pero el irlandés no era santo de su devoción, así que había tenido que conformarse con mirar desde la distancia.

Al fin dieron las doce, y Andy reapareció vestida de civil.

—¡Ya estoy aquí, preparada para irnos de marcha! —exclamó poniéndose de puntillas para besar a Dylan en los labios que, como era habitual, se ocupó de convertirlo en un beso de tornillo que hizo reír a la entrenadora.

Tina ya se estaba poniendo el abrigo.

—De marcha os vais vosotros, yo sólo me he quedado a hacerle compañía a tu Romeo.

Andy la tomó del brazo.

—De eso nada. Que te crees tú que te vamos a dejar sola.

Tina se liberó del brazo de su amiga, afectuosamente pero con decisión.

—Para una vez que tienes a tu enamorado a mano, no sueñes con que voy a estropearte la fiesta. Id tranquilos y pasadlo bien que yo daré una vuelta por el puerto y luego me meteré en la cama. También madrugo para entrenar.

Lo que Dylan deseaba era decir que secundaba la moción, pero un ligero golpe en el trasero por parte de su chica seguido de una mirada con mensaje, lo impulsó a decir justamente lo contrario.

—Su Romeo te lo agradece mucho, pero como diga que estoy de acuerdo contigo, tu amiga me tendrá a dieta el resto de la semana. Así que ¡ven, por favor!

—¡Serás malo! —exclamó Andy, quejándose de mentirijillas.

—No es malo, es sincero —repuso la entrenadora—. ¿He dicho ya que tu chico me encanta? En serio, id tranquilos, chicos.

—¿Pero cómo vamos a dejarte sola? — se quejó Andy, esta vez en serio.

Pau, que llevaba toda la noche esperando su momento, no dudó en intervenir.

—Yo te acompaño —y al ver que todos se daban vuelta a mirarlo alucinados, matizó—: Bueno, si me dejas, claro… Los menorquines somos buenos anfitriones. Por favor, permíteme que te guíe por este paraíso.

Y así fue. Después de que Dylan y Andy se marcharan, Tina permaneció en el restaurante un rato más hasta que Pau pudo cerrar.

Una vez en la calle, él le expuso la ruta turística que tenía pensada, como si se tratara de algo que hubiera repetido muchas veces antes. Tina lo dejó hacer. A bordo de su moto, recorrieron algunos de los bellos rincones situados al noroeste de la isla que lucían espectaculares aquella noche de luna llena, mientras él se explayaba a gusto contándole curiosidades y otros datos de interés de casi cada baldosa que pisaban. Luego de un recorrido de hora y media, habían regresado al casco antiguo de Ciudadela, a tiempo de tomar una copa antes de que cerraran los lugares de ocio nocturno.

El menorquín estuvo callejeando un rato por vías estrechas por las que no cabía un coche. Al fin, se detuvo frente a un local concurrido.

—¿Te he hecho pasar mucho frío? —El abrigo que Tina llevaba era grueso, pero las temperaturas bajaban bastante por la noche.

—¿Era a ti al que le comentaba la otra noche que a lo que tenéis en esta isla no se le puede llamar invierno? —repuso ella.

Pau sonrió para sus adentros. En ningún momento se había quejado. Tampoco se había agarrado a él, sino al sillín. Pero por más inglesa que fuera, estaba seguro de que tenía que haber sentido frío.

—El paseo no ha sido largo porque no quería abusar, pero el resto me lo guardo para la próxima vez —comentó él mientras guardaba los cascos en la moto—. Hay miles de lugares fabulosos que estoy seguro que te van a encantar.

Tina no tenía la menor duda al respecto. Menorca le parecía un paraíso terrenal.

Y había esperado que fuera así porque Andy no hacía más que hablar maravillas de la isla. Lo que encontraba novedoso era el interés de su tío. Que ahora empezaba a resultarle bastante evidente.

—No sé qué me sorprende más de lo que has dicho. Si que des por sentado que habrá una próxima vez, o que te hayas ofrecido a seguir haciendo de guía turístico. —Miró hacia el local y preguntó—: ¿Es esta nuestra siguiente parada del tour?

Pau la siguió meneando la cabeza divertido.

—Qué dura eres... —dijo sin acritud—. Aquí hay gente que te quiere, ¿por qué no ibas a volver? Y en cuanto a lo otro... ¿Quién mejor que un menorquín orgulloso de su tierra para hacerte de guía?

Tina se detuvo brevemente. Lo miró a los ojos.

—No he dicho que no vaya a volver.

—Ah... Ya entiendo —dijo él, que tuvo que esforzarse por reprimir una carcajada.

—Y en cuanto a lo otro... —continuó Tina, imitándolo—. Un menorquín orgulloso de su tierra con una agenda muy apretada y muchos asuntos que atender. Por no hablar de una hija. Disculpa que me siga pareciendo sorprendente, pero no das la imagen de alguien que utilizaría parte de su valioso tiempo en hacer de guía turístico de nadie.

Si la entrenadora había pretendido molestar al menorquín, no sólo no lo hizo, sino que consiguió el efecto contrario.

—Lo dicho, eres durísima.

—Solo sincera.

—Qué va—insistió Pau y como había descubierto que le encantaba meterse con ella, volvió a hacerlo—. Te gusta ponerle las cosas difíciles a tus contrincantes.

—¿Eso es lo que eres? —le preguntó desafiante. Él esbozó una gran sonrisa al comprobar que ella picaba—. Fíjate, y yo que creía que eras el tío mandón de mi mejor amiga...

La pareja entró en el local enfrascada en su conversación. Allí los recibió un hombre de mediana edad y porte de empresario, que enseguida estrechó la mano del menorquín.

—¡Bienvenido y enhorabuena, Pau! Ya me han contado que le has ganado el pulso a tu ex en los tribunales y vuelves a ser un papá feliz —y mirando con una sonrisa a la mujer que lo acompañaba, añadió –: Soy Víctor Baumann, bienvenida a Índigo.

—Gracias —repuso Pau en inglés—. Tina es una vieja amiga de la familia.

Ella miró de reojo al menorquín y estrechó la mano de Baumann.

—También sé hablar —apuntó con una sonrisa—. Me llamo Tina Murphy. Encantada.

Aquel corte de la entrenadora dirigido a Pau, tampoco tuvo el efecto esperado. El empresario lo había encontrado divertido y, a juzgar por el intercambio de miradas, el tío de Andy también.

—Y es una mujer de carácter —apuntó él sonriendo.

—Ya lo creo —concedió el empresario—. Un placer conocerla, señorita Murphy. ¿Los señores prefieren un reservado en la zona VIP o mezclarse con la gente en el salón de abajo?

—Las damas escogen —dijo Pau caballerosamente.

Tina no pudo evitar pensar que aquello, que en teoría parecía la típica postura masculina, no era más que otra forma de pincharla. Estaba claro que en el lenguaje masculino un reservado en la zona VIP era sinónimo de intimidad. Algo que, en según qué circunstancias, una mujer podía encontrar intimidante mientras que un salón concurrido suponía una alternativa más "segura".

—Es mi guía y ha prometido hablarme de las maravillas de esta isla… Así que supongo que un reservado es el sitio idóneo. Tampoco queremos que acabe la noche afónico, ¿verdad?

—Reservado, pues. —Víctor Baumann se hizo a un lado gentilmente cediéndole el paso a Tina.

Cuando Pau pasó junto al empresario, éste lo retuvo brevemente por el brazo y se acercó a su oído.

—Apreciado amigo, creo que me debes una —le dijo.

Las cosas en el reservado habían resultado ser muy diferentes de lo que Tina había pensado. Pau no había echado mano de sus grande dotes de comunicador para cautivarla, no había flirteado abiertamente con ella… Lo había hecho de una forma muy sutil.

Cumpliendo con su labor de guía, había empezado por contarle cómo el local en el que estaban había conseguido convertirse en uno de los más famosos de la isla. Con una facilidad pasmosa, había enlazado el tema con la historia de la familia propietaria, hablándole de cómo los tatarabuelos de Víctor habían llegado a la isla huyendo de los horrores de la Segunda Guerra Mundial y, poco a poco, se había integrado en la sociedad menorquina hasta el punto de que todos los Baumann trabajaban activamente por el progreso de la isla y de sus habitantes. Tina se había sentido identificada al momento con lo que oía. Y casi sin darse cuenta, se había encontrado hablando de su madre, una ciudadana de la Commonwealth que había llegado a Londres procedente de su país natal, la India. Ella había participado activamente en las asambleas vecinales donde había conocido al padre de Tina.

Eran cerca de las dos de la madrugada cuando Pau echó un vistazo a su reloj.

—Me encantaría seguir conversando contigo, pero no quiero espantar a la canguro apareciendo al alba su cuarto día de trabajo. —Sonrió—. El dinero no lo compra todo. Nadie sabe eso mejor que yo.

Regresaron a la casa familiar, y él la acompañó hasta la misma puerta. Tina, que ya no recordaba la última vez que algo así había sucedido, sonrío.

—No me río de ti, que conste —aclaró—. Es que acabo de darme cuenta que hace siglos de la última vez que un hombre me acompañó hasta la puerta de casa...

Pau asintió enfáticamente. Sonrío al tiempo que meneaba la cabeza.

—No me río de ti, que conste. Es que acabas de poner el dedo en la llaga. Tampoco recuerdo la última vez que acompañé a una mujer hasta la puerta de su casa...

—Espero que no te importe que no te crea... —dijo Tina. Después de todo, por más padre y empresario que fuera, también era un hombre soltero y atractivo.

Pau bajó la cabeza un momento sin dejar de sonreír, pensando cuánto habían cambiado las cosas entre los dos en apenas unos días. Le gustaba pincharla, y seguiría haciéndolo, pero ya no le apetecía enfrentarse a ella.

—Me tienes por un alfa, o al menos eso has dicho, pero te sorprendería saber qué lejos estoy de serlo. A años luz, te lo aseguro. Y sí, puedes creer cuando te digo que hace mucho tiempo que no hago algo como esto... Es la verdad.

—Los hombres sólo acudís a la verdad cuando sirve a vuestros propósitos.

Pau la miró directamente a los ojos, con esa mirada derrite-glaciares que no dejaba nada en pie a su paso.

—No lo niego, pero no es mi caso. Decir la verdad no es un problema cuando no se le tienen miedo a las consecuencias. Así que ahí va otra verdad: Me gustas mucho, Tina. Pienso que eres una mujer impactante y no me explico cómo no me he dado cuenta hasta ahora.

Ella se las arregló para mantener la mirada, pero no pudo evitar que un escalofrío la recorriera de la cabeza a los pies, dejándola momentáneamente sin palabras. Lo último que habría esperado del menorquín era semejante declaración de intenciones y no sabía qué responder.

Pero no tuvo que hacerlo.

—Gracias por este rato increíble... Tengo que marcharme. Dos besos, al estilo español —anunció, y depositó uno en cada mejilla de la entrenadora, que no atinó siquiera a respirar.

Él tampoco salió indemne del contacto. Se sintió aturdido por sus propias emociones. No deseaba apartarse de ella y hacerlo fue un duro ejercicio de autodominio.

—Felices sueños —le dijo al tiempo que daba un paso atrás.

Y un instante después, había montado en su moto y se alejaba calle abajo, dejando a Tina de una pieza.

EPISODIO 14

Domingo 3 de enero de 2010, de madrugada.
Ciudadela, Menorca.

Tina permaneció inmóvil, mirando la calle desierta, hasta que de repente tomó conciencia de que seguía plantada allí como un pasmarote y entró en casa. Procurando hacer el menor ruido posible, se fue directamente a su habitación y cerró la puerta. Fue entonces, cuando se sintió a salvo de miradas curiosas, que su mente volvió a recuperar la actividad normal. No recreó sus sensaciones de los últimos instantes pasados junto al menorquín. Simplemente, no les prestó atención, y su primer pensamiento fue típico de alguien escéptico a las manifestaciones de interés masculino.

¿Pero qué había sido eso?

Ese loco había pasado de ignorarla durante años a... No sabía siquiera cómo definir lo sucedido. ¿Estaba *flirteando*? ¿Esperaba que creyera que su interés era genuino, después de tantos años pasando olímpicamente de ella?

Su cabeza no dejó de dar vueltas al tema mientras se cepillaba los dientes y media hora después, ya metida en la cama, seguía erre que erre. No tenía sentido creer que lo sucedido había sido un intento real de acercar posiciones con ella. ¿De repente se había dado cuenta de que la mejor amiga de su sobrina era una *mujer impactante*? Venga ya. ¿Con qué se comía eso[18]?

Entonces, se le ocurrió que todo aquello, en realidad, no podía ser más que un pasatiempo. Un juego de poder. Era un alfa, aunque lo negara, y los de su especie eran adictos al poder; querían controlar el juego, y ganarlo. Él mismo había admitido que ella le ponía las cosas difíciles a sus contrincantes y ¿cómo sorprendes con la guardia baja a un adversario duro? Despistándolo. Eso era exactamente lo que el tío de Andy había intentado conseguir con su declaración de intenciones (y con sus "dos besos al estilo español").

Tenía que admitir que él también era un duro adversario, pero su inflada autosuficiencia de macho dominante todavía no le había dejado ver con quién se estaba midiendo. Tina Murphy era la número uno en estrategias de distracción.

Cerca de allí, en la primera planta exterior de un lujoso edificio…

Después de acompañar a la canguro hasta el coche, Pau regresó a su casa. Fue directo a la habitación de Alba. La pequeña estaba profundamente dormida y ni siquiera se movió cuando la arropó.

Una vez en el salón, se sirvió un *whisky* con hielo y se repantigó en su sillón con un suspiro. La sonrisa no tardó en aparecer al pensar en Tina. Habían sido un par de horas verdaderamente increíbles las que había pasado con ella. Llevaba años entre las mujeres Avery, y para él, sin embargo, había sido como si acabara de conocerla.

Era directa, incisiva... Una mujer totalmente cautivadora. Desbordaba fortaleza y carácter por donde se la mirara. Cómo había conseguido pasarle desapercibida tanto tiempo era un misterio, pero ahora que la había descubierto, no pensaba perderla de vista. Lo malo era que a ella le quedaban horas en la isla y con Ciro en Barcelona, ni siquiera podía ofrecerse a llevarla al aeropuerto...

Lo cual, decidió en ese mismo instante, no evitaría que se vieran una vez más antes de que regresara a Londres, ni que siguieran en contacto.

---

18 Con qué se come: (Coloq.) Expresión mediante la que se pregunta por la causa o explicación de un asunto difícil o que parece no tenerla.

Pau ya no recordaba la última vez que una mujer había logrado capturar su atención de manera tan definitiva como lo había hecho Tina, y no tenía ninguna intención de perderla de vista.

Tina llevaba ya un buen rato en el *gym* cuando Andy llegó y ocupó la bicicleta estática que estaba justo a su lado. Ella se limitó a hacerle un guiño a modo de saludo y continuó su pedaleo enérgico. Segura de que Tina no iba hablar de lo sucedido la noche anterior por propia iniciativa, decidió tirarle de la lengua.

—Qué tempranera estás hoy. ¿Significa eso que anoche te fuiste a la cama pronto?

A Andy le ilusionaba que "tuviera un plan" y Tina sabía que no iba dejarlo estar, pero había un pequeño detalle que estaba pasando por alto, y era que el caballero sobre quién su querida amiga intentaba sondearla, no era un señor cualquiera.

—¿No me oíste llegar? ¿Significa eso que la máquina de tu novio te tenía tan concentrada? —repuso sin apartar la vista del velocímetro de su bici.

—Claro, ahora el tema del día somos mi chico y yo... ¡Vamos, Tina! ¡No me tengas en ascuas!

—¡Y tú no seas cotilla y entrena, que para eso has venido!

Entrenar no era uno de sus intereses aquella mañana. Estaba allí por arañar cuantos más minutos mejor junto a Tina, ahora que podía. En unas pocas horas, su amiga regresaría a Londres y pasarían meses antes de volver a verla. También, por supuesto, para intentar conseguir respuestas.

—¡Eso es lo que tú crees! ¡He venido porque la curiosidad me está matando! Cuéntame, ¿habéis estado haciendo manitas o no? —exclamó riendo.

A la entrenadora, en cambio, no le hizo ninguna gracia.

—Por supuesto que no. Es tu tío, Andy.

La muchacha contempló divertida cómo Tina, incómoda, empezaba a pedalear con más fuerza.

—¿Y qué? Puede que no te hayas dado cuenta, aunque lo dudo porque te diré que es *muuuy* evidente, pero aparte de ser mi tío está de toma pan y moja.

Tina le dedicó una mirada cargada de ironía. Si era por hombres que estaban "de toma pan y moja" ya estaba bien servida con los especímenes que entrenaba a diario en el gimnasio.

—Es tu tío —insistió.

—Está como un tren —dijo Andy, con desparpajo.

—También es un alfa y, como sabes, los alfa no son mi tipo. — Decidida a cambiar de tercio, Tina esbozó una sonrisa y añadió—: ¿Qué tal tu máquina? ¿Sigue al cien por ciento de rendimiento? ¡Qué tío!

Andy no pudo evitar que su sonrisa la traicionara. Todo lo relacionado con Dylan siempre tenía el mismo efecto.

—Creo que será mejor que dejemos ese tema, no quiero que te mueras de envidia — y esta vez dirigió la conversación hacia otro asunto que también le interesaba—. Le pareció una idea genial que seamos socias en el gimnasio, ¿sabes? Anoche, precisamente, me preguntó que habías respondido. Y claro, sólo pude decirle que la idea te encanta... Y nada más.

Tina puso los ojos en blanco.

—Vamos a ver, Andy, ¿hablas o entrenas? Porque las dos cosas no se pueden hacer al mismo tiempo. No, si quieres hacerlas bien.

—*Vengaaaa*, Tina, dime algo… —se quejó la muchacha, haciendo pucheros—. ¿Te lo has pensado?

La entrenadora respiró hondo. Entre el juego del tío y la propuesta de la sobrina empezaban a acumulársele las cosas en las que pensar. Dejó de pedalear y miró a su amiga con cariño.

—Me encantaría que fuéramos socias y si me lo hubieras propuesto cuando vivías en Londres, ya nos habríamos puesto manos a la obra. Esto es diferente.

—¡Ya lo creo que es diferente! Esto es mucho mejor que Londres. Allí necesitaríamos una fortuna para ponerlo en marcha y muchísimo tiempo para recuperar la inversión —dijo Andy, animada, defendiendo su propuesta.

—No hablo de eso y lo sabes, *cari*.

—Hablas de tu padre. Pero él está bien, Tina, y estaría mucho mejor sabiendo que su única hija consigue su sueño, aunque eso implique verte algo menos... Y no me mires así porque sabes que es la verdad. Habláis a diario, pero trabajas tantas horas que apenas te queda tiempo para darte una vuelta por su casa los fines de semana, así que ¿qué sería tan diferente? ¿Que ahora necesitarías tomar un avión en vez del tren?

Tina exhaló un suspiro.

—No es solo por la enfermedad de mi padre, soy consciente de que son cosas derivadas de hacerse mayor y acabaré haciéndome a la idea... Es que no sé si soy de la clase de persona que puede dejarlo todo atrás y empezar de cero en un país extraño...

—No empezarías de cero ni es un lugar totalmente extraño porque yo estoy aquí y mi familia también... Es más, estarías mucho más acompañada de lo que has estado desde que tu padre se casó. ¡Y tendrías el gimnasio de tus sueños, sin jefes ni tonterías que aguantarles! ¡Venga, Tina, sería la caña!

—Sí, y también tendría a mi única familia de sangre a cientos de kilómetros... A una conexión, mínimo, de avión. Me preocupa mucho saber que si sucede cualquier cosa, pasarán horas antes de que pueda llegar... Necesito tiempo para pensarlo, ¿lo entiendes?

¿Cómo no entenderlo? Aún hoy, ese mismo pensamiento seguía torturando a Andy que asintió de mala gana. Tina le apretó la mano cariñosamente.

—Pero no sufras, *cari*. Cuanto tome una decisión, serás la primera en saberlo.

Después de eso, las dos amigas siguieron pedaleando.

La mente de la entrenadora, sin embargo, cayó en la cuenta de que había un factor añadido a considerar sobre la propuesta de Andy en el que hasta aquel momento no había pensado: también tendría a Pau Estellés a la vuelta de la esquina. Literalmente.

Desde la cima de la escalera metálica, Dylan miró alrededor, buscando algo que le permitiera mantener el panel en su sitio mientras lo fijaba al soporte. Hasta ahora había conseguido apañárselas solo, pero para acabar la estructura iba a necesitar otros brazos. El problema era que aquella mañana sólo contaba con los suyos. El único hombre de la familia Avery se había ido con su madre y la pequeña Luz al paseo matutino que Anna se había auto recetado.

En aquel momento sonó el timbre y Dylan se dirigió hacia la puerta a través de un patio sitiado por herramientas, sacos de cemento y paneles extra grandes de cristal de seguridad.

Jaume se mostró sorprendido al ver quién abría la puerta, pero enseguida saludó a Dylan.

—Hombre, qué tal… Buenos días. ¿Te han dejado a cargo de la casa? Pasaba por aquí…

Sí, claro, cómo no, pensó el irlandés. Desde que se había enterado de que su ex novia estaba en la isla, "pasaba por aquí" todos los días.

—Qué bien. Justo estaba pensando que me vendrían bien otro par de brazos —respondió él, haciéndose a un lado para dejarlo pasar.

Jaume siguió a Dylan hasta el patio y al ver que estaba todo manga por hombro, soltó un silbido.

—¿Ha caído un obús o algo así?

—Ya sabes que las obras son muy aparatosas... Lo que necesito es una tarea muy sencilla, así que no te preocupes, que no te vas a ensuciar —dijo Dylan. El hombre estaba hecho un pincel, otro dato que confirmaba que su paso por allí no había sido casual, y no quería ser el culpable de estropearle los planes.

Jaume echó un vistazo a la obra.

—¿Es un cerramiento? —y al ver que Dylan asentía, continuó—. Entonces, eres firme candidato a la medalla del yerno del año. Anna adora este patio. Hemos estado aquí charlando incluso en pleno invierno. Decía que era lo mejor de la casa…

—Creo que esa medalla ya me la he ganado, ahora compito por la del mejor yerno de todos los tiempos —apuntó el irlandés mientras volvía a ponerse los guantes de trabajo—. Toma, tengo estos guantes de repuesto.

—Habla mucho de ti, te admira, y eso no es algo fácil de conseguir con Anna — repuso Jaume, y al darse cuenta de que hablaba de datos que tenían al menos treinta años, añadió—: Bueno, al menos, con la Anna que recuerdo.

Jaume le caía bien. Le gustaba la gente que se mostraba sin filtros. El irlandés asintió a modo de agradecimiento y se puso a explicarle lo que harían a continuación.

Durante cerca de una hora, los hombres trabajaron de forma coordinada y cuando al fin volvieron a estar sobre suelo firme, el cerramiento empezaba a tomar forma.

—La cosa pinta bien —dijo Jaume, satisfecho—. ¿Y para abrirlo?

Dylan hizo un gesto intrigante. Detestaba las obras previas a la domotización y, normalmente, sucedían sin su intervención. El caso de Anna era excepcional. A pesar de que dos trabajadores se habían ocupado de la mínima obra de albañilería requerida, él había preferido hacerse cargo del resto porque disponía de muy poco tiempo y el idioma habría sido un obstáculo. Ahora empezaba lo verdaderamente bueno.

—Ah, eso tendrás que esperar para verlo.

—Creo que sé por donde van los tiros. Anna comentó algo de que te dedicas a las casas inteligentes.

—Algo así.

—Dijo que eras muy bueno… —insistió el menorquín intentando obtener más información.

—Habrá que esperar a que esté acabado para saberlo —repuso el irlandés—. Y por lo que me han dicho, tú construyes embarcaciones y también eres bueno.

El hombre esbozó una ligera sonrisa. A pesar de sus esfuerzos, no consiguió ocultar lo halagado que se sentía.

—¿Te lo ha dicho Anna?

—Me lo ha dicho su hija y seguro que no se lo ha inventado.

Jaume asintió complacido.

—Vengo de una familia de constructores de barcos y he vuelto a mi tierra natal con un proyecto: abrir mi propio astillero. En ello estoy ahora mismo, pero habrá que esperar a que esté funcionando para saber si soy tan bueno.

—Entonces, quizás puedas ayudarme… —dijo Dylan que tenía otro proyecto en la cabeza—. ¿Sabes de algún buen asesor empresarial en la isla que puedas recomendarme?

Jaume ya estaba buscando algo en su cartera.

—Claro que puedo ayudarte con eso —dijo entregándole una tarjeta de visita—. Son los mejores. Diles que vas de mi parte.

Tan enfrascados estaban en su conversación, que no se dieron cuenta de que ya no estaban solos hasta que oyeron la voz de Anna. Para entonces, la sonrisa de Jaume era tan grande que podía atarse los extremos en la nuca.

—¡Ay, mi patio bonito, que bien está quedando! —y un instante después, al ver a Jaume volvió a exclamar—: ¡Pero qué sorpresa más grata!

"¡Qué sorpresa más grata, ay, Jaume!", farfulló Danny para sus adentros.

—Deja de sorprenderte tanto y vamos dentro que aquí hace frío para ti —dijo el muchacho ganándose una regañina de su madre.

—¿Desde cuándo no saludas, cariño?

El muchacho hizo un gesto de disgusto con la boca y miró de soslayo a la visita.

—Hola. —Había sido un saludo a secas tras el cual el joven siguió camino hacia el interior de la casa empujando el carrito de Luz bajo la mirada contrariada de su madre.

—Disculpad... Lo único que me consuela es pensar que todos hemos sido por el estilo a su edad... —Anna volvió a mirar a Jaume—. Cuéntame, ¿qué te trae por aquí? Por favor, no me digas que alguno de mis hermanos te ha invitado y se ha olvidado de avisarme...

El interés del hombre por la madre de Andy le resultaba tan evidente a Dylan, como su incomodidad por volver a estar allí sin una razón que lo justificara. Decidió echarle una mano.

—He sido yo. No me lo líes que ha venido ayudarme —intervino, haciéndole un guiño al menorquín con disimulo.

—¡Uy, sí, creo que gracias a mí ha podido poner dos tornillos...! —bromeó Jaume.

Anna rió genuinamente divertida.

—Bueno, pero dejarás que se tome un café, ¿no, Dylan?

No hacía falta más que mirarlo para darse cuenta de que el constructor de barcos estaba encantado. Dylan decidió seguir por esa línea.

—¿Piensas arreglarlo sólo con eso? Tendrá que reponer energías. Como mínimo invítalo a comer, ¿no te parece?

La pareja intercambió sonrisas, pero fue ella la que le puso la guinda al pastel cuando con su habitual gentileza y una doble ración de dulzura dijo:

—Será un placer.

Dylan miró de soslayo a su chica y sonrió para sus adentros. En teoría, estaba admirando la obra del patio; en la práctica, lo estaba admirando a él.

—¿Te gusta lo que ves... O tienes alguna objeción?

El tono de lobo asomando las orejas le informó a Andy que acababan de pillarla *in fraganti*.

—Ninguna objeción —concedió con una sonrisa pícara—. Me encanta lo que veo.

Dylan dejó el destornillador en la caja de herramientas y decidió que había acabado por ese día.

—A mí también me encanta lo que veo —repuso él, que ya se había aproximado a ella, rodeándole la cintura con un brazo.

—¿Y para qué son esos cables de ahí?

—Para la instalación eléctrica.

—¿Y para qué necesita un toldo una instalación eléctrica?

Llamar *toldo* a secas a la obra de ingeniería que estaba llevando a cabo en ese patio era como llamar *coche* a secas a un Ferrari Testarrosa.

—Quizás porque no es un toldo cualquiera. Si lo fuera, no necesitaría una instalación eléctrica, ¿los has pensado, preciosa?

Andy ya se estaba partiendo de risa, haciendo las delicias de su chico.

—Disculpa, es que... Ya me conoces, no tengo la menor idea de cómo se llama lo que estás haciendo...

—Es un acristalamiento automatizado. Y tiene cables porque la idea es que el usuario pueda controlarlo desde el dispositivo que elija —explicó Dylan.

El rostro de la muchacha se iluminó.

—¿Quieres decir que no habrá más que apretar un botón para abrirlo o cerrarlo? — Era mucho más que eso lo que podía hacerse con el "botón", pero Dylan obvió la explicación y se limitó a asentir—: ¡Mi madre te va a adorar! ¿En serio que podrá controlarlo así de fácil, calvorotas?

—En serio, preciosa.

Andy, más feliz que unas pascuas, se lo agradeció con un beso y durante un rato, la pareja permaneció abrazada en silencio.

El Dylan de siempre habría aprovechado el momento para llevar las cosas al terreno sexual. Este, en cambio, volvía a sorprenderlo con una reacción totalmente distinta. Junto a Andy estaba aprendiendo a disfrutar de otra clase de contacto físico, uno en el que el erotismo pasaba a un segundo plano y la comunicación se establecía a un nivel diferente.

—Eres el mejor, Dylan —murmuró, acurrucándose contra su pecho—. Te agradezco tanto todo lo que haces por mi familia...

—Ya lo sé, nena —respondió el nuevo Dylan en una circunstancia en la que el antiguo habría intentado capitalizar de otra forma tanto agradecimiento de su chica—. Mira, una asesoría que te va a ayudar a dar forma sobre el papel a tu gran proyecto. Según Jaume son los mejores.

Andy tomó la tarjeta de visita y sus ojos regresaron a Dylan cargados de ilusión.

—¿Cómo no voy a estar loca por ti, eh? Eres... —en uno de sus arranques de amor, la muchacha tomó el rostro del irlandés y depositó en él una lluvia de besos agradecidos—. ¡Eres lo mejor que me ha pasado en la vida, Dylan!

Él disfrutó a fondo de aquella explosión de sentimientos, mirándola atentamente para no perderse el más mínimo detalle.

—¿En serio? —Cada vez que lo oía se sentía en la cima del mundo.

Y ella estaba dispuesta a repetírselo las veces que él quisiera.

—Totalmente en serio. Tú, señor Mitchell, eres lo mejor que me ha pasado en la vida —le dijo, rezumando dulzura, y tras ponerse de puntillas, dejó otro beso sobre sus labios.

Él exhaló un largo suspiro.

—¿Sabes? Eso ha estado muuuy bien.

—¿Repetimos? —propuso ella con picardía.

Dylan le apretó la cintura en un gesto sugerente.

—Si quieres acompañar a tu amiga al aeropuerto, mejor dejamos la repetición para luego... Dime, ¿tienes socia para tu gimnasio o todavía se lo piensa?

Andy puso morritos.

—Se lo piensa. Y tampoco ha soltado prenda sobre lo de anoche con mi tío. ¡Es una tumba!

—¿No te ha dicho ni pio? —y al ver que ella asentía con cara de "no me lo recuerdes", Dylan se echó a reír—. Pensé que eso era prerrogativa de los individuos con cromosomas XY.

—¡Y que lo digas! No es nada "chica" para sus cosas, te lo aseguro... Cuesta muchísimo sonsacarle algo... Pero caerá, eso también te lo aseguro.

—¿Quién tiene que caer? —oyeron que decía una voz familiar.

Dylan saludó al recién llegado con un gesto de la cabeza, pensando que desde que Tina estaba en Menorca, el mandamás de los Estellés visitaba la casa con más frecuencia de lo que recordaba de viajes anteriores.

Andy se volvió hacia la voz.

—Ah, hola, tío... Nada, son cosas nuestras. Y tú ¿qué haces por aquí tan temprano?

—No sabía que hubiera horas para venir a esta casa. Por cierto, la puerta de calle estaba abierta de par en par —repuso él. Cuando acabó de decirlo ya se dirigía a la cocina.

Andy se volvió a mirar a Dylan con una sonrisa radiante.

—¿Te apuestas algo a que ha venido a despedirse de Tina? ¡Me encanta!

Neus dejó de hablar en cuanto vio a su hermano junto a la puerta.

—Dichosos los ojos que te ven... ¿A qué se debe esta sorpresa?

El menorquín ignoró el comentario de su hermana así como las miradas con mensaje de Anna y Roser.

—Hola, familia —dijo, y después de palmear el hombro de Jaume como si hubiera esperado verlo allí, fue al encuentro de Alba que jugaba con su primo en el otro extremo de la mesa. La niña lo recibió con uno de sus abrazos cariñosos. Durante los siguientes instantes, él se dedicó a hablar con los más pequeños de la familia y la conversación entre los adultos se reanudó con aparente normalidad.

Pero él no había venido a por su hija, y la persona que buscaba no estaba en la cocina. Así que le gustara o no, tendría que preguntarlo. Y soportar las bromas de rigor.

Pau se incorporó y regresó junto a la puerta, acompañado de la mirada de Anna.

—¿Puedo ayudarte en algo? —dijo ella con la risa a punto de salir.

—Sí, ya que te ofreces tan gentilmente, ¿podrías decirme dónde está Tina?

Excepto los más pequeños que seguían abstraídos en su juego, las miradas de los demás se centraron en él. Las risitas no tardaron en oírse. Neus, incluso, llegó a lanzar la pregunta que casi todos se hacían: "¿Pero, cómo? ¿El gran Pau Estellés ha venido a ver a Tina?". Los pensamientos de Roser eran muy diferentes: su hermano debía dejarse de tonterías y procurarse una mujer a la altura de su apellido y de sus circunstancias, una buena madre para su hija.

A Pau no le preocupa el qué dirán ni las indirectas. Tenía muy claro lo que quería y en lo que a él concernía, podían seguir bromeando hasta el fin de los tiempos. Así pues, esperó pacientemente a que su hermana se dignara a dejar de burlarse de él y respondiera a su pregunta.

—En su habitación, supongo —repuso Ana con guasa y vio la ceja izquierda de su hermano elevarse ominosamente.

—Que es… —dijo él dándole pie a completar la frase con alguna referencia útil. ¿O acaso esperaba que comprobara todas las habitaciones, una a una?

Anna miró a su hermano con ternura.

—Junto a la de Andy.

—Bien. Gracias.

Un instante después, Pau había abandonado la cocina, disparando la curiosidad de sus hermanas, que ahora alcanzaba niveles históricos.

Tina volvió la cabeza al oír que golpeaban. Allí estaba él, de pie en el hueco de la puerta como si tal cosa.

En un primer momento, frunció el ceño pensando que el menorquín estaba llevando el tema demasiado lejos, yendo directamente a por ella en su habitación. Pero al instante cayó en la cuenta de que él seguía jugando al despiste. ¿Y qué mejor manera de hacerlo que presentándose allí?

El ceño fruncido se convirtió en una mirada expectante y Pau tuvo que sonreír al darse cuenta de que, en vez de mostrarse sorprendida, *o complacida*, ella se limitaba a mirarlo con expresión de "a ver qué se te ofrece ahora".

Qué mujer más impresionante eres. Pau avanzó hasta ella, sacó el móvil del bolsillo, y lo puso delante de su cara sin dejar de sonreír.

Los ojos de la entrenadora se desplazaron del menorquín a su carísimo móvil de última generación.

—Bonito. Me gusta —se limitó a comentar y volvió a centrarse en él.

Pau no se inmutó. Su sonrisa tampoco.

——Gracias, me encanta saber que algo mío te gusta. ¿Me grabas tu número?

Claro, como Ciro lo tenía, él no iba a ser menos. Muy típico de un alfa.

La entrenadora enarcó una ceja.

—¿Y para qué quieres mi número?

—Para llamarte. ¿Algún problema?

Él continuaba sonriendo, pero menos, y la ceja de Tina se había enarcado todavía más. Se estaban midiendo mutuamente, calculando el próximo movimiento.

Tina pensó que negarle su teléfono no tenía mucho sentido en una casa en la que todos lo tenían. Conseguirlo no le supondría ningún problema. Y si decía que no tendría que explicar por qué, lo cual abriría la vía a una clase de conversación que no deseaba tener en aquel momento. Debía acabar el equipaje y salir para el aeropuerto. De hecho, era una conversación que no deseaba mantener *en ningún momento...*

Que era exactamente lo que él estaría pensando.

Tina tomó el móvil y grabó su número.

—Ningún problema —repuso, y alzó la vista para no perderse ni un detalle de la reacción del menorquín—. Con no atenderlo...

Pau asintió enfáticamente mientras volvía a guardar el teléfono, y se reía.

—Cierto. —Alzó la vista y enfocó en ella, imitándola—: No te preocupes, haré que quieras atenderme.

¿Ah, sí? Menudo fanfarrón.

Esta vez la entrenadora se rió abiertamente.

—Será divertido ver cómo lo intentas.

Los dos sonrieron durante un instante y el ambiente se relajó. Ambos tuvieron claro que pinchándose mutuamente estaban en su salsa.

—¿Intentar, dices? ¿Crees que así he llegado a ser quien soy? —Hubo un significativo intercambio de miradas tras el cual añadió—: Espero que lo hayas pasado bien entre nosotros.

Pau ya se había inclinado para despedirse con dos besos cuando se encontró con la mano extendida de Tina.

—Sí, gracias, lo he pasado fenomenal... No te importa si hoy nos despedimos al estilo inglés, ¿verdad? —repuso ella.

Entonces, él vio cómo una gran sonrisa de dura contrincante iluminaba aquel rostro de rasgos exóticos, tornándolo aún más hermoso.

—Claro que me importa. Hueles de maravilla —admitió. Hizo un gesto que podía interpretarse como un "lástima, otra vez será" y dio un paso atrás, dispuesto a marcharse—. Vuelve cuando quieras, y si es pronto, mucho mejor. Aquí siempre eres bienvenida, Tina.

Él también olía de maravilla. Recordaba perfectamente ese aroma delicado, dulce con un punto cítrico, tan suave que solo podía percibirse en las distancias cortas. Detestaba el rastro penetrante que la mayoría de los hombres dejaba al pasar, le daba dolor de cabeza, pero el menorquín era diferente en eso. Probablemente también lo era en muchas otras cosas. Como por ejemplo, que a pesar de ser un yonqui del éxito, sabía aceptar la derrota con deportividad. Eso era algo que ella valoraba mucho y sabía reconocer adecuadamente a sus adversarios.

—Vale, te lo has ganado... —concedió la entrenadora.

Pau se volvió a mirarla sorprendido. Dudaba mucho que ella hubiera cambiado de opinión, pero de más estaba decir que deseaba que lo hubiera hecho. Se moría por volver a tenerla a la distancia de un beso, aunque no fuera a dárselo. Y no porque no estuviera loco por hacerlo... Dios, desde la noche anterior no pensaba en otra cosa... Pero era pronto para eso. No quería precipitarse y echarlo todo a perder. Era *muy pronto* para eso... ¿O no? La esperanza era lo último que se perdía.

Deseando que su expresión no lo delatara, el menorquín se enfrentó a la situación con una sonrisa expectante.

—Te enviaré un frasco de mi colonia para que la tengas a mano y puedas olerla cuanto quieras —dijo Tina.

Y completó la frase con un guiño que hizo reír de buena gana al menorquín. Había sobradas razones para celebrar porque a pesar de haber hecho trizas sus esperanzas románticas de ese momento en particular, el marcador arrojaba un resultado muy diferente.

Pau Estellés no solo seguía en la carrera, era el que iba en cabeza.

EPISODIO 15

Lunes, 4 de enero de 2010.
Casa de la familia Estellés.
Ciudadela, Menorca.

Jaume Mayol se detuvo frente a la casa de los Estellés. Para variar, esta visita tampoco estaba planificada. En realidad, ya debería estar camino del aeropuerto, pero quería verla otra vez antes de irse. Era consciente de que todos se daban cuenta de su interés por ella, pero le daba igual. Ya no quedaba rastro en él del imbécil que tres décadas atrás la había perdido por orgullo. La vida le estaba ofreciendo una segunda oportunidad y esta vez, no lo estropearía.

Se echó un vistazo para comprobar que todo estaba como debía y respiró hondo.

Dylan sonrió al abrir la puerta y volver a encontrarse a Jaume al otro lado. Si el día anterior se había presentado hecho un pincel, hoy era uno de coleccionista con incrustaciones de cristal de Swarovski.

—Buenos días. Deduzco que hoy no vienes a echarme una mano.

—Me temo que hoy no. —Sonrió con picardía—. Me marcho de viaje, así que he venido a despedirme.

—¿Y es muy largo ese viaje?

Larguísimo. Ahora estar una semana fuera de la isla le parecía una eternidad.

—Según se mire. A veces, unos días pueden parecer un siglo —repuso Jaume, logrando que Dylan se sintiera extrañamente identificado. Nadie mejor que él para comprender la irritante lentitud con la que pasaban las horas cuando estaba lejos de Menorca.

El irlandés se hizo a un lado para dejarlo pasar y juntos atravesaron el corredor. Al llegar al patio, igual que había hecho el día anterior, Jaume soltó un silbido de admiración.

—¡Cómo ha cambiado esto en unas horas!

Dylan le hizo un guiño.

—Con tu ayuda, somos imparables —bromeó.

El lugar estaba irreconocible. Era agradable ver cómo cambiaba bajo el sol que atravesaba los enormes paneles, bañándolo todo con su luz. Cuando estuviera acabado, sería el rincón escogido por Anna los trescientos sesenta y cinco días del año.

—Lo tienes casi terminado... Qué velocidad. Es increíble —comentó Jaume.

Dylan asintió. Las agujetas que tenía en todo el cuerpo daban fe de que llevaba tres días trabajando a destajo.

—Hoy, con un poco de suerte, lo dejaré acabado... —La aparición de Danny interrumpió la conversación y Dylan, al comprobar la cara que se le había quedado al ver al menorquín, intentó la vía de la broma—. ¿Qué, vienes a ayudarme? Fenomenal, así acabamos antes. Se lo diré a tu madre, a ver si te suelta más pasta el finde...

Pero no hubo suerte. Ni la sombra del muchacho esbozó siquiera un intento de sonrisa, dejado patente que ver al antiguo novio de su madre otra vez allí no le hacía ninguna gracia.

—No, no vengo a ayudarte. Me esperan —le dijo a Dylan.

Jaume, en cambio, le ofreció una sonrisa conciliadora. El disgusto del chaval era tan evidente como el interés que él tenía por su madre. Prefería que las cosas fueran diferentes, pero no lo tomaba a mal. Podía entender su recelo.

—Hola, Danny...

—Hola... de nuevo —repuso él sin cortarse.

Dylan también entendía sus sentimientos, pero sabía que las mujeres de la casa, especialmente su madre, no se mostrarían tan comprensivas si se enteraban de lo desagradable que estaba empezando a ser con el menorquín. Había que acabar con ese momento tan incómodo antes de que las cosas pasaran a mayores.

—Pasa, Jaume, la familia está en el salón. Y tú, ven un momento. Necesito que me ayudes con esto, será solo un minuto —le dijo a Danny.

En cuanto el menorquín se marchó, Dylan llevó aparte al muchacho.

—Así, no. Vas a cabrear a tu madre y con razón —dijo buscando su mirada.

—¡También es mi casa y estoy hasta las pelotas de ver a ese gilipollas baboso! —escupió Danny, sacando a relucir su porción latina que, quisiera o no, llevaba en los genes.

—¿Y eso por qué? Es un buen tío y tu madre le interesa. No hay nada de malo en eso, al contrario.

—¡Y si le interesa tanto, ¿por qué la dejó?!

—Pero qué dices, Danny...

—Digo lo que dice todo el mundo. Que la dejó porque no quería que se fuera a estudiar a Londres, el muy gilipollas.

Dylan meneó la cabeza. Qué familiar le resultaba eso: la cagabas una vez y "todo el mundo" se ocupaba de recordártelo el resto de tu vida.

—Eran unos críos... Y además, ¿qué importa eso ahora? Pasó hace siglos.

—A mí me importa... Y me da igual quién se cabree. Nadie va a hacerla sufrir otra vez —sentenció el muchacho. A continuación dio media vuelta y puso rumbo hacia el salón.

—Oye, ¿no te ibas?

—Ya no —respondió Danny. No podía evitar que el tipo se presentara en la casa cuando le diera la gana, pero no se iría de rositas. Cada paso que diera, cada palabra que dijera, él estaría allí, vigilándolo.

Dylan continuó mirando asombrado el lugar que antes ocupaba el adolescente. Por lo visto, en esa familia todos eran de armas tomar, pensó. Andy no le había hablado de su progenitor ni de cómo era la vida familiar cuando sus padres vivían juntos, pero el chaval, con sus palabras, acababa de pintarle un cuadro bastante revelador.

En el salón, Roser daba de comer a Luz mientras Neus cubría las piernas de Anna con la manta.

—Que te crees tú que te voy a dejar ir a preparar la comida. De eso nada, bonita. Tú te quedas aquí, bien calentita, como ha dicho el médico.

Acababan de llegar de la primera sesión de acupuntura después de las vacaciones de Navidad. El médico había notado menos mejoría de lo esperado a esas alturas del tratamiento, pero aunque lo había atribuido a los desarreglos propios de esas fechas, le había recetado una medicina y más reposo.

—Si por él fuera, no haría nada más que descansar en todo el día —se quejó Ana.

—Deja de rezongar —intervino Roser—, y haz lo que te dicen, niña.

—¿Qué es eso de no hacerle caso al médico, señorita? —Esta vez fue una voz masculina la que se oyó, y las hermanas se volvieron a mirar al recién llegado. Una sonrisa apareció en el rostro de Anna de inmediato.

—Te agradezco el cumplido, Jaume, pero hace mucho que he dejado de ser una señorita —bromeó.

Jaume no acertaba a decidir si haberla llamado así se debía a que la seguía viendo como a la quinceañera de la que se había enamorado, o al amor, que conseguía hacerlo sentir como si nada hubiera cambiado.

—Que va. Los años no pasan para ti, Anna.

—¡Jaume, buenos días! Venga, siéntate, que te traigo un café —dijo Neus.

Roser, en cambio, se limitó a saludarlo con parquedad tras lo cual continuó ocupándose de la pequeña como si él no estuviera allí.

Él fue a sentarse frente a Anna.

—No, Neus, gracias, esta vez me voy enseguida… —Volviendo a mirar a Anna preguntó—: ¿Has ido al médico hoy?

Anna se dio cuenta de que Neus estaba a punto de responder por ella, pero su salud era un tema del que no había hablado con él y no planeaba hacerlo en un futuro próximo.

—Lo dicho, no soy una señorita... ¡Tengo mis achaques! —intervino, dejado a su hermana con la palabra en la boca—. Pero estoy bien, no te preocupes. ¿Así que hoy te quedas poquito tiempo?

Jaume asintió con una sonrisa que a punto estuvo de borrarse al ver que Danny entraba en la estancia.

—¿Qué te has olvidado esta vez? —dijo Neus. Su sobrino estaba en Babia desde que el amor había tocado a su puerta en el cuerpo de una chica pecosa de su misma edad, compañera de estudios.

—¿No ibas a casa de Patrick, cariño? —quiso saber Anna.

El muchacho pasó por delante de sus tías y se sentó junto a su madre.

—Tuvo que ir con su viejo a no sé dónde... —mintió Danny.

—Ah, bueno... Disculpa, Jaume, ¿decías...?

El constructor de barcos era consciente en todo momento de que desde que había puesto un pie en el salón, los ojos de Danny no se apartaban de él, algo que el muchacho estaba haciendo para molestarlo y que, en cambio, no tenía ese efecto en él. Le gustaba que siendo tan joven se tomara las cosas de forma tan seria, que quisiera proteger a su madre.

—Sí, salgo ahora mismo para el aeropuerto. Me voy unos días a Mallorca y he venido a despedirme.

Anna asintió. Pensó que se había acostumbrado demasiado rápido a volver a tenerlo en sus días porque ahora la idea de que él se marchara le resultaba extraña. Se esforzó por mostrar su mejor sonrisa.

—¿Ah, sí?

—Sí, serán unos días nada más. Con suerte, en una semana estaré de vuelta. La verdad es que no me apetece nada irme... —admitió, esperando que Anna comprendiera que se refería a ella. Lo habría dicho con todas las palabras, pero no estaban a solas y la pertinaz mirada de Danny no se apartaba de él.

Anna no estaba segura del significado de las palabras de Jaume, pero deseó que se refiriera a ella y descubrirse haciéndolo la hizo sentir aún más extraña que antes. Hacía tantos años que había dejado de experimentar esa clase de interés por un hombre que no sabía qué decir. El silencio empezaba a resultar tremendamente incómodo.

—Bueno… —Anna no completó la frase y Jaume se dio cuenta de que se habría quedado allí el resto de su vida a esperar que lo hiciera. Lo cual sería el plan perfecto si no fuera porque debía coger un avión.

Él echó un vistazo a su reloj.

—Tengo que irme o lo perderé… ¿Puedo llamarte, Anna?

—Claro que sí. ¿Por qué lo preguntas? —dijo ella, asombrada.

Las reacciones ante la inocencia de la dueña de casa fueron variadas. Mientras Neus intentaba infructuosamente reprimir la risa y

Roser sacudía su criticona cabeza, el más joven de la familia Avery tuvo que conformarse con fulminarlo con la mirada y desearle cosas fabulosas como que le diera una diarrea de las buenas y se pasara todo el vuelo sin poder salir del baño.

Jaume la besó con la mirada.

—Es una forma de pedirte tu número —aclaró con ternura.

Y el rostro de Ana se convirtió en una paleta de pintor que exhibía todas las gamas de rojo. Ella meneó la cabeza, incómoda.

—Qué mayor estoy… —atinó a decir, completamente ruborizada.

Mientras tanto, en Londres...

Tina iba camino de su segunda clase de *kick-boxing* cuando su móvil empezó a sonar. Ya había llegado a la sala donde tres de sus alumnos estaban haciendo el precalentamiento y al ver de quién se trataba, volvió a alucinar. Sábado, paseo turístico por Menorca. Domingo, despedidas varias. Lunes por la mañana, y allí estaba él otra vez, erre que erre. ¿Qué se le ofrecía ahora al rey de los alfa? Pronto descubrió que la expresión de su cara debía ser muy evidente ya que uno de sus alumnos, que siempre estaba pendiente de ella, se empezó a reír.

—Uhhhh... No quisiera ser él... —comentó el veinteañero con guasa.

Tina no pudo evitar pensar que, evidentemente, Pau Estellés no lo veía de la misma manera. Estaba encantado de haberse conocido y se había ocupado de dejarlo meridianamente claro con el mensaje con el que había estrenado su número de móvil el día anterior. Ella ya había pasado el control de pasaportes y se dirigía a la puerta de embarque, cuando lo recibió. "Para que no te olvides de mí", decía. Iba acompañado de una foto en la que podía verse al menorquín con su envidiable melena y su no menos envidiable sonrisa de hoyuelo luciendo unas enormes gafas rosas en forma de corazón. Era como si le estuviera diciendo al mundo "mirad, soy tan fabuloso que hasta puedo permitirme hacer el ridículo sin perder garbo". Y si se había librado de que ella le respondiera llamándolo memo, era porque no aparecía solo en esa foto, sino con Alba, que también lucía una supersonrisa y las *RayBan* de su padre. ¿Cuánta seguridad en sí mismo necesitaba tener un hombre para enviarle a la mujer con quien flirteaba una foto de esa clase? Muchísima. Dado que no estaba dispuesta a admitirlo ni deseaba enredarse en otro de tete a tete con él, Tina se había limitado a ignorar el mensaje.

Y ahora lo tenía en su móvil otra vez. El asunto empezaba a tomar un cariz que no le gustaba nada.

—No puedo atenderte ahora —fue la frase lapidaria que utilizó la entrenadora a modo de saludo.

A muchos kilómetros de ella, una sonrisa brilló en el rostro del menorquín.

—¿Cómo sabías que era yo?

Tina no respondió de inmediato. Lo sabía porque tras haber recibido aquel mensaje que la había dejado todo el viaje dándole vueltas al tema, había guardado su número con un nombre muy ilustrativo en la agenda: "Míster Alfa". La idea era que no volviera a sorprenderla. Cuando trataba con él necesitaba tener todas sus antenas funcionando a pleno rendimiento. Algo que, lógicamente, no pensaba decirle.

—No lo sabía, pero la respuesta es válida para cualquiera excepto mi padre y por el tono de la llamada sabía que no eras él. Estoy entrenando. Hablamos en otro momento —"O mejor, en ninguno" tenía ganas de decir, pero su clase ya empezaba con dos minutos de retraso.

La forma en que lo había dicho daba a entender que Tina colgaría tras acabar la frase. Sin embargo, continuaba en línea. La sonrisa de Pau se hizo mucho más grande.

—¿Me llamas? —la desafío.

Escuchó como ella tomaba aire ruidosamente.

—No. Me llamas tú.

Él se cubrió la boca con una mano, aguantando la risa. Esperó a recuperar la seriedad para hablar.

—En ese caso, voy a necesitar saber a qué hora acabas de entrenar…

Pau se estaba relamiendo de gusto. Le encantaba Tina, le divertía ponerla contra las cuerdas porque le enloquecían sus reacciones, su genio, toda ella… y *después* de lo sucedido el día que Alba había ido con ella al gimnasio, a esta reacción en particular la esperaba como agua de mayo.

Tina no estaba nada encantada. Había dado por hecho que, ya que él tenía su número, alguna vez lo usaría. Pero no tan pronto... Ni con una insistencia que empezaba a ponerla de muy mal humor.

Tienes suerte de que me estén esperando, que si no...

—En una hora —repuso, a regañadientes.

—Muy bien. Hasta dentro de una hora, entonces —se despidió Pau.

Y ella supo, aún sin verlo, que a pesar de su comedida respuesta, el más alfa entre los alfas estaba celebrando por todo lo alto haberle ganado la mano. *Otra vez.*

Después de dejar a su madre en casa tras la sesión de acupuntura, Andy había ido al gimnasio, pero no había pasado ni diez minutos pedaleando cuando la ansiedad pudo con ella. Tenía que hablar con su tío, decirle que pensaba dejar el restaurante. Llevaba días poniéndose excusas para no hacerlo porque, en realidad, pensaba que él no lo tomaría bien y acabarían discutiendo *otra vez*, pero ya no podía seguir posponiéndolo. Era lunes, el día de descanso semanal en el restaurante, por lo que probablemente si se daba prisa, aún lo encontraría en su casa.

Decidida, Andy dejó el entrenamiento a medias, se cambió de ropa, y puso rumbo a la casa de Pau Estellés.

Él se mostró sorprendido de verla al otro lado de la puerta. Cuando su novio estaba en la isla, la familia le veía muy poco el pelo.

—¿Eres tú, realmente, o es que estoy viendo visiones? —la saludó.

—En todo caso, es la misma visión que tienes en Sa Badia de martes a domingo, tío. ¿Puedo pasar?

La comunicación había mejorado entre los dos, pero después de enterarse de sus intentos por mantener a Dylan alejado de ella, la relación no había vuelto a ser como antes.

—Claro —dijo él, haciéndose a un lado—. ¿Está todo bien por casa...?

—Sí, no te preocupes. He venido porque quiero hablar contigo.

Pau asintió aún más sorprendido que antes. Ambos se dirigieron a la cocina y una vez allí, la conversación continuó.

—¿Y Alba?

—Con sus abuelos —dijo él haciendo sonreír a Andy con aquel tono que mostraba sin tapujos que aquello no era de su agrado.

En efecto, todo era muy reciente y Pau no quería pasarse de duro, pero era cuestión de días que les pusiera los puntos sobre las íes a su familia. No había luchado cinco largos años en los tribunales para acabar viendo a su hija en fotos, esta vez gracias a sus abuelos paternos que no dejaban de acapararla.

—Están felices de volver a tener a su nieta, tío. Ya se les pasará.

No se les pasaría. Los dos habían sido unos padres cariñosos y extremadamente ocupados, que ahora sufrían de abuelitis aguda. Esa enfermedad no se curaba sola.

—Estaba a punto de servirme un café, ¿te apetece uno?

Andy negó con la cabeza. El café se lo tomaría después, para celebrar que las cosas habían ido bien. *Suponiendo que fueran bien.*

—No quiero nada, gracias.

—Pues tú dirás…

Andy se acomodó en uno de los taburetes de la barra de la moderna cocina americana. Frente a ella, su tío continuaba atento a la cafetera automática.

—Estoy pensando en dejar el restaurante y como sé que sustituirme llevará algún tiempo, he querido decírtelo… Cuanto antes lo sepas, mejor para todos.

Ya estaba. Ya lo había dicho. Ahora sólo quedaba esperar la explosión atómica.

Pau había perdido todo interés por el café. Sus ojos ahora se centraban en su sobrina, como si necesitara mirarla para que las palabras que acababa de oír cobraran sentido en su cabeza.

El primer pensamiento fue de disgusto. Tenía planes a futuro para ella, que pasaban por dejar la dirección del restaurante en sus manos. Que ella estuviera pensando en marcharse, suponía no solo un revés importante, también lo obligaría a dedicarle a Sa Badia aún más horas de las que ya le dedicaba.

El siguiente pensamiento fue de sorpresa. Nadie en su sano juicio dejaría así como así un puesto de jefe de sala en el restaurante más famoso de la isla. Entonces recordó que unos días atrás, Anna le había comentado que Andy echaba de menos el bar de moteros de Londres.

Él dudaba mucho que fuera por el trabajo, así que quizás Anna estuviera al tanto y decírselo no hubiera sido más que una forma de ir preparando el terrero.

Pronto, sin embargo, cayó en la cuenta de que su sobrina había cambiado mucho desde que llegara a Menorca... Y mucho más aún desde que estaba con Dylan. Ese tipo otra vez. Como el asunto tuviera alguna relación con él, ardería Troya.

—¿Estás pensando en dejar uno de los trabajos en hostelería mejor pagados de la isla? Asombroso. Espero que no tomes como una intromisión en tu vida privada que te pregunte por qué.

No tan asombroso como tu reacción, pensó Andy. No había habido ninguna explosión atómica. Al contrario, su tío se lo estaba tomando con una calma inusual en él. *Demasiado inusual.*

—Sería largo de explicar... Digamos, que necesito un cambio —replicó con cautela.

—¿Te refieres a más dinero, a trabajar menos horas...?

—¿Por qué, me lo darías si te lo pidiera? —lo pinchó, en parte por curiosidad y en parte porque no acababa de creerse tanta calma.

—Todo puede hablarse.

—¿Lo dices en serio?

Pau asintió varias veces con la cabeza.

—No eres jefe de sala por ser mi sobrina, Andy. Te lo has ganado. Ciro no concibe el servicio en los salones sin ti a la cabeza del equipo de camareros y ayudantes, y yo opino lo mismo. Queremos conservarte motivada, así que sí, todo puede hablarse.

Andy sonrió ligeramente. Venía preparada para defenderse, pero no para este hombre conciliador que no solo no se enojaba, sino que le ofrecía alternativas. Ahora, la hacía sentir mal haber desconfiado de él.

—Gracias, tío... Te lo agradezco de verdad... Claro que estaría bien ganar más y trabajar menos, ¿a quién no le gustaría? Pero no voy a engañarte, necesito un cambio. Antes, cuando estábamos en Londres, no podía ni siquiera planteármelo, pero ahora que ya no tenemos una soga al cuello, me gustaría buscar alternativas...

En el mundo de Pau Estellés, muy pocas cosas se resistían al inmenso atractivo del dinero. Andy era muy joven, pero solo en los papeles. No se lanzaría a la aventura sin más. Algo tenía en mente, pensó él. Algo que le resultaba más estimulante que su cuenta bancaria.

—¿Qué clase de alternativas?

Ella podía haberle hablado de su proyecto, de todas formas acabaría enterándose, pero tenía la sensación de que si lo hacía en ese momento cuando todo estaba aún por definir, dejaría de ser *su proyecto* para convertirse en el proyecto de toda la familia. Les hablaría de ello cuando tuviera un plan de empresa viable y un banco dispuesto a financiarlo.

La joven se encogió de hombros.

—Lo sabré cuando las encuentre, supongo.

Pau ya no tenía ninguna duda al respecto. Esa necesidad de cambio de su sobrina tenía que ver con independencia, con no depender de la familia. Con hacer las cosas a su antojo y no tener que darle cuentas a nadie. En otras palabras, tenía que ver con Dylan Mitchell.

Intentando que la rabia que empezaba a calentarle la sangre no fuera evidente, Pau volvió a poner la atención en la cafetera, que ya había dispensado un *espresso*.

—Como quieras, Andy —Bebió un sorbo y continuó—: Me gustaría que lo pensaras detenidamente. Y también me gustaría pedirte que antes de aceptar otro trabajo, nos permitieras mejorar la oferta. Hay muchas empresas en el grupo, muchas otras alternativas, que si te interesan, podrían ser tuyas. Quiero que esto te quede claro.

—Gracias, tío, lo tendré en cuenta —dijo ella cada vez más asombrada con su actitud—. Para que te organices, me gustaría estar libre para la primavera. Por supuesto, no hay problema si necesitaras algún tiempo más…

—No te preocupes, Andy. Me pondré con el tema ya mismo.

Ella sonrió aliviada.

—Bueno, pues eso era todo… Ahora me voy al gimnasio, que tengo que entrenar.

Pau mantuvo el tipo hasta que su sobrina se machó. Entonces, regresó al salón a por las llaves de la moto y el abrigo, y abandonó la casa.

Si el impresentable de Dylan Mitchell pensaba que él se quedaría mirando cómo intentaba apartar a Andy de su familia sin hacer nada al respecto, se equivocaba de medio a medio.

Andy se sentía ligera como una pluma. Todavía seguía alucinando con la reacción de su tío, pero la alegría de haberse quitado de encima aquel peso tremendo empezaba a competir por el primer puesto en sus emociones y, con ella, unas ganas insoportables de correr a contárselo a Dylan a las que no opuso la menor resistencia.

Cuando llegó a su casa, encontró a todo el mundo laborioso en el patio. A todo el mundo, menos al causante de la algarabía. A Anna la habían acomodado con sillón y todo en un rincón desde el que ella intentaba dirigir las labores de reacondicionamiento de su bonito patio, mientras el resto iba y venía colocando los tiestos, quitando las fundas de plástico que protegían los muebles de jardín y recogiendo los últimos restos de la obra.

—¡¿Has visto qué bien ha quedado?! —exclamó Anna tan pronto su hija apareció en el patio —¡Mira, mira, mira… ! ——y con cada "mira" apretaba un botón en su móvil que ponía en marcha una acción diferente en el cerramiento del patio, abriéndolo y cerrándolo por sectores, a placer.

Estaba como una niña con un juguete nuevo, pensó Andy al ver a su madre tan feliz.

—¡Tu novio vale su peso en oro! —intervino Neus, ubicando el último tiesto de helechos junto a la rosa trepadora.

—Bueno, no sé si tanto… —empezó a decir la gruñona de la familia, que con la pequeña Luz en los brazos, inspeccionaba las labores con ojo crítico—. Pero, sí, ha quedado bien.

De pronto, los comentarios y las risas cesaron, y todos los presentes miraron a Roser.

—¿Qué pasa, tengo monos en la cara? —rezongó al sentirse observada.

Anna sonrió satisfecha, su querido patio tenía que haber quedado espectacular para que alguien como su hermana, que tenía los ojos entrenados para ver siempre el lado sombrío de las cosas, lo reconociera. Andy y Danny se echaron a reír de pura incredulidad. Fue Neus quien le puso el punto cómico al momento.

—Anna, venga, dale al botoncito para que esto se cierre, porque la tormenta será de aúpa. ¡De esta, morimos ahogados! —exclamó, rezumando ironía.

—¿Crees que no sé reconocer cuando algo está bien? —repuso Roser, airada—. Las obras han sido una molestia y el momento del año no fue el más adecuado, pero el patio ha quedado muy bien. Para que veas que sí se reconocerlo.

—Déjalo, anda. No lo estropees —dijo Neus, y ya no sonreía cuando lo hizo. Además de criticona y amargada, ¿ahora su querida hermana también era una desagradecida? Le parecía el colmo de los colmos.

—Me ocuparé de decírselo, tía —intervino Andy en un intento de aplacar las cosas—. A Dylan le encantará saberlo.

Roser hizo un gesto peyorativo con la boca.

—Me subestimáis, como siempre. Para que conste, ya se lo he dicho personalmente—remató para mayor asombro de todos, especialmente de Andy que, sencillamente, no podía imaginarla reconociéndole algo a alguien que detestaba tanto.

—¿Dónde se ha metido, por cierto? –preguntó la muchacha—. Pensaba que estaría aquí toda la mañana…

—¿Y dónde quieres que esté, Andy? —repuso Neus—. Acaba de irse a su casa. Dijo que regresaría a la hora de comer. Ese lobo solitario que tienes por novio estaría desesperado por disfrutar de un rato tranquilo sin señoras cacareando todo el tiempo a su alrededor.

Andy asintió. No le faltaba razón. Por más que él parecía estar adaptándose mucho mejor de lo que ella había esperado a un entorno familiar permanentemente concurrido, no le extrañaba en absoluto que, de tanto en tanto, huyera en busca de un poco de soledad. Decidió dejarlo disfrutar un rato a solas.

Mientras iba a su habitación a poner un poco de orden, llamó a Tina para contarle lo de su tío. Era un buen augurio que lo hubiera tomado con tanta tranquilidad y pensaba utilizarlo para seguir intentando arrancarle el "sí". Pero el móvil sonó varias veces hasta que saltó el buzón de voz. Andy le dejó un mensaje.

—Tengo noticias. Llámame, Tina.

La muchacha volvió a guardar el móvil y miró el caos imperante en su habitación. Le había costado semanas que las hermanas Estellés entendieran que no deseaba que nadie más que ella se ocupara de limpiarla. Y lo había conseguido, pensó desalentada. Menudo desastre.

Un instante después decidió que el irlandés tendría que disfrutar de su soledad en otro momento. Se moría de ganas de contarle las buenas nuevas.

Andy volvió sobre sus pasos, sonriéndole a las baldosas.

—¡Voy de embajadora de las hermanas Estellés a comunicarle al señor Mitchell lo contentas que estáis con su trabajo! —exclamó alegremente al llegar al patio.

Y no se quedó a esperar respuesta.

Andy estaba feliz. Le parecía increíble el giro que había dado su vida en tan solo cuatro meses. Habían sucedido tantas cosas... Momentos durísimos y también de esos de tocar el cielo con las manos. Años contando hasta el último centavo, matándose a trabajar para llegar a fin de mes, sin ningún otro plan a la vista que continuar igual. *Dando gracias por poder hacerlo.* La vida le había quitado muchas cosas; Sonia, la peor de todas con diferencia. El vacío que su hermana había dejado era gigante y eso no cambiaría jamás. Pero, a veces, últimamente, le daba la impresión de que era como si Alguien Allá Arriba intentara compensarles, a ella y a su familia, por la pérdida. El nuevo tratamiento había ralentizado el avance de la enfermedad de Anna, la pequeña Luz crecía sana y se convertía cada día más en la alegría de la casa, Danny volvía a tener la vida de un adolescente, tenía amigos, le iba bien en el colegio...

Bajo el casco, una sonrisa iluminó el rostro de Andy al pensar que para ponerle la guinda al pastel, ella tenía al hombre más increíble de la galaxia en su vida, ¡y el proyecto de abrir su propio gimnasio! ¡¿Cómo no iba a estar loca de alegría?!

Se levantó el visor y dejó que los rayos del sol le calentaran la piel. Había dado varios rodeos a bordo de Lola para disfrutar de las vistas de aquella mañana soleada, pero apenas habían transcurrido unos minutos y ya había llegado a su destino.

Rodeada de ese halo de persona feliz que le impedía dejar de sonreír, desmontó y guardó el casco en la alforja. Fue entonces, al alzar la vista, cuando vio la moto que estaba aparcada en la entrada de garaje del irlandés.

—¿Qué haces en casa de Dylan, tío Pau? —pensó Andy en voz alta.

Y un instante después, se le había hecho un nudo en el estómago y estaba helada de frío.

EPISODIO 16

Lunes 4 de enero de 2010.
Casa de Dylan Mitchell,
Cala Morell,
Ciudadela, Menorca.

Dylan se sumergió en el baño de espuma con un suspiro y dejó que aquella combinación de agua a temperatura ideal y aroma a almizcle lo envolviera completamente. Notó como poco a poco cada músculo de su dolorido cuerpo empezaba a relajarse y su cerebro disfrutaba a fondo de aquel momento de soledad. Menorca era sinónimo de Andy, de amor, sexo y planes en pareja, todo lo cual le encantaba. Pero también de compañía constante, de ojos observándolo, y de muy poco tiempo para sí mismo. Realmente, echaba de menos momentos como este, con la casa vacía y nada que hacer, excepto disfrutar de estar solo con sus pensamientos.

Y de un buen vaso de *bourbon* como el que tenía al alcance de la mano, pensó con una sonrisa. Acompañado, por supuesto, de un buen cigarrillo que, casualmente, también tenía a mano. Después de secarse la punta de los dedos con la toalla, tomó un pitillo de la caja y lo encendió. Dio una profunda calada que saboreó a gusto y exhaló el humo despacio. Estaba en la Gloria. Con un poco de suerte, la reunión del día siguiente iría sobre ruedas. Menorquines, ingleses y árabes alcanzarían un buen acuerdo, y el único irlandés del evento conseguiría tener un trabajo ideal y una novia en el mismo país, como las personas normales. Tuvo que sonreír ante sus ocurrencias. Llevaba meses como un Correcaminos, de aeropuerto en aeropuerto, y muchas veces, al despertar, no estaba seguro de dónde se encontraba. Por supuesto, no lo lamentaba. Todo lo contrario, se sentía agradecido de que Andy se hubiera cruzado en su camino. Había aparecido de la nada con su talante alegre y su sonrisa, arrancándolo del atroz aburrimiento en el que se había convertido su vida, para llevarlo a otra llena de luz, palpitante de energía. Una vida colmada de sentido, de infinitas posibilidades.

El timbre lo devolvió a la realidad con un gruñido. Descartó de inmediato ir a atender. Andy tenía llaves, no podía ser ella. En tal caso, que volvieran más tarde.

Pero siguieron insistiendo y el último timbrazo duró como si el mecanismo se hubiera atascado. Un instante después, su móvil empezó a sonar con la misma obstinación.

Adiós tranquilidad.

Dylan maldijo al ver de quien se trataba. Salió de la bañera y se secó rápidamente. A continuación, se puso una bata y unas pantuflas, y se dirigió a la puerta.

La abrió de muy mal humor y se limitó a mirar a Pau Estellés esperando que dijera a qué puñetas venía a su casa.

Y vaya si lo hizo.

—Tenemos que hablar. Y será mejor hacerlo dentro porque aunque a ti todo "te importa un carajo", yo soy alguien en esta isla.

Sí, *alguien* muy cargante, pensó Dylan. ¿Sería realmente consciente de lo mal que le caía desde el minuto cero? Por lo visto, no. De otra forma procuraría no cruzarse en su camino tan a menudo. La archiconocida practicidad del irlandés volvió a ganar la mano y él se apartó de la puerta sin hacer el menor comentario.

Una vez en el salón, Dylan permaneció de pie, mirándolo sin decir nada. Esperó pacientemente a que el menorquín acabara de inspeccionar la estancia.

—¿En mes y medio no has acabado de desembalar tus cosas? Asombroso.

—Eso parece —se limitó a responder.

Tras un breve intercambio de miradas, Pau fue al grano.

—Andy ha venido a verme.

Dylan no lo sabía, ella no le había comentado que lo haría.

—No hace falta que finjas —continuó el menorquín—. Sé que estás detrás de esto y por eso he venido.

—¿Detrás de qué?

—Detrás de lo que le pasa a Andy. Eres de la clase de tíos que solo traen problemas. Ni domótica ni leches, esto es lo que se te da mejor.

—Joder... Tú alucinas —se quejó Dylan, acortando instintivamente la distancia que los separaba. Todo tenía un límite, y lo que acababa de decirle lo rozaba peligrosamente.

Pau también avanzó hacia él. En un momento, estaban cara a cara y el tono de la conversación había vuelto a elevarse.

—Ten cuidado con lo que dices.

—Te presentas aquí por las buenas, me insultas en mi propia casa ¿y el que tiene que tener cuidado con lo que dice soy yo? Mira, que seas familia de mi novia no te da carta blanca conmigo. Así que si quieres algo, suéltalo de una vez.

Estaban tan concentrados en su discusión que ninguno de los dos se dio cuenta de que ya no estaban a solas. Andy había usado sus llaves para entrar procurando que ni la cerradura al girar ni el choque de las múltiples llaves que llevaba en su llavero la delataran. Quería pasar inadvertida porque deseaba enterarse de lo que sucedía de primera mano y sin filtros, pero haber conseguido recorrer todo el pasillo sin que lo notaran a pesar de sus ruidosos tacones, era un claro indicador del nivel de abstracción de los dos hombres.

—Dice que deja Sa Badia porque necesita algo tan ambiguo como "un cambio". ¿Esperas que crea que tú no tienes nada que ver? —espetó Pau.

A pesar de lo caliente que estaba, Dylan se percató de un detalle: Andy no le había hablado del proyecto a su tío, solo le había avanzado que dejaba su trabajo. Por eso estaba allí, creyéndolo la raíz de todos sus males.

—Ni siquiera sabía que había ido a verte —se defendió el irlandés.

Pau tenía que reprimirse para no pasar de las palabras a los puñetazos y el impresentable no hacía más que jugar con las palabras.

Que no supiera que había ido a verlo, no implicaba en absoluto que no fuera el instigador del asunto. ¿Acaso lo estaba tomando por tonto?

—Quiero saber lo que os traéis entre manos, ya. Andy no es así, esas no son *sus* ideas. Son las tuyas.

A un par de metros de la puerta del salón, la aludida cerró los puños con fuerza. A la cara, su tío le hacía la pelota diciéndole lo valiosa que era y en cuanto se daba la vuelta, la ninguneaba como el mejor. ¿"No son *sus* ideas"? Y una mierda. Por supuesto, que eran sus ideas.

Dylan apagó la calefacción de un manotazo. Con el mafioso que tenía en el salón y lo mal que le caía, había fuego suficiente para competir con el infierno.

—Claro, y eso lo dices porque tú la conoces mucho, ¿no? —ironizó el irlandés.

—Por supuesto que sí; Andy no dejaría el trabajo que pone el pan en su mesa sin un plan alternativo. Llevo ocupándome de ella y de su familia desde mucho antes de que tú aparecieras en escena —escupió el menorquín, que a estas alturas ya todo lo decía en el mismo tono: alto y peyorativo.

—Pues por lo que se ve no lo estabas haciendo demasiado bien —replicó Dylan, mirándolo fijamente.

—Y seguro que tú te aprovechaste de eso... ¿Sabes lo que pienso? La necesidad de cambio de mi sobrina no es otra cosa que querer ir por libre. *Tú* la has convencido de que puede hacerlo y la verdad es que no, no puede hacerlo.

Dylan no pudo evitar soltar una risotada irónica.

—¿Y quién va a impedírselo? ¿Tú? Por si no te has dado cuenta todavía, Andy es muy inteligente y muy capaz, y solamente tiene veintitrés años. Puede hacer lo que le dé la gana, tío.

Andy odiaba lo que estaba sucediendo, pero recibió las últimas palabras de Dylan con agrado. Al menos, algo bonito entre tanta mierda... Detestaba estar escuchando a escondidas. Detestaba haber comprobado que su tío tenía dos caras y que seguía entrometiéndose en su vida con la excusa de no fiarse de Dylan. Lo que su tío no soportaba en realidad era que Dylan no se sintiera intimidado por el influyente y todopoderoso Pau Estellés. Bien por su chico, pensó, que le estaba dando ración doble de desdén.

Dentro del salón, Pau replicó con tanta ironía como Dylan.

—¡Acaba de hablar el Señor Todo Me Importa Un Carajo! Qué típico. Precisamente porque Andy es todo eso que dices, su lugar está con nosotros, con las empresas del grupo. Porque, *por si no te has dado cuenta todavía*, si Andy no está con nosotros, está con la competencia. Y eso es algo que no nos podemos permitir. No somos una familia corriente, todos trabajamos para el grupo de empresas y todos somos accionistas. Hay planes para ella que, lógicamente, no son malgastar sus aptitudes dejándola como Jefe de Sala el resto de su vida. Pero todavía es pronto para eso porque, como bien señalas, solo tiene veintitrés años.

Dylan dudaba mucho que nada de lo que le ofrecieran la hiciera cambiar de opinión, pero si aquel tipo tuviera la decencia de bajar del pedestal y contarle a Andy qué planes tenía para ella, como mínimo, la relación familiar mejoraría.

—¿Se lo has dicho? —Preguntó por preguntar, sabía que no lo había hecho y la expresión de la cara de Pau se lo confirmó—. Qué típico. En ese caso, tenéis un problema. Ha ido a verte, ergo su decisión está tomada. Si quieres que lo reconsidere, tendrás que poner todas las cartas encima de la mesa. Que por otra parte, es lo que haría cualquier persona normal; hablar y llegar a un acuerdo en vez de manipular y retorcerlo todo. Pero claro, ese no es tu estilo. Te voy a dar un consejo, tío; no te guardes nada en la manga. Si algo la cabrea de verdad es que le mientan.

El rostro del menorquín rezumaba ironía cuando habló.

—Tiene gracias que seas tú quien lo diga. ¿Sabe Andy de nuestro encontronazo en Niza? No se lo has dicho. No sabe nada de tus tejemanejes con Clinton Rowley. Así que baja los humos porque tú también le has mentido y no quiero imaginar lo que podría suceder si se entera... —Disfrutó al ver cómo a Dylan se le cambiaba la expresión de la cara—. Tranquilo, a mí tampoco me interesa remover viejas historias... Lo digo porque la cuestión aquí no es un "tenéis", sino un "tenemos". Los dos tenemos un problema. Te voy a dar un consejo; habla con ella. Ayúdale a ver que jugar en equipo es más inteligente y más rentable a largo plazo, que ir por libre.

En algún momento entre la referencia a que Pau y Dylan se habían visto en Niza y la que implicaba al padre de su ex jefe en toda aquella historia de locos, Andy había dejado de respirar con normalidad. Contenía el aliento y el resto de la frase le llegó como en una letanía. Su mente solo parecía interesada en una cosa; Dylan le había mentido. Y ella había tenido que enterarse de la forma más patética de todas; escuchando a hurtadillas.

—¡¿Me estás amenazando?! —oyó que Dylan decía a voz en grito cuando ella estaba a un tris de plantarse en mitad de la sala y encararse con los dos—. ¡Lo tuyo es de psiquiatra, tío! Mira, esto va a ser así. Andy hará lo que le dé la gana, yo le facilitaré las cosas todo lo que pueda y tú te vas a largar ahora mismo de...

El estruendo de un portazo interrumpió la pelea. Los dos giraron la cabeza en la dirección del sonido. Uno de ellos ató cabos en una fracción de segundo y corrió hacia la puerta, llamando a Andy sin obtener respuesta.

Cuando llegó a la calle, ella se alejaba en su moto a todo gas.

—Joder —Dylan hizo el ademán desesperado de sacar el móvil del bolsillo hasta que recordó que no lo llevaba encima. Dio una vuelta sobre sí mismo sin acabar de decidir qué hacer. Las llaves del todoterreno estaban dentro. *Su ropa estaba dentro.* ¿Dónde pensaba ir en bata y pantuflas?—. ¡Joderrrrrrr!

El irlandés volvió a entrar en su casa como un alma que llevaba el diablo. Se cruzó con Pau en el pasillo y el primer impulso fue pasar de largo, pero cambió de idea.

—Empieza a rogar por que la sangre no llegue al río, tío —le advirtió con los dientes apretados a quince centímetros de su cara.

Dylan había llamado a Andy varias veces, pero ella no respondía. Tampoco había respondido a sus mensajes. En el gimnasio averiguó que había estado ejercitándose un rato, pero se había marchado diciendo que volvería más tarde a completar su sesión. Tras una ruta por sus rincones favoritos sin encontrarla, solo le quedaba comprobar si estaba en casa, pero se trataba de una maniobra que tenía que pensar con calma.

Bebió el último sorbo de su cerveza considerando sus opciones. El enfado de Andy tenía que ser muy grande para haberse marchado de su casa sin intervenir. Y su pertinaz falta de respuesta dejaba claro que no quería hablar de ello. Ni con él. Probablemente, lo habría oído todo y ya no pensaría que el "Señor Mitchell era lo mejor que le había pasado en la vida".

Mierda.

¿Qué opciones tenía? Presentarse en su casa sin previo aviso y que pasara lo que tuviera que pasar o... Llamar a Anna con la excusa de que el móvil de Andy no daba señal. Si estaba allí, pedir hablar con ella. Con suerte, no se negaría para no dar que hablar a su familia. Si no estaba allí, quizás Anna supiera su paradero. Descartó la primera opción de inmediato y sacó su móvil.

—*¿Te he dicho ya que adoro cómo has dejado mi patio y que eres mi yerno favorito?* —lo saludó la alegre voz de Anna.

—Soy el único que tienes —*Y tal como están las cosas, igual no te duro mucho tiempo más*—, pero gracias por el cumplido. Oye, ¿está tu hija en casa? Se debe haber quedado sin batería porque no logro hablar con ella.

—*¿No está contigo? Qué raro. Dijo que iba a verte. Hace un buen rato ya.*

Fue a verme. Y he tenido tanta suerte que, en vez de encontrarme solo y desnudo en un baño de espuma, me pilló discutiendo con el mafioso de tu hermano que, para variar, se fue de la lengua. Así que ahora, probablemente, Andy estará pensando en formas dolorosas de asesinarme.

—¿Sí? Ah, entonces, estará en mi casa —dijo él en el tono más casual que fue capaz de poner, dadas las circunstancias—. Yo me he entretenido comprando unas cosas. Gracias, voy para allá.

Después de hablar con Anna, Dylan pidió otra cerveza. Volvió a llamar al móvil de Andy, sin suerte. En esta ocasión no dejó ningún mensaje. Era obvio que en lugar de enfrentarse a él y decirle a la cara lo que pensaba, prefería dar la callada por respuesta, igual que una quinceañera bajo los efectos de su primer berrinche amoroso.

Sacudió la cabeza, disgustado. Le resultaba raro tener que admitir que había algo de Andy que le calentaba la sangre en el mal sentido de la palabra, pero así era. No le gustaba nada esa reacción de adolescente enfurruñada. Lo peor era que, conociéndose, sabía que tarde o temprano acabaría soltándoselo.

La reacción de Andy, sin embargo, no tenía que ver con quinceañeras enfurruñadas sino con alguien que sabe que está a punto de explotar y pretende reducir los daños colaterales. No se estaba escondiendo de Dylan, solo digería la desilusión y el consecuente enfado lo mejor que sabía; dando puñetazos a una bolsa de arena en el gimnasio.

Su halo de persona feliz se había estrellado contra una realidad que le había hecho mucho daño y todo había sucedido en un abrir y cerrar de ojos. En un instante, no solo había vuelto a desengañarse de su tío, también había descubierto que el hombre de quien estaba enamorada, le había mentido. Y lo peor, había comprendido que algo había cambiado en su interior, porque la idea de hacer sus petates y volver a Londres con su familia, como habría hecho apenas un mes atrás, ya no era una opción. A la desilusión y el enfado se había sumado la peor de las emociones para Andy; la impotencia. Y era ella, precisamente, la que la mantenía frente a la bolsa de arena a pesar de que sus músculos se habían rendido hacía ya un buen rato.

La imagen que proyectaba consiguió que Dylan se detuviera. Llevaba más de una hora subiéndose por las paredes y no venía en plan de hombre enamorado intentando hacer las paces, precisamente, pero... ¿cuánto llevaba aporreando esa bolsa?, pensó. Andy apenas podía sostenerse en pie y la usaba a modo de apoyo, pero mientras se agarraba a ella con el brazo izquierdo, seguía pegando con el puño derecho. Una mezcla de pena y de ternura embargó al irlandés, sin que nada pudiera evitarlo.

Andy no fue consciente de su presencia hasta que oyó la voz de Dylan. Giró la cabeza para mirarlo y al hacerlo fue como si toda su rabia recobrara brío, algo de lo que él se dio cuenta al instante y, a pesar de todo, intentó la vía pacífica.

—¿Te has quedado sin batería? Me tenías preocupado. He perdido la cuenta de las veces que te he llamado...

¿Para qué me llamabas? ¿Para volver a mentirme haciéndome creer que todo fue un malentendido, que lo que oí estaba sacado de contexto y que lo estoy interpretando mal?

El lenguaje corporal de Andy se ocupó de mostrar el tenor de sus pensamientos.

—No te atendí porque no quiero hablar contigo y tampoco quiero que vayas a mi casa...

El asombro en la expresión de Dylan fue tal que ella se removió por dentro. ¿Qué esperaba? ¿Arreglarlo con un par de besitos?

—Necesito digerir esta mierda sin que salpique a mi madre —añadió—. Ella no puede llevarse este disgusto.

Dylan estaba mucho más que asombrado. Así que todo se reducía a que Anna no se enterara de que su hermano había vuelto a hacer de Don Corleone y de que su yerno favorito había perdido el estatus de novio preferido de su hija. Sin posibilidad alguna de explicarse, sin importar las razones. Sentenciado al destierro, sin más.

—¿Y ya está?

—Y ya está —repuso ella, sus ojos brillantes de rabia.

Dylan asintió repetidas veces con la cabeza. A pesar del asombro y de lo inconcebible que le resultaba la reacción de Andy, quizás fuera mejor que ella siguiera aporreando la bolsa de arena y él se metiera en la cocina a picar cebolla hasta que le sangraran los dedos. La impotencia sacaba lo peor de los dos; él se convertía en un pésimo negociador y a ella, evidentemente, su porción latina le jugaba muy malas pasadas. Quizás lo mejor era dejarlo estar porque como abriera la boca y dijera lo que de verdad pensaba, las cosas iban a acabar fatal.

—Muy bien, como quieras —concedió el irlandés. Tras lo cual, dio media vuelta y se marchó ante la mirada desconcertada de su novia.

¿Y ya está? ¿Así de fácil?

Andy soltó un bufido airado y volvió a arremeter contra la bolsa con toda su rabia.

Después del desastre, Pau regresó a su casa maldiciendo en todas las lenguas que conocía. Tendría que hablar con Andy, aclarar las cosas sin que lo sucedido fuera *vox populi* en la familia, de otra forma estaría jodido para los restos. Pero si algo había demostrado ser su sobrina era firme en las decisiones que tomaba y después de lo sucedido, iba a ser muy difícil convencerla de seguir trabajando para las empresas del Grupo. Un ascenso o más dinero, ya no sería suficiente. De hecho, iba a ser complicado que ella volviera a dirigirle la palabra.

Qué mal había salido todo, joder. Intentando evitar un problema, había acabado provocando uno mayor. O quizás varios, pensó al recordar que tenía que llamar a Tina. ¿Qué probabilidades había de que siendo tan amigas, Andy no la hubiera puesto al día de su monumental metedura de pata?

Pau se sentó a la barra de la cocina, apartó el café que continuaba allí, a medio tomar, y sacó el móvil. Le daba igual si Tina estaba al tanto o no. Nada impediría que él siguiera al pie del cañón.

Sonó varias veces hasta que finalmente saltó el buzón de voz, confirmando sus sospechas. Durante un instante consideró la alternativa de dejarle un mensaje, pero la descartó. Quizás había sido un inesperado golpe de suerte no haberla encontrado. Después de lo sucedido, enfrentarse a ciegas a una mujer tan dura de pelar como Martina Murphy probablemente hubiera resultado en otra gran metedura de pata, y con una ya era más que suficiente por el día.

Necesitaba pensar con calma su siguiente movimiento.

Mientras tanto, en Londres...

Tina se envolvió en la toalla y salió de la ducha. Fue hasta su taquilla a por sus cosas. Se estaba vistiendo cuando el móvil empezó a sonar. Lo sacó del brazalete deportivo que usaba cuando entrenaba y al ver el nombre que parpadeaba en la pantalla, soltó un bufido. Míster Alfa otra vez.

La entrenadora no tuvo que pensar si lo atendía o no. Suponiendo que le interesara hablar con él, que no era el caso, le tocaban las próximas dos horas como monitora de *fitness* y apenas disponía de unos minutos.

No iba a negar que lo había pasado inesperadamente bien en su compañía ni que encontraba sorprendente que los mismos atributos que espantaban a los de su género, a él no solo no lo espantaban sino que los encontraba "impactantes", pero seguía sin creerse su repentino interés. Lo dejó sonar y continuó vistiéndose. Cuando acabó, tomó el móvil y escuchó el mensaje que le había dejado Andy.

Su amiga sonaba la mar de feliz y se moría por saber cuáles eran esas "noticias", pero, lamentablemente, tampoco tenía tiempo para eso en aquel momento.

Ajena al temporal que azotaba las tierras menorquinas, Tina Murphy puso rumbo a la sala de aparatos del gimnasio.

En el taller de customizados Rowley Customs...

—Es tu móvil el que está sonando, Conor. ¿Quieres que te haga de secretario y lo atienda? —anunció Maddox, risueño.

—Como lo toques, te zurro —fue la respuesta del dueño del aparato de quien solo sus piernas estaban a la vista, ya que asomaban por debajo del Lamborghini Murciélago en el que estaba trabajando.

—¿Y qué más te da, tío? Seguro que no es ningún ligue del fin de semana. ¡Con esa cara de mustio que llevas, chaval, hasta los gatos se cruzan de acera cuando te ven!

Una colleja por parte de Niilo puso fin a las carcajadas de Maddox que se encogió de hombros y siguió trabajando.

—¿Te lo doy o lo dejas sonar? —ofreció Niilo.

—Depende. ¿Qué pone en la pantalla? Si es de mi casa, paso de atender.

Niilo echó un vistazo.

—No pone nada —dijo. Al ver que él salía de debajo del coche, dispuesto a atender la llamada, depositó el aparato sobre el techo del Lamborghini.

Conor lo puso en altavoz mientras se limpiaba las manos con un trapo.

—¿Sí? Dígame...

—*¿Señor Finley?*

—Sí, soy yo...

—*Buenos días, señor. Soy Matthew Hart de la joyería Daniel Prince. Le llamaba para recordarle que...*

Conor se olvidó de sus manos sucias de grasa y tomó el aparato de inmediato. Tras quitar el altavoz, se lo acercó a la oreja justo en el momento que el amable empleado decía:

—*¿Está todo en orden, señor Finley? Le esperábamos la semana pasada...*

Un vistazo a sus colegas le informó a Conor que todos estaban pendientes de él, de modo que les dio la espalda y se alejó varios pasos para que no lo oyeran hablar.

—¿Tío, ganas tanta pasta como para comprar en esa joyería finolis? —intervino Maddox con su peculiar sentido del humor—. Esto no puede ser. Me parece que voy a tener una conversación al respecto con nuestro querido jefe.

—Ni se te ocurra —repuso el aludido, que apareció en aquel momento de la mano de Abby procedente de la sala de aerografías—. Vuestro querido jefe no quiere oír hablar de aumentos de sueldo. Este año necesita ahorrar mucha pasta porque se casa con la chica de sus sueños, ¿verdad, bomboncito?

—Por segunda vez con la misma chica, sí —repuso Abby, acaramelada.

—No hace falta que nos lo recuerdes, Evel —rezongó AJ, medio en broma medio en serio—. Estás en Babia desde que Abby te ha dicho que sí y no dejas de dar el coñazo, perdona que te lo diga.

—¿Cómo no voy a estar en Babia? ¿Sabes lo que me ha costado convencerla? —repuso el motero, sin apartar sus ojos de su chica.

—No era por ti y lo sabes —ronroneó ella—. Volvería a casarme contigo cien veces más.

—¡Ay, pero qué romántico! ¡Que se besen, que se besen! —se burló Maddox hasta que otra colleja por parte de Niilo le hizo cambiar el objetivo de sus bromas—. Joder, ¿la joyería Daniel Prince? ¡Tenemos un millonario en la pandilla y no nos hemos enterado, colegas! ¿Eh, Conor? ¡Venga, no te hagas el desentendido y cuéntanos en qué ganga te has dejado los dos riñones y el hígado!

Evel y Abby empezaron a troncharse de risa ante la innegable gracia del ingeniero más joven de la plantilla. AJ, aunque a regañadientes, también pero no demoró en sacar a relucir su vena mandona de jefe de taller.

—Calla ya, Maddox, basta de juerga y al tajo, que hay mucho que hacer —y dirigiéndose a Evel, añadió—: También va por ti. Necesito que revises unos documentos.

—Eso tendrá que esperar a la tarde, *jefe* —bromeó Evel—. El bomboncito y yo tenemos una cita con un cliente que, toquemos madera, si sale nos dará mucha, mucha pasta.

—¿Has oído? —Maddox codeó a Niilo—. ¡"Mucha, mucha pasta"! ¡Mmm, ya puedo oler los billetes! ¡Ese cliente es el que nos traerá un aumento de sueldo, ya verás!

Él no respondió. En realidad, no estaba prestando atención a lo que sucedía allí, sino a la conversación que su amigo mantenía con el empleado de la joyería.

Lo vio asentir con la cabeza y después de unos instantes, guardarse el móvil en el bolsillo. Después de eso, Conor atravesó el taller en dirección a la puerta que conectaba con los vestuarios y la cafetería y no regresó al trabajo hasta un rato más tarde. Venía serio y algo más "mustio" que antes. Pasó junto a ellos sin mirar a nadie.

—¿Qué? —dijo, malhumorado, al notar que Niilo lo observaba. Y fue precisamente esa reacción bravucona tras la cual Conor intentó ocultar la evidente incomodidad de creerse descubierto por todos, la que le dio la pista.

Desde el principio, Niilo había sospechado que tenía que haber algo más en el enfado de Conor que las razones que él había esgrimido.

Ahora tenía claro que aquel "aparentemente" de su amigo no había sido, en absoluto, una forma de hablar.

EPISODIO 17

Lunes 4 de enero de 2010, a primera hora de la tarde.
En una cafetería de la ciudad.
Londres.

—Gracias por hacer tiempo para poder venir, Fred. Sé que son fechas complicadas —dijo Owen, que había llegado a la cita con diez minutos de adelanto—. Acabo de pedir té, ¿te parece bien?

El padre de Nikki asintió al tiempo que tomaba asiento frente a él.

—Sí, está perfecto... ¿Sabes? Me has leído el pensamiento, Owen; pensaba llamarte esta noche para proponerte que nos viéramos.

—¿Sí? Me has quitado un peso de encima... No estaba seguro de que esto no te pareciera un atrevimiento, pero estoy muy preocupado por Conor...

—Yo también. Le llamé el viernes porque sé que suele tener en cuenta lo que le digo y, francamente, me asombró que ni siquiera fuera al aeropuerto a despedir a Nikki.

Owen se quedó helado.

—Dios mío... ¿Pero qué ha sucedido?

—¿No lo sabías? —repuso el padre de Nikki.

—Qué va, ni una palabra. Me has dejado de piedra.

Fred sacudió la cabeza.

—Muy mal están las cosas si ni siquiera a ti te lo ha dicho —y comenzó a relatarle lo acontecido desde el día de Navidad.

—Total, que Nikki se marchó a Ginebra el sábado. He hablado con ella porque, honestamente, creo que ha procedido mal tomando esa decisión sin decírselo a tu hijo, pero no he conseguido hacerla recapacitar. Esperaba un anillo de compromiso como regalo de Navidad, no es lo que recibió, y se sintió estafada. Por lo visto, era su condición para volver juntos —Owen asintió con la cabeza. Al menos de eso estaba al tanto—. Y luego, llegó esa llamada de la ONU y se desató el huracán. Detalle más, detalle menos este es el panorama —concluyó Fred, apesadumbrado.

La camarera, que se acercó a serviles el pedido, impuso una pausa en la conversación. A Owen le permitió recuperarse y atar cabos. Ahora las piezas empezaban a encajar y el cuadro era de lo más desalentador.

—Conor no ha dicho ni una sola palabra de esto —explicó—. De hecho, apenas le hemos visto estos días.... —Owen hizo un gesto de disgusto—. Disculpa, qué falta de cortesía por mi parte no darte la enhorabuena por ese fabuloso puesto de Nikki. Es una gran chica y se lo merece, estaréis orgullosos.

—Gracias, Owen. Como para enhorabuenas estamos... —Una sonrisa triste apareció en su rostro—. Se parecen tanto... Si no fuera porque la escuché hablando con su mejor amiga, tampoco me habría enterado... Ay, estos chicos, cuánto les cuesta sentarse y hablar a corazón abierto...

Owen podía entender perfectamente que Conor no estuviera preparado para hacerlo. Sencillamente, no podía hablar a corazón abierto. No, sin dejar salir a sus demonios. A uno, concretamente, con el que llevaba batallando toda su vida adulta y aún no había conseguido derrotar. Dado que no podía hacer referencia a ello, se limitó a asentir y continuó.

—Llegó solo a la cena de Nochebuena, excusando la ausencia de tu hija por problemas de última hora de los que no dio detalles y no ha hablado del tema ni siquiera con su hermano Miles.

—A mí me escuchó, pero no me dijo gran cosa aparte de "hola" y "adiós".

—Para colmo —siguió diciendo Owen—, Susan perdió los nervios ayer al enterarse de que tampoco vendría a comer, y discutieron. Ahora él no atiende nuestras llamadas. He procurado mantenerme al margen porque su madre ya lo agobia bastante, pero no podemos seguir así... Pensé que lo mejor era conseguir alguna pista de lo sucedido antes de ir a verlo, para estar preparado... Como imaginarás, no esperaba encontrarme con algo así.

Los dos hombres permanecieron en silencio mientras echaban un chorro de leche al té y pensaban en la manera idónea de ir al meollo de la cuestión. A diferencia de sus esposas, ellos siempre habían visto con buenos ojos a la pareja y deseaban colaborar para que la relación de sus hijos llegara a buen puerto.

Owen fue quien decidió tomar la iniciativa. Nikki había obrado mal no buscando el acuerdo de su pareja sobre una decisión tan importante, pero llevaba años esperando que Conor tomara otra, mucho más importante aún, y nadie podía culparla por que la desilusión hubiera podido con ella.

—Conor está... Bueno, te haces una idea, pero sé que adora a tu hija, la quiere con locura. No hay ninguna estafa, Fred. Eso también lo sé —admitió, escuetamente.

El padre de Nikki asintió con la cabeza, satisfecho. Confiaba en Conor y era un alivio comprobar que no se había equivocado.

—Para Nikki tu hijo siempre ha sido el amor de su vida y lo sigue siendo —concedió—. Pero no voy a engañarte. Se siente muy herida; no quiere ni oír hablar de él y que ahora esté en Ginebra es una complicación añadida.

Owen expresó su alivio con un gran suspiro que hizo sonreír a Fred. Si no había terceros en discordia, entonces las cosas tenían solución. Las heridas sanaban con tiempo y los cuidados adecuados.

—Suerte que nos tienen a nosotros, ¿verdad?

—Si me permites la franqueza, no sé cómo nos las arreglaremos para que vuelvan a verse las caras —señaló el padre de Nikki.

—Tranquilo, hombre, ya se nos ocurrirá algo... Por cierto, Susan no sabe que estoy aquí contigo y no pienso decírselo.

Fred elevó su taza de té y fingió un brindis con su consuegro.

—¿Tú y yo, juntos? ¿Cuándo? No sé de qué me estás hablando.

Mientras tanto, en Rowley Customs...

AJ fue el primero en ver a Amy. Se dio la vuelta para verificar si Abby estaba en la oficina con Evel y él no se había enterado, pero su jefe estaba a pocos metros, trabajando en la joya de un coleccionista amigo de su padre.

—Qué raro tú por aquí... —comentó en voz alta. Evel alzó la vista de inmediato y su sonrisa hizo que AJ frunciera el ceño.

Para entonces, todos los demás seguían con la mirada a la atractiva rubia platino que avanzaba por el medio de la zona de trabajo.

Todos menos Niilo, pensó Amy, que no estaba a la vista. Pronto descubrió unas piernas que asomaban por debajo de la carrocería de un enorme coche con forma de bala y dedujo que, por descarte, tenían que ser las suyas.

—Poco habitual, pero no raro —aclaró Evel con una sonrisa. Entonces, vio que Amy se llevaba el índice a los labios en un gesto de silencio y obedeció.

Ella se detuvo frente al bólido rojo. Era perfectamente consciente de las miradas jocosas, pero las ignoró. Se agachó junto al coche.

—¿Todo bien por ahí abajo? —preguntó.

Niilo reconoció la voz al instante. Levantó la cabeza tan rápido que se golpeó la frente con la chapa y soltó un taco. Ella esperó con una sonrisa imposible hasta que el dueño de las piernas apareció de cuerpo entero frente a sus ojos para añadir:

—Hola... Me preguntaba si tendrías tiempo para un café.

Él demoró en responder. Apenas había tenido lucidez suficiente para quedarse sentado, mirándola. No era solo que no acababa de creer del todo que estuviera allí, además Amy estaba... *Fabulosa*. No podía dejar de mirarla.

A ella le encantaban esa clase de miradas y acababa de descubrir que si eran de Niilo le gustaban mucho más. Pero dado que prefería disfrutarlas en privado, hizo un mohín tristón.

—¿Te he pillado en un mal momento? Por favor, dime que no...

Niilo miró la maleta de Amy, luego a ella. *¿Has venido directamente desde el aeropuerto para verme?* La sangre regresó a su cerebro como impulsada por una bomba hidráulica y el motero se levantó de un salto.

—¡Qué va! Aunque, ahora que lo pienso, no hay bares por aquí…

—Si mal no recuerdo tenéis una bonita cocina. Y el café es bueno, ya lo he probado. Yo creo que servirá… —miró a Evel y le hizo un guiño—. Bueno, si a tu jefe le parece bien, claro.

—A su jefe le parece perfecto —respondió él.

Niilo tomó la maleta, luego le indicó el camino con un gesto galante, y la pareja se puso en marcha. No habían desaparecido de la vista, que los comentarios jocosos habían comenzado y Evel ya estaba contándole las buenas nuevas a Abby.

—Me parece que yo también voy a por un café —dijo Maddox.

—Tú te quedas donde estás hasta que Amy se haya ido —ordenó Evel sin cortarse y oyó por el auricular a su mujer desternillándose de risa.

Una vez en la cocina, el motero fue directo a la pileta a lavarse las manos a conciencia. Notó que tenía grasa en la camiseta y que sus pintas dejaban bastante que desear. Para una vez que podía pasar diez minutos en compañía de la mujer más preciosa del universo, él estaba hecho una birria. Seguro que olería a gasóleo. Genial.

Amy no reparó ni en lo uno ni en lo otro. Seguía con interés los movimientos pausados de Niilo mientras reconocía que aquel tipo, de alguna manera que ella todavía ignoraba, se las había ingeniado para ocupar un espacio cada vez mayor en sus pensamientos. Algo que tenía mucho mérito habida cuenta de que el único contacto físico entre los dos había sido aquel roce casual de los dedos cuando él le entregó el *Manhattan* en la boda de Dakota y Tess. Y de eso hacía casi dos meses.

Su voz la devolvió a la realidad.

—¿Cómo tomas el café?

—Dulce y frío porque siempre me quemo con el primer sorbo, lo dejo para que se enfríe un poco y luego se me olvida.

Él asintió. Enfrió la taza bajo el chorro de agua unos instantes y luego sirvió un café corto. Se lo entregó con una sonrisa, procurando que el tembleque de sus manos no fuera evidente, y repitió el proceso, esta vez para él.

A continuación, se volvió de cara a Amy, pero no se acercó. Se recostó contra la encimera que tenía detrás y permaneció en silencio, mirándola con una sonrisa, mientras bebía su café a pequeños sorbos. Disfrutando a fondo de esa mezcla de ansiedad y excitación que lo mantenía en vilo.

—Te he sorprendido, ¿eh? —dijo ella.

Niilo asintió enfáticamente sin dejar de sonreír. No habría podido hacerlo aunque quisiera, así que ni siquiera lo intentaba. Estaba en la cima del mundo y las vistas desde allí eran grandiosas. ¿Cómo no iba a sonreír?

—Mucho —concedió.

Ella se apoyó contra la mesa, justo frente a él.

—Ya, aparecer por aquí era lo último que esperabas que hiciera.

Amy dio un sorbo a su café y decidió despejar el asunto que la aguijoneaba desde hacía diez días.

—Tú también me sorprendiste mucho la víspera de Navidad —él se estremeció cuando la intensa mirada de Amy se posó en él—. Sabías que estaba en un italiano, cenando con Abby.

No había sido una pregunta. Tampoco había sonado a una recriminación. Niilo podía haberlo negado. Evel no era de los que se iban de la lengua y menos en temas de esa naturaleza. De hecho, probablemente, quedaría mejor si mintiera al respecto. Pero no estaba dispuesto a hacer o dejar de hacer por quedar bien.

—Evel me lo comentó antes de marcharse.

No se le podía negar que era sincero, pensó Amy. ¿Tendría alguna idea de lo mal que le sentaba a una mujer enterarse de que él "podía, pero no quiso"?

—Pero tú decidiste no aprovechar la ocasión de quedar como un campeón ante mí.

Esto sí que había sonado a algo bastante parecido a una recriminación. A Niilo le gustó por lo que implicaba; Amy no estaría allí "recriminándolo" si él no hubiera conseguido despertar su interés.

—Supongo que esa es una forma de verlo, sí.

Amy elevó una ceja y sus ojos desafiantes le dijeron que estaba al borde del precipicio, a punto de despeñarse, sin necesidad de pronunciar una sola palabra. Niilo movió la cabeza afirmativamente un par de veces. Había captado el mensaje; decía con claridad que había llegado la hora de mostrar sus cartas.

—¿Sabes cuánto hace que espero el momento de invitarte a salir, de tener una cita contigo?

Ahora las dos cejas femeninas eran arcos perfectos que coronaban unos ojos de mirada sorprendida. Él continuó sin esperar respuesta.

—Desde que te conocí en la carrera de *MayDay*.

¿Siete meses? ¡Wooow! Una sonrisa halagada volvió a brillar en el rostro de Amy que a Niilo le encantó ver.

—Puede que congeniemos o puede que no, pero espero que a estas alturas tengas claro que no estoy jugando. Dijiste que me llamarías cuando estuvieras en Londres y pudieras quedar, Amy. Y yo cuando digo que voy a hacer algo, lo hago.

—¿Siempre? —El tono de Amy sonó mitad a broma mitad a flirteo, pero sus ojos le hablaron a Niilo de otra cosa; quería saber si podía confiar en él.

Su respuesta fue rotunda.

—Siempre.

Ella respiró hondo y asintió. Sus ojos volvieron a posarse en él haciéndolo sentir como si flotara a dos palmos del suelo.

—Me gustas muchísimo, Niilo... —Amy esbozó una sonrisa seductora— y no quiero que se te suba a la cabeza, pero estoy bastante segura de que nunca he conocido a alguien como tú.

Por supuesto, Niilo sabía positivamente que no se parecía a ninguno de los que habían pasado por la vida de Amy. Él era EL hombre.

Espera a conocerme de verdad, pensó. *Tú espera y verás.*

—¿"Bastante segura"? —repitió él con un gesto cómico—. ¿Piensas que ese "bastante" va a poder remontar mis casi dos metros? Tranquila, que no conseguirá pasar de las rodillas. Eso sí, ¡serán las rodillas más creídas de aquí a Saturno! —y se echó a reír confirmándole a Amy que, definitivamente y sin *bastantes* que lo desmerecieran, aquel guapísimo ejemplar masculino era único en su especie.

Ella se acercó hasta él con la excusa de dejar la taza en el fregadero. Lo miró.

—Segura, sin el bastante. Estoy segura —se corrigió.

—¿Sí?

Ella asintió ligeramente sin apartar los ojos de él.

—En ese caso —murmuró—, que sepas que se me va a subir a la cabeza y no me va aguantar nadie.

Él era único. ¿Qué otro hombre sería capaz de tenerla al alcance de la mano, devorarla con los ojos y no hacer el menor intento de tocarla?

—Me parece bien. Te lo has ganado.

—Ya lo creo —afirmó Niilo y vio cómo una ligera sonrisa curvaba los labios femeninos, tornándolos aún más deseables.

—Fanfarrón. —Lo dijo en un susurro y volvió a mover ficha; tomó la taza de manos de Niilo y la puso en el fregadero junto a la suya.

Él sintió que hasta sus pensamientos se estremecían de deseo.

—Eh, que no me lo había acabado —se quejó.

Su tono de voz que se dulcificaba por segundos, sus maneras deliberadamente pausadas en las distancias cortas, sus ojos... Ay, esos ojos que la desnudaban lentamente... ¿Se daría cuenta de lo al límite que la ponía?

—En un minuto querrás tener las manos libres, confía en mí.

Ella avanzó otro paso. Él inspiró profundamente. Con el último gramo de coherencia que le quedaba pensó que no solo congeniaban; encajaban a la perfección.

—Te mueres por que te bese —susurró Niilo.

No había sido una pregunta y tampoco tenía sentido negarlo ya que era evidente, pero esa no era la única verdad. Había otra.

—Y tú te mueres por que sea yo quien te bese a ti. Por eso me estás haciendo este trabajo tan fino.

—Vaya, me has pillado —y cuando acabó de decirlo ya se estaba inclinando hacia Amy.

—La cuestión es quién sucumbirá primero. ¿Apostamos? —propuso con malicia al tiempo que se echaba un poco hacia atrás, apartando el rostro de su alcance.

Los fuegos artificiales que destellaban en los ojos de Niilo le confirmaron que también en el plano físico hablaban el mismo idioma. Ahora tenía la certeza de lo que hubiera entre los dos sería mágico. Desde una tarde de *peli* y palomitas hasta el sexo más salvaje.

—Vale. ¿Qué apostamos?

El rostro de Amy se iluminó con una sonrisa que habló claro de la clase de pensamientos que había en su mente y él se relamió de gusto con solo imaginarlo.

Pero ella no llegó a ponerlo en palabras porque en aquel momento su móvil empezó a sonar.

Amy soltó un bufido.

—Es el tono de mi jefe. Tengo que atender.

Niilo apretó los párpados, dejó caer la cabeza hacia atrás y respiró a todo pulmón. Sentía como si el corazón estuviera a punto de salir despedido fuera de su pecho.

—Joder... Me vas a matar de un infarto...

—Ay, lo siento —dijo ella, frotándole suavemente el brazo.

La joven salió al pasillo y a pesar de que no cerró la puerta, él apenas pudo oír nada.

La conversación fue breve, luego hizo otra llamada corta, y cuando Amy regresó traía una sonrisa radiante que animó a Niilo a preguntar:

—¿No tendrás que irte a China para desaparecer otras dos semanas?

Ella negó graciosamente con la cabeza, pero en vez de retomar la escena donde la habían dejado, la vio volver a coger su bolso. No se iría a la China, pero se iba, pensó desanimado.

—Hay cambio de planes. ¡Me quedo! —exclamó agitando sus brazos como si estuviera bailando una canción de los años setenta.

—Pues a mí me da la sensación de que estás a punto de irte —dijo él mirándola con un ojo entornado.

—Sí... ¡Digo no! A ver... Me quedo en la ciudad hoy y mañana —Niilo imitó el mismo baile sesentero y los dos echaron a reír a carcajadas—, pero ahora me tengo que ir al estudio de tatuaje, ya he pedido un taxi. Dame un par de horas y estaré lista para nuestra segunda cita.

Él tomó la maleta y salió de la cafetería detrás de Amy.

—¡Qué bien me ha sonado eso! Oye, ¿no volverás a dejarme plantado en La Vinatería, no?

Los dos habían llegado hasta la puerta que comunicaba con el área de trabajo del taller, cuando ella respondió.

—No vamos a quedar allí.

—¿No?

Ella negó con la cabeza con ese gesto que a él le encantaba.

—Quedamos en mi trabajo. A las ocho y media, ¿te parece bien?

¿Que si le parecía bien? ¡Estaba tan feliz que podría pasar perfectamente de todo el mundo y bailar el repertorio completo de "Las mejores canciones de los '60, '70 y '80!

—Me parece perfecto.

Ella sonrió satisfecha y se puso de puntillas.

—Genial —repuso.

Y le dejó un beso en la mejilla que al motero le hizo palpitar el corazón.

Niilo estaba saludando a Amy que se alejaba a bordo del taxi cuando Conor se detuvo a su lado. Se había cambiado y llevaba el casco en una mano.

—¿Ya te marchas?

—Sí, le dije a Evel que tengo una cita en la zona de Haton Garden y a esta hora llegar a tiempo será un triunfo.

Conor apartó la mirada. Los dos sabían a qué cita se refería y no hacía falta aclaraciones, pero a Niilo le sabía mal dejarlo ir solo.

—Si me esperas quince minutos, te acompaño.

Conor le palmeó el brazo agradecido. Niilo se estaba comportando como un buen amigo, pero él estaba más hecho polvo que antes si cabía, y no quería testigos del momento de bajón que le esperaba en el distrito joyero de Londres.

—Tranquilo, estoy bien. Nos vemos mañana.

El motero de las rastas se alejó unos pasos, pero se detuvo y se volvió a mirar a Niilo.

—Te dije que le interesabas y hoy lo ha dejado claro. Me alegro mucho por ti, de verdad.

Él exhaló un suspiro. Seguía flotando a dos palmos del suelo. Le parecía increíble que algo que llevaba esperando tanto tiempo estuviera al fin sucediendo.

Permaneció allí, junto a la verja forjada en hierro con la forma de un dragón alado que daba acceso al taller mientras su colega guardaba las cosas en la alforja de la moto y se ponía el casco.

Superarás este bache, tío, pensó. *Nikki y tú haréis las paces pronto y todo este mal rollo quedará en el olvido. Tú aguanta firme, chaval.*

Conor puso en marcha su Harley Davidson plateada y se alejó rápidamente. Cuando la silueta de su amigo desapareció de la vista, Niilo volvió al trabajo.

Entonces ninguno de los dos sabía que gracias al despiste de un conductor novato y a una mancha de aceite en el asfalto, Conor no llegaría a Haton Garden aquella tarde.

FIN DE LA PRIMERA TEMPORADA

<<< >>>

AGRADECIMIENTOS

Como comentaba en la introducción, el resultado de cuatro años de ruegos es la serie de ficción romántica dividida en tres temporadas *Los Moteros del MidWay*.

Su creación comenzó como una sorpresa que denominé **Aventura Serie Moteros** a cuya primera parte (*Los moteros del MidWay 1*) invité a las suscriptoras de mi boletín Románticas a seguir online "en vivo". Lo llamé "aventura" porque me estrenaba por partida doble; era mi primera vez creando y publicando algo sobre la marcha y también lo era escribiendo en un formato parecido al de una serie televisiva (y tan diferente de una novela convencional).

Esta aventura, sin embargo, no habría sido posible sin la inestimable ayuda de mis lectoras beta, Verónica, Laura y Claudia. Mi primer agradecimiento va para ellas: un GRACIAS con mayúsculas porque su disponibilidad permanente, semana a semana, y sus valiosas aportaciones han tenido un papel clave en este proyecto.

Hay un segundo grupo de personas a quienes deseo incluir en esta página. Son lectoras que han llevado su participación en la **Aventura Serie Moteros** un pasito más allá, escribiéndome para compartir sus impresiones sobre los episodios que iban leyendo, animarme y, en suma, enviarme su cariño. No esperaba nada y he recibido tanto que, sencillamente, no puedo ignorarlo. Así que aquí va mi agradecimiento a estas personas que con sus pequeños gestos han conseguido que esta aventura fuera aún más especial para mí: Amada Martínez, María José Sirvent, Lia Rodríguez, Marisa Mingote, Montse Manchón, May González, Bea Cazón, Josefa Escolano, Xus Snaz y Soraya Marín. Gracias infinitas, chicas.

Patricia Sutherland
Madrid, junio de 2018

SOBRE PATRICIA SUTHERLAND

Su estreno oficial en el mundo romántico español tuvo lugar en abril de 2011, de la mano de *Princesa*, una novela que aborda el controvertido asunto de la diferencia de edad en la pareja, y que ha enamorado a las lectoras.

En noviembre de 2012, *Princesa* obtuvo el I Premio Pasión por la Novela Romántica. En dicho mes, asimismo, fue nominada en tres categorías, Mejor Novela, Mejor Autora Chicklit y Mejor Portada en el marco de los I Premios Chicklit España.

Un año más tarde, en noviembre de 2013, salió *Harley R.*, la segunda entrega de la Serie Moteros de la que *Princesa* es ahora el primer libro, una novela sobre el amor después del desamor y las segundas oportunidades. En febrero de 2014, *Harley R.* resultó ganadora del II Premio Pasión por la Novela Romántica y más tarde fue nominada al Premio Rosas Romántica'S 2013 y a los Premios RNR (Rincón de la Novela Romántica) 2013. Posteriormente, en abril de 2015 salió Harley R. Entre-Historias, un apasionado "spinoff" de *Harley R.* y en diciembre de ese mismo año, lo hizo *Lola*, la tercera entrega de la Serie Moteros.

El último mejor lugar, la única novela independiente que la autora ha publicado hasta el momento, vio la luz en Septiembre de 2016.

Su último trabajo publicado son los tres volúmenes que componen *Los moteros del MidWay, la serie*, aparecidos en diciembre de 2017, y marzo y mayo de 2018, respectivamente.

También es autora de la serie romántica Sintonías, compuesta por *Volveré a ti* (2014) *Bombón* (2007), *Primer amor* (2007), *Amigos del alma* (2008) y Simplemente perfecto (2014).

Patricia Sutherland nació en Buenos Aires, Argentina, pero está radicada en España desde 1982.

Página oficial:
Jera Romance
www.jeraromance.com

9 788494 876301